光荣大地 （下）

冯芙蓉 著

四川大学出版社
SICHUAN UNIVERSITY PRESS

图书在版编目（CIP）数据

光荣大地．下 / 冯芙蓉著．— 2 版．— 成都：四
川大学出版社，2024.4
ISBN 978-7-5690-6589-3

Ⅰ．①光… Ⅱ．①冯… Ⅲ．①长篇小说－中国－当代
Ⅳ．① I247.5

中国国家版本馆 CIP 数据核字 (2024) 第 029791 号

书　　名：光荣大地（下）
　　　　　Guangrong Dadi（Xia）
著　　者：冯芙蓉

选题策划：欧风偃　王　冰　王　军
责任编辑：黄蕴婷
责任校对：罗永平
装帧设计：墨创文化
责任印制：王　炜

出版发行：四川大学出版社有限责任公司
　　　　　地址：成都市一环路南一段 24 号（610065）
　　　　　电话：（028）85408311（发行部）、85400276（总编室）
　　　　　电子邮箱：scupress@vip.163.com
　　　　　网址：https://press.scu.edu.cn
印前制作：四川胜翔数码印务设计有限公司
印刷装订：四川省平轩印务有限公司

成品尺寸：145mm×210mm
印　　张：8.5
字　　数：199 千字

版　　次：2021 年 12 月 第 1 版
　　　　　2024 年 4 月 第 2 版
印　　次：2024 年 4 月 第 1 次印刷
定　　价：58.00 元

扫码获取数字资源

四川大学出版社
微信公众号

目 录

第三十七章 青草上的露珠

　　第二天，李芙蕖一睁开眼睛就看到了头顶上的青草。她认得这种草，这是一种很常见的小草，在田间地头经常可以看到。李芙蕖再小一点儿的时候特别喜欢踩着这种草在田埂上跑来跑去地追蝴蝶，只是她从来没有想过自己有一天还会从草堆里醒来。刚刚醒来的李芙蕖觉得有些累，她睡了一个晚上，但还是不想起身。就这样，李芙蕖静静地躺在棚子的一个角落里，默默地注视着头顶上的青草。她看着青草上一滴滴晶莹的露珠，目光追随着露珠滚动而下。李芙蕖觉得头顶的这株草儿可真有意思，她深深地吸了一口气，早晨青草的香气和着露水纯净的气息随空气进入了她的肺部，这下子她觉得自己清醒多了。清醒起来的李芙蕖觉得身上轻快了，心情也莫名好了起来。直到这个时候，她才转过头去看棚子里的其他人。

　　这是一个昨天晚上急匆匆搭建的简易棚子，在这个不足十平方米的小空间里，挤满了李家三房里的所有人。程燕妮睡在李芙蕖的旁边，李广忠、李享德睡在李芙蕖和程燕妮的脚底下，最外面睡的是李清玉、李清松、郭家孝和王菊花四个人。等这些人全部挤进棚子以后，这个狭小的棚子里已经没有哪怕一点点空间留给李广耀了，昨天晚上，他只好裹了一床棉被，坐在椅子上将就了一夜。第二天起来以后，李广耀发现自己的全身都被露水给打湿了。

　　前一天大家过得实在是太累了，这些过了好些年清净日子的人没想到自己还会沦落到这个地步。除李广忠以外，其他人都没有过过这种风餐露宿的日子。在他们看来，这种日子实在是不好受。所以，李享德醒来以后，一掀被子就从棚子里爬了出来。那天早上，他的脸色难看得吓人。大家没有从李享德的脸上看到沮丧和失落，相反他的脸上燃烧着愤怒的火苗。李享德自己也不知道这种愤怒是从什么地方来的，他只知道自己被这种变动，被脚底下不再稳定的土地给激怒了。愤怒的李享德失去了对自身安危的担忧，他一个箭步冲进李广达的屋子，扯出一瓶酒，空着肚子灌了几口。

　　对李享德的愤怒，李广耀和李广忠都选择忽视。刚过去的这一天实在是很辛苦，今天一睁开眼又有无数的事情等着他们去处理。他们没有工夫生气，也没有工夫难过，因为他们是这个屋里的顶梁柱，必须为这一棚子的人操心。在椅子上睡了一整晚的李广耀揉了揉自己的肩膀，看着不远处抱着酒瓶子的父亲，不知道怎么地突然产生了一种羡慕的感觉。那一刻，他多么希望自己已经是一个六十多岁，既没什么本事也没有什么畏惧的老头子，那样一来，他就可以不去面对接下来的这一切。昨天下午从地里回来之后，李广耀并没有和自己屋里的人说上几句话，身为村支书，他必须要为村上的其他人考虑。在接连不断的余震中，李广耀坐着熟人的摩托车跑到了北滨村小学。李广耀走的时候，一向顺从的王菊花一把抱住了他的腰，哭喊着让他留下来。听着王菊花的哭声，李广耀的心也软了下来，他知道，这一次离开说不定就是生离死别，但他更加清楚他没有选择——他是北滨村的村支书，必须要为这些人负责，只有这样他才不会觉得自己是在吃白饭，也只有这样，等事情过去以后才不会有人指着他的鼻了骂他。李广耀到达学校的时候，学校里已经乱成了一锅粥。在村委会后伫立了十好几年的教学楼倒了，操场里的几棵柳树也倒的倒、断的断。李广耀是从这所学校毕业的，他的女儿李月明也曾经是这所学校里的学生，李广耀甚至还想着说不定有一天自己的孙子能继续在这所学校里读书。可是现在，这个在村子里伫立了十好几年的建筑倒塌了，一刹那，李广耀觉得自己曾经熟悉的一切仿佛都消失不见了。

曾敬和的反应很快，在地震发生后不久就把所有的学生召集到了操场上，整个学校没有伤亡。听到这个消息，李广耀这才放下心来。他立马让老师们安抚学生的情绪，组织学生待在操场上等家长来接。接着，李广耀赶忙往村委会跑。他才刚到村委会门口，村长许大贵就苦着一张脸从里头跑了出来。村委会的几间砖房塌了，屋顶的房梁垮下来把办公的桌子和放文件的资料柜全都砸碎了。许大贵在废墟里划拉了半天才把村上的公章给找了出来，他伸出一只脏兮兮的手，把公章递给村支书李广耀。过了好一会儿，李广耀才敢伸手去接那枚公章。他从来没有觉得这枚公章是那么的沉重，也从来没有像那一刻一样如此后悔坐上这个位子。但李广耀是一个懂得面对现实的人，后悔的情绪没有在他的心里和脸上延续多久，在接过公章的时候，他的心里已经有了打算。

地震发生后的第二天，李家屋里的人没有吃上一顿热乎饭。郭家孝和李享德对饥饿并不陌生，在某种程度上来说，他们的肠胃对于饥饿已经有了抵抗力。这些年李广耀长了些肉，所以一顿半顿不吃对他来说也不是什么大问题。从很多年前起，程燕妮就已经习惯了这种不吃早饭的日子，因此饥饿的痛苦并没有从她的脸上显露出来。但是李清玉、李清松和李芙蕖是从来没有挨过饿的孩子，即便是在收成不好的年份里，大人也都情愿自己饿着肚子，把屋里的粮食省给孩子们吃。因此，当太阳才模模糊糊地挂在天边的时候，饥饿就在这三个孩子的脸上有力地表现了出来。

李清玉的饥饿是愤怒的，他的胃里涌起一股痛苦的感觉，他的脸上被一层愤怒的情绪笼罩着。那天早上，李家屋里的每个人都被李清玉脸上张牙舞爪的愤怒给吓到了，他们不自觉地选择远离这个愤怒的中心。李清松的饥饿是沮丧的，他是一个以吃东西为乐的孩子，这么些年来别的可以缺，但是少吃一顿一定会要了他的命。在那个没有早饭的早晨，李清松满脸沮丧地缩在棚子的一个角落里，不愿意和别人说话，甚至不愿意动一下，因为每移动一下他肚子里的酸味就会变得越发浓烈。和两个哥哥相比，李芙蕖的饥饿是沉静的。在李家屋里的大部分人看来，李芙蕖安静的时候很少，她喜欢说话，喜欢和别人辩论，甚至在生气的时候喜欢大吼大叫。在李家清字辈里，李芙蕖的脾气可以说是最大的一个，每当别人惹怒了她，无论那个人是谁，都一定会被她那排山倒海的怒火给压倒。

　　这天早上，大人们都没注意到李芙蕖的沉静，因为他们还需要从受损不太严重的屋子里把吃的和喝的给抢出来，接着还需要再搭几个棚子，做一个简易的露天灶，只有这样，他们今后才有热乎饭可吃。在大家不太注意的角落里，李芙蕖一言不发地看着面前被露珠爬满的青草，她看着这些露水在太阳的照耀下一点点地缩小，直至最后完全消失。露水的消失并没有让李芙蕖觉得难过，虽然她特别喜欢这些露水，但是她知道存在和消失都是有理由的，或者说是有定数的，作为一个普通人，她只能接受这些，而不能妄想去改变。看着消失不见的露水，李芙蕖的思绪又回到了昨天河边上血淋淋地躺在担架上的尸体。

　　那不是李芙蕖第一次见到死人。她住在华阳伏龙小区里的时候，第一次和死亡打了个照面。去年年关将近，程燕妮在出租屋里收拾准备带回去的东西，帮不上忙的李芙蕖只好一个人跑到外面的露台上去玩。在露台对面的楼顶上，有两个工人正蹲在一块没有遮挡的台子上夹钢筋。李芙蕖一边看着夹钢筋的两个人，一边在露台上蹦蹦跳跳。过了没多会儿，其中的一个人好像累了似的往后靠，他忘了他的身后并没有阻挡的东西。在接下来的几秒钟，李芙蕖亲眼看着这个刚才还活生生的人像一只破碎的蝴蝶一样轻飘飘地落到了楼底。看到他飘得那么轻松，李芙蕖以为这个人落地的时候一定没有声音，但是没想到这个男人落地的时候竟然发出了"砰"的一声巨响。伴随着这声巨响，对面的那个男人哭喊了起来，屋子里收拾东西的程燕妮也大叫着跑了出来。李芙蕖没有哭，也确实不觉得害怕。没过多久，楼底下围了一圈人，死者的家人来了，记者扛着摄像机也来了，还有几个年轻人特地爬到顶楼举着手机朝楼底下拍照。在这么一大群人里，李芙蕖是最沉静的一个，她没有像别人一样凑热闹，也没有躲到屋里去，只是呆呆地站在原地，想一些莫名其妙的事情。李芙蕖在脑子里不断地回想那个男人掉下去的场景，她在想：那个男人在掉落的这段时间里在想些什么呢？他害怕吗？还是觉得自己终于得到了解脱？李芙蕖恍惚记得那个男人在落下去的过程中发出了一声不太清晰的呼喊，所以她最终认定这个男人是怕死的，即便是在他知道死亡已经避无可避的时候。李芙蕖想，如果掉下去的是她自己的话，她一定不会大喊，也不会哭泣，她会面无表情地迎接逃不掉的命运。

　　没过多久，李芙蕖第三次看到了死亡。吃完饭以后，李广耀和李广忠到李广福屋里去了。在几乎已经成为废墟的院子中央，摆放着一个黑色的棺材。这本来是李享名的棺材，没想到李广福先用上了。这是李家院子里死的第一个男人，也是第一个没有活到六十岁就死了的男人。一个壮年人的死亡总会让人难以接受，而白发人送黑发人更是人生的悲剧之一。当李芙蕖跟在李广忠身后踏入院子的时候，她看到了两个被悲痛压倒的人。其中的一个是李广福将近八十岁的老父亲李享名，另一个是李广福的妻子张亮。李广福活着的时候，李家屋里没有一个人把这个话少的老实人放在心上。但是在他去世以后，所有的人都愿意为他哭上一场。这些年来，李享名并不特别在意这个没啥本事的二儿子，直到这一天，他才知道自己对这个儿子有着许多没有意识到的感情。这个儿子总是闷着头干活儿，默不作声地关心着他这个满头白发的老父亲。李享名吸着手里的烟锅，眼泪从他浑浊的眼睛里直往外涌。和李享名相比，张亮的悲伤里有一些不同的东西。在和李广福结婚的这些年里，张亮几乎从没把这个男人放在心上。她曾经一度把这个男人当作自己追求新鲜和刺激的阻碍，也试图从其他的男人身上寻找在李广福那里得不到的东西。后来张亮才意识到，只有李广福会无条件地接纳她，给她家的感觉。为了李广福的这份宽容和温情，张亮确实收起了心思，好好地跟他过了几年日子。但即便是在夫妻俩没有什么大的矛盾的时候，张亮打从心底里还是瞧不起这个没有什么本事的男人。直到这一刻，张亮才真正意识到了李广福对她的重要性。离开了李广福的张亮就好像一片随风飘飞的叶子，第一次在这个茫茫的人世间失去了方向。这天，张亮的哭泣像李享名一样也是沉静的，她的眼泪接连不断地往外涌，但是她没有哭喊，也没有闹，只是安安静静地站在棺材旁掉眼泪。

李享名和张亮的沉静镇住了李广耀和李广忠两兄弟。他们从来没有见过这样的哭法。李广耀和李广忠都是见过死亡的，他们也见识过那种让人头皮发麻的哭法，但是他们没有预料到这样的局面。如果李享名和张亮当中有一个人失声痛哭，李广耀和李广忠还知道该怎么劝，该怎么做，但是面对两个安静的人，他们反而不知如何是好。一向特别会说话的李广耀只是呆呆地站在原地，李广忠则从口袋里掏出没吸完的半包烟，抽出一支开始吸了起来。沉默的空气在这个院子里弥漫着，最后变成了一股无形的力量沉沉地压在每个人的心头。

沉默最终是被太阳打破的。当太阳从乌云后面走出来时，李广耀这才回过神来，他知道不能再耽搁下去了，必须要尽快解决这件事。打定主意以后，李广耀快步走到还在流眼泪的李享名跟前，弯下腰和他商量了好一会儿。

李广福是地震后的第三天上山的。按照剑门镇的规矩，每一个死了的人都必须要抬到山上去埋葬，才算是善始善终。放在平时，抬李广福上山的人至少有八个，李家屋里也会为他大操大办一番。但是今时不同往日，处在困顿之中的李家院子没有本事为李广福请客，只有几个本家兄弟一大早把李广福送上了山，埋在了黄色的土地里。在剑门镇的人看来，入了土的人将会获得永久的宁静，这是他们之前所一直信奉的，但是现在他们不敢再为这件事情打包票了。这片土地在他们看来变得不再像之前一样稳定，也不再像之前一样是所有人的安居之所。因此，在送完了李广福以后，抬棺的每个人都陷入了沉默，他们觉得李广福这一辈子实在是活得太不值了，而他的死也不是一般意义上的好死。当然，这句话没有人说出口，大家只是在心里默默地想着。在上午不太大的太阳里，这些抬棺的人低着头，默不作声地走在下山的路上。他们只希望这次的事能够快点儿过去，不要再有伤亡了。

第三十八章

堰塞湖

炊烟是生活的符号。在有炊烟的日子里，大家总觉得自己是有家可归的，无论在外面受到了什么样的伤害，也总还有一个可以躲起来的地方。地震之后好几天都没有炊烟在剑门镇的上空升起。没了炊烟的指引，大家渐渐地把时间和日子都忘记了，只是赖完一天又一天。

等炊烟再次升起的时候，劫后余生的人们才放下了心来，他们觉得自己能够挺过这次的事，尽管他们谁也没有见过这样的阵仗。

地震当天所有的信号都断了，剑门镇的电话打不出去，外面的电话也打不进来。待在剑门镇的人在随时随地都有可能摇晃的土地上担心着外面的人，外面的人踩在他乡陌生的土地上也终日为屋里的人悬心。地震发生以后，大家发现水管里放出来的水变得浑浊了。这股浑浊的水没有人敢喝，他们只能非常节省地用之前储在水缸里的水。从屋子里抢出来的粮食也没有顶上几顿，眼看着剑门镇的人就要挨饿了。

　　地震发生后的第二天，李广忠坐在刚刚搭起来的吃饭用的棚子里，一边喝着仅剩的半瓶酒，一边喊屋里的人煮肉来吃。李广忠自己家里没有腊肉，李家院子里唯一的一截腊肉是李享德冒着生命危险从屋里抢出来的。李广忠早就看上了这块腊肉，在他看来，这日子不知道还能撑多久，也不知道还能不能活出来，他唯一能确定的事就是自己不想做一个饿死鬼。就在李广忠一边拍着桌子一边让爹妈煮肉的时候，程燕妮坐在棚子里一言不发地冷眼看着这一切。程燕妮知道郭家孝是不会把肉拿出来给李广忠吃的，她更知道郭家孝和她一样都是实打实的现实主义者，只要还能喘气就要为明天考虑。但是，程燕妮也知道李广忠和他们不太一样，他是一个只顾今天不管明天的人，这么些年，要不是有她程燕妮兜着，李广忠恐怕一直都要过那种吃了上顿没下顿、过了今天没明天的日子。李广忠拍了半天的桌子，却没有一个人理会他，后来他自己也累了，索性也就不拍了。

　　物资是第四天送到的。首先送来的是压缩饼干。李家院子里的人只在电视上看到过这种东西，却从来没人亲眼见过这种稀罕物。压缩饼干是一个小小的硬块，还没有巴掌大，但是李家屋里的人听说这种东西一般人吃上一两块也就饱了，千万不要贪多，否则会被撑死的。活了这么多年，李家院子里的人除了李享德以外，从来没有人见过活人被撑死。李享德在部队上当兵的时候，亲眼见过一个被包子活活撑死的人。李享德当兵的初衷不是为了保家卫国，只是为了混一口饱饭。他原本以为自己已经是饿怕了的人，到了部队才知道原来还有比他更怕的。李享德当兵的时候包子是主要的伙食，那包子不是肉包子，大部分是菜包子。有一天中午，大家实在听烦了那个永远吃不饱的人的抱怨，所有人都愿意饿上一顿让这个人吃一顿饱饭。这个才刚满十九岁的孩子没多大一会儿工夫就吃了一笼屉的包子，等第二屉端上来的时候他已经有些不行了，但为了护住自己的面子，他还是硬着头皮吃了第二屉。吃完以后，他嘴里干得不得了，在冰天雪地的东北，他跑到炊事班喝了几大瓢冷水。水刚下肚的时候，他还不觉得怎么样，可没过多大一会儿就倒在地上，捂着肚子说自己不行了。这个孩子没有痛苦多久就没气了。他是被撑死的，他的死让整个班里的人都觉得脸上无光，不过大家觉得他好歹是被撑死的，即便死了也是一个饱死鬼，这样想着，大家倒也慢慢地想开了。没过多久，这个故事传遍了整个部队，上级领导听到以后拍着桌子骂了好几天的娘。

　　等李芙蕖拿着手里的压缩饼干的时候，这个被撑死的故事再一次浮现在她的脑海里。尽管爷爷李享德是笑着讲这个故事的，但李芙蕖还是觉得活人被撑死一定是一件很痛苦的事，她可不想像那个人一样。所以，李芙蕖吃压缩饼干吃得很小心，最开始只敢一边喝水一边小口小口地吃，后来才渐渐地敢一口气吃半个，再后来，一个半压缩饼干对李芙蕖来说也不过是小菜一碟。虽然压缩饼干的确管饱，而且这东西还算是有营养，但剑门镇的人吃了一辈子的白米饭，实在是吃不惯这种味道怪怪的饼干。在勉强吃了几天压缩饼干之后，剑门镇的人开始想别的出路了。他们把地里还没长大的土豆刨出来，放在火上烤熟了吃，一些胆子大的人跑回已经塌了一大半的屋子里把年前的腊肉刨了出来，洗干净煮了换个口味。

　　吃的问题很快就得到了解决，水的问题却让剑门镇的人伤透了脑筋。他们原本以为只是水库里的水变浑浊了，等他们兴冲冲地挑着水桶跑到河边的时候，满河浑浊的水让他们不由地一惊。剑门镇这条小河里的水虽然不多，但是一年四季从来没有断过，河水又清又亮，平时剑门镇的人只舍得在里面洗洗衣服，所以这条河多年来都没有遭到大的污染。但是地震以后，河水变得浑浊了，一开始大家以为是泥巴，凑近了看才知道水里是某种黄色的东西，大家不清楚这是什么，但是他们敢确定这一定不是泥巴。水里的东西把大家都给吓着了，与此同时政府的人也走街串巷地一家家通知不要饮用河里和自来水管里的水。一天、两天、三天，大家可以忍过去，但是到了第四天、第五天，大家忍不住了。没有水的日子是没办法过的，这些人宁愿被砸死，被埋在土里，也不愿意慢慢地等着被渴死。干渴让每个人的脾气都上来了，吃完饭以后，这些人往往会坐在自家的棚子里，拍着桌子大骂。骂着骂着，他们觉得嘴里的口水渐渐地干涸了，便不敢再骂下去，只是伸出火热的手掌恶狠狠地拍一两下桌子也就算了。

　　药品是第六天送来的，如果这个药来得再晚一些，估计很多人家里都会拍坏一两张桌子。这是一种白色的药丸，镇上的人告诉他们把这个药扔在水缸里就可以净化水质，放出来的水就可以喝了。马上，每个队都派了一个人挨家挨户地送药丸。第一批药丸并不太多，只能保证每家三天的用量。李广耀把发放二队药丸的事情派给了幺弟李广忠。在拿到药丸之后，李广忠倒是尽心尽力，挨家挨户地发放起来。发完前头河之后，李广忠偷偷回了一趟家，他不是回来偷懒的，而是把一小把药悄悄地塞到程燕妮的手里。程燕妮当然知道李广忠是什么意思，她把药丸紧紧地握在手里，快步走到棚子里，拿一张废报纸把药给包住。那天下午，北滨村二组的人半信半疑地把药丸扔到自家的水缸里。没多大一会儿，原本浑浊的水渐渐地清亮起来，直到这个时候，他们才相信这药丸是个好东西，一定要省着点儿用。自从分发了药丸之后，剑门镇的人能够喝上干净的水了，他们的心情也因此好了起来。但是，李广忠和程燕妮没想到的是，这种药丸并不值钱，也并不稀缺，没多久第二批药丸就送到了，每家每户都分到了一大把。李广忠之前的心思算是白费了。

　　地震之后一连出了好几天的大太阳，六月份以后又突然连着下了六七天的雨。这场雨下得很大，躲在棚子里的人再次体会到了外面下大雨屋里下小雨的感觉，也正是到了这个时候，剑门镇的人才开始真正怀念起自家的房子来。那些家里倒了房子的人蜷缩在狭小的棚子里，满眼凄苦地盯着不远处坍塌的屋子，这些房子都是他们的祖辈建成的，有好些家的老人曾经在这些房子里面由儿女养老送终，活下来的人原本也指望自己能够老死在这些房子里。可现在，他们猜想，自己或许是要做一辈子的孤魂野鬼了，可能到死也不能躺在一所不说干净整洁，至少能够遮风挡雨的房子里。这种想法让硬气了好些日子的人变得沮丧起来，他们这才意识到自己面对的是什么样的现实，自己所遭遇的是什么样的灾难。那些房子没有被震垮的人也并不轻松，接连不断的余震让他们看不到未来，现在他们还能为有一个可以遮风挡雨的地方而高兴，但是不知道哪一天，或许房子就塌了。为了不让未来的绝望把自己给压倒，这些人索性忽略了现在可以享受的快慰。在房子没有倒塌的人当中，李广忠和程燕妮的心情是最为复杂的。他们家的房子才修好四年多，按理说会像别人的房子一样没多大的损伤，但出乎意料的是房子的二楼出现了好些裂痕。看着房子上纵横交错的伤口，李广忠和程燕妮觉得自己的脚越发轻飘，脑袋却沉重了。

　　这场雨越下越大，羸弱的简易棚子仿佛要被大雨压垮一般。这天晚上，剑门镇里没有一个人睡得着觉，大家都蜷缩在棚子里，打着手电筒，默不作声地听着动静。到了晚上十点过，大家没等到大雨把棚子压倒，却听到了另一个让人绝望的消息。这个消息是村支书李广耀打着手电筒挨家挨户地通知的。地震的时候，白原乡的一座山给震塌了，这座山塌下来把河道给堵住了，这条河里的水本来很小，大家也没把这件事放在心上，谁承想这场大雨一连下了好几天，大量雨水被堵在垮下来的山石后面，没过几天就形成了堰塞湖。雨越下越大，堰塞湖里的水也越来越多，眼看着就要漫出去了。援助剑门镇的解放军决定冒着大雨炸开堰塞湖，让堵塞的湖水尽快泻出，以免造成更大的损失。恰好北滨村就在白原乡的下游，只要堰塞湖一炸开，下游的北滨村就会面临被冲毁的威胁。这个消息在北滨村里传开了，过不了多久就要倾泻而下的湖水让每个人都惴惴不安起来。

　　听到这个消息的时候，李享德正在一边喝酒一边听着外面的动静，等听清楚了事情的来龙去脉以后，这个头发已经白了一大半的老人冲进了雨里，伸出手指着天，气愤地骂道："老天爷，你要是想收了我们的命就搞快点儿，不要今天搞一个事情，明天又搞一个的。老子活够了不怕死，就怕死得不痛快！"往常李享德骂人的时候，大家要么假装没听到，要么就出去吼个一两嗓子，让他收敛一点儿。但是在这个大雨如注的晚上，没有一个人觉得李享德说错了，也没有一个人觉得李享德是喝多了在发酒疯，他们都觉得李享德把自己心里想说的话给说了出来，说得是那么畅快，那么恰当。剑门镇的人不怕灾难和困苦，在面对非典和地震的时候，他们都表现出了得体的镇定和沉默，但他们实在是受不了这种没完没了的折磨。这就好像一把出鞘的剑日夜悬在头顶，如果它干脆给你来上一刀，那也就算了，但是现在，这把剑游移不定地悬在头上，说不定什么时候就会掉下来。这种威胁和由此产生的恐惧让剑门镇的人受不了了，他们觉得与其过这种担惊受怕的日子，不如一死来得痛快。在那个晚上，剑门镇没有一个人入睡，他们都静静地躲在棚子里，等待着逃避不了的命运。他们已经想通了，如果这就是命运，那也没有什么好说的，他们不愿意逃，因为他们已经逃无可逃了。

在北滨村所有人的注视下，这场雨下到早上六点终于停了。北滨村的人没有等到意料之中的洪水，而是等来了早晨明媚的太阳。过了好几天，这些人才知道，原来泄洪的河道改了，没有从北滨村经过，放出来的水也没有意料之中的多，并没有像事先估计的那样造成伤亡。在早晨明媚的太阳底下，北滨村的人从棚子里钻了出来。他们的手脚都有些麻木，但是他们知道，头顶的乌云终于消散了。

第三十九章

婚外情

七月末的时候李广忠和程燕妮在家里关着门真刀实枪地打了一架。结婚这么多年，李广忠和程燕妮也不是没动过手，结婚头几年夫妻俩经常为了一点儿小事吵嘴，有些时候吵着吵着就动起手来。说起打架，李广忠还真不是程燕妮的对手，且不说程燕妮是正经保安学校里毕业的学生，会点跆拳道和散打，单论谁下得了手这件事儿李广忠也远远比不上程燕妮。打架的时候李广忠最多推程燕妮一掌，气急了的时候才会给上几拳头。但程燕妮不一样，她火气不大的时候给李广忠一两板凳也就算了，火气大起来李广忠就要挨飞刀了。

程燕妮是一个胆子很大的人，这从打架一事就能看得出。一般人打架手里还有点儿分寸，生怕闹出什么事，而程燕妮打架的时候是一定要把对方撂倒、让对方心服口服才算数。所以，在刚结婚的时候李广忠就发现自己不仅吵架吵不过妻子，就连打架也远远不是程燕妮的对手。因此，结婚这么多年以来，李广忠一直避免和程燕妮发生正面冲突，实在忍不了的时候也只是气得出门转一圈而已。但是这年夏天，李广忠不知道自己肚子里的火气为什么这么大，自己又是为什么好了伤疤忘了疼。引发李广忠和程燕妮争论的事情其实并不大，事后李广忠甚至想不起矛盾是从哪儿开始的。他只知道夫妻俩吵着吵着就开始说孩子的事，说着说着又扯到了徐歌身上。程燕妮气急了，抄起瓶啤酒用尽全力打在了李广忠的胳膊上。鲜血很快就顺着李广忠的胳膊流了下来。看到血的时候，李广忠才清醒过来，他实在是后悔吵了这么一个莫名其妙的架，还连累自己的胳膊受了伤。李广忠胳膊上的鲜血并没有让程燕妮回心转意，相反，她立马收拾好东西离开了。

　　李广忠和程燕妮吵架的时候，李芙蕖并不在屋里。如果她那个时候没有到大姨家去玩的话，或许李广忠和程燕妮看在孩子的面上不会吵得这么凶。在发生争执的前几天，李广忠和程燕妮拿着政府补贴的三千块钱整治了一下自家的地震棚，用塑料布和瓦片重新盖起了一个可以放下两张床的棚子。在盖好棚子以后，程燕妮就带着李芙蕖回娘家去了。在这次地震当中，程家坡的损失远比北滨村严重。程家坡里每家每户的房子几乎都塌了，还有好几个人被埋在了土里。其中最惨的是程燕妮隔房的表哥和表嫂，地震的时候两口子正在屋里睡觉，床抖动起来的时候，两口子急急忙忙地跑去开门，没想到这个时候整面墙壁连同门一起倒了下来，不偏不倚刚好压在夫妻俩身上。第一波震动过去以后，家族里的人把他们挖出来的时候他们早就没气了，只留下了一个刚满十二岁的小女儿。这个孩子从那天开始就是一个孤儿了，她的大爸看她可怜，就把她带到自己屋里过日子。那个孩子一开始也是天天哭，天天哭，哭到后面眼睛都哭肿了，眼泪都流干了，也就不哭了。

地震的时候程天南和曹家华老两口正在地里除草。大地震动起来的时候，曹家华一屁股坐到了地上，程天南勉强靠在锄头上才站稳了身子，他向周围张望，只见铺天盖地的尘土在群山之中飞扬。程天南是一个很有见识的人，可饶是如此，他也没有见过这样的阵仗。这个快要七十岁的老人被眼前的景象给镇住了，他以为这是神佛给人带来的惩罚。那一天，程天南面对飘飞的尘土默默地双手合十，念了几句"阿弥陀佛"，才扛着锄头和曹家华一起回家。他们快走到屋子跟前的时候才知道，哪儿还有家，出现在他们眼前的不过是一堆垮了一半的黄泥巴而已。看着眼前的这一切，程天南实在是不知道该说些什么，他以为自己这一辈子经历的事情已经够多了，没想到临了还要变成一个丧家之犬。

程天南是地主家庭出身，十五岁的时候他的地主父亲就被枪毙了，没过几年地主婆母亲也改嫁了，让他和大哥出来独门独户地过日子。后来，程天南开始走南闯北地做点儿小生意，挣一碗饭吃。等到把儿女都安排了之后，他以为这一辈子也就这么了了，没想到在黄土埋了半截儿的时候，自己又要从头开始。程天南不是一个喜欢抱怨的人，那一天，即便是他的心里充满了绝望和沮丧，脸上却一点儿也没有表现出来。这个将近七十岁的老人孤身跑到摇摇欲坠的房子里把吃的、喝的、被子和晒簟都给抢了出来，趁着太阳还没下山，赶忙和老伴儿一起搭了一个棚子。等程燕妮带着李芙蕖到程家坡的时候，程天南两口子已经在这个棚子里住了好几个月了。

　　程燕妮到了之后没多久，程官明也带着两个女儿回程家坡来了。在特殊时刻相见的姐妹俩都有一种劫后余生的快慰，她们不约而同地把之前的那点不好的事情给忘记了，拉着手亲热地叙起了别后冷暖。姐妹俩没有在程家坡待多久，她们家里都还有一堆的事情要忙，这次上来不过是来看一眼爹妈安不安全，顺便送点儿东西来。等到要走的时候，程官明一定要李芙蕖跟着她回家去玩儿几天。李芙蕖和沈娟、沈晴的关系本来就好，她当然愿意跟着大姨回家去。程燕妮见大姐叫得这么热情，自己也不好意思阻挡，索性随她去了。

　　地震发生的时候，程官明正带着两个女儿在街上守着茶铺子。这次地震的威力是剑门和白马两个镇的人从来没有见过，也不敢想象的。程官明在白马镇上买的铺子被震塌了，她的生意也做不下去，只好带着两个女儿回了老沟。到了老沟才发现，原来老沟里的日子也不好过。老房子已经塌了，河沟里的水也浑浊了。在沈家屋里人的帮助之下，程官明三娘母终于搭起了一个地震棚。沈福是地震一个月之后回来的，原本在山西打工的他一直想早点儿回来，可惜回家的票是那么难买，沈福在火车站等了一天又一天才终于买到回老沟的票。沈福回来了，程官明才算找到了主心骨。沈福的木工和砖瓦手艺还不错，他回来后不久地震棚就变了个样儿，变成了一个可以住上好几年的地方。等李芙蕖跟着程官明回到老沟的时候，出现在她眼前的就是这样一个棚子。

　　之前，年龄仅差三岁的李芙蕖和沈晴本来是最好的姐妹。李芙蕖觉得沈晴是一个很体贴、很温柔的姐姐，而在沈晴看来，李

芙蕖也是一个乖巧懂事的妹妹。可是这一次见面，两姐妹都发现
对方有了一些变化。相比之下，沈晴的变化更为明显。地震的时
候沈晴已经在二郎镇的初中里读了一个多学期的书了。在这一个
多学期的时间里，沈晴接触到了更多不同的人，在离家更远的地
方，她也感到了挣脱束缚的快意。在快意的作用下，沈晴开始关
注起自己的外貌和男同学的目光来。沈晴长得没有李芙蕖好看，
这不是她直到今天才知道的事情，也不是直到今天才产生的差距，
但在这一次重逢中，沈晴却为此感到自卑和不快。当然，造成姐
妹俩之间隔阂的不仅是这一件事，李芙蕖能够说出来的都有好几
件。比如，多年以来一直和李芙蕖要好的沈晴不知道从什么时候
起和二姨的女儿走得更近了；又比如，和李芙蕖相比，沈晴和表
哥顾闲的关系更为亲密。当然，李芙蕖和沈晴都心知肚明，后一
件事情是最为重要的。

　　顾闲是李芙蕖大外公独生女儿的独生儿子，简而言之，也就
是李芙蕖的隔房表哥。本来，这个表哥和她们一点儿也不亲近，
但是自从去年冬天开始，她们和这个表哥走得近了些。顾闲长得
高高瘦瘦的，是一个很英俊的少年，在县城里最好的高中——江
油市第二中学里读高二。顾闲是一个很有活力的人，他曾经带着
一群弟弟妹妹到小河沟里去野炊，顶着大太阳到河里去钓鱼。在
李芙蕖看来，和顾闲在一起的日子是那么有趣，又是那么不同，
她渐渐开始喜欢起这个表哥来。李芙蕖同样察觉到了沈晴对这个
表哥的兴趣和亲近，这种兴趣和亲近让李芙蕖嫉妒了。她的嫉妒
是复杂的，也是双面的，她既嫉妒沈晴对顾闲的亲近，也嫉妒顾
闲对沈晴的亲近。当然，这两种嫉妒的内容是不同的，前一个是

因为失去了最好的姐妹而嫉妒，后一个是因为失去了最好的哥哥而嫉妒。总而言之，在遇到顾闲之后，李芙蕖觉得原本跟她最亲近的姐姐突然之间就和她疏远了，而总是对她笑嘻嘻的哥哥也并没有和她真正亲近起来。直到这个时候，李芙蕖才意识到她和沈晴从小到大的关系并不牢靠，她们的中间原来还可以站下第三个人。

　　怀着这么些复杂的情绪，李芙蕖的这趟老沟之游并不畅快。但她没有想到的是，等回到家里，她还有更复杂的局面要去面对。李芙蕖回家的时候，程燕妮已经走了好几天了，她走的时候什么话也没有留下。这一次，李广忠真真切切地感受到了这段婚姻的摇摇欲坠，尽管他留住了程燕妮的钱，却留不住程燕妮的心和她的人，她还是像之前一样想来就来，想走就走。这种感觉让李广忠觉得挫败，他觉得那个前几天还睡在枕头边上的人一下子变得陌生了，遥远了，甚至不复存在了。

　　李芙蕖当然不知道发生了什么事情，她回到家的时候只看到了父亲胳膊上的结痂，听到了母亲远去的消息，这两件事情让李芙蕖觉得困惑且无力。她不知道大人的世界为什么如此复杂，不知道他们为什么过不了安安静静的日子；她只知道在经历了这几个月的事情以后她是真的累了，只想安安生生地过几天清静日子。当然，李芙蕖曾听过"树欲静而风不止"这句话，她更加清楚，如果日子自己要动，仅仅凭借人力是无法让它停下来的，所以她也不为此而纠结了。

　　李广忠当然不知道李芙蕖的心里在想些什么，他只知道女儿是引程燕妮回来的最佳诱饵，只要让女儿每天给程燕妮打一个电话，过不了几天她一定会回来。打定主意以后，李广忠开始每天催促李芙蕖打电话。第一天，程燕妮表现得很冷淡，到了第二天她的口气就软了下来，等到了第三天，程燕妮已经表现出了想要回来的意思。可到了第四天，李芙蕖不愿意打电话了，她觉得这个游戏一点儿也不好玩，她实在不能理解为什么这些看似成熟和睿智的成年人要玩这种无聊透顶的把戏，反正她是不愿意再陪着他们玩下去了。

在离开的这些天里，程燕妮的日子可谓精彩纷呈，自在极了。在刚吵完架离开北滨村的时候，程燕妮也确实迷茫过。她徘徊在江油县城里，百无聊赖，忍不住给赵一打了一个电话。程燕妮和赵一认识有一段时间了，但是她一直没把这个人放在心上。至于这一次为什么要打电话给赵一，程燕妮想大概是因为只有赵一会放下手里所有的事情，跑到江油来找她吧。程燕妮的预料没有落空，她挂了电话没多久，赵一就开着车到了江油。那个晚上，赵一陪着程燕妮吃饭、唱歌、散步，这个平时话很少的男人那天晚上却有说不完的绵绵情话，程燕妮不知怎么的就溺死在了这些情话里，当天晚上就和赵一在酒店里开了房。从意醉情迷中回过神来的程燕妮也觉得有些愧对家里的丈夫和女儿，但她一想到丈夫那穷凶极恶的模样，心里的愧疚立马烟消云散了。在接下来的几天里，程燕妮和赵一从江油一路玩到了成都。白天，两个人手牵手到旅游景点去游玩；晚上，两个人在酒店的床上激情缠绵。这样的日子是程燕妮从来没有经历过的，在这种日子里，她感到了由衷的轻松和快意。直到女儿打来电话的那天，程燕妮才从迷梦中惊醒，意识到自己犯了多么大的错误。给丈夫李广忠戴一顶绿

帽子倒没有什么，但是她不能带着自己这副不贞洁的身体回去面
对女儿。

在犹豫了好几天以后，程燕妮才最终决定让赵一把自己送回
江油。程燕妮是一个很现实的人，她知道这不过是一段不被世人
承认的短暂的婚外情罢了，她还有家庭，还有责任，所以她必须
要回去面对。和赵一分手的时候，程燕妮表现得十分坦然自若，
可赵一的心里却一点儿也不好受。他实在是太爱这个女人了，他
爱这个女人的气息，爱这个女人的身体，爱这个女人的一切。如
果他从来不曾拥有过的话，那么他也不会感到这种锥心刺骨的疼
痛；但他确实拥有过这个女人，那么这种疼痛将在未来的日子里
时时啮咬着他的心灵。

也就是在那一天，赵一在心里默默地打定了主意：一定要把
这个女人弄到手，无论要付出什么代价，无论要使出什么手段，
他都在所不惜。

第四十章

灾后重建

到了秋天，灾后重建如火如荼地开展了起来。在地震之后的很长一段时间里，大家尽管该吃饭吃饭，该睡觉睡觉，但是谁也不敢去想未来。修一幢新房子的钱整个北滨村里没有几个人出得起，这些人看着被地震震塌，又被雨水淋成一摊烂泥的老房子，总是有一阵又一阵的愁绪涌上心头。

五月底的时候帐篷和援助的衣服都送到了他们手上，每家每户至少有两三顶帐篷。这些从来没有见过帐篷的人对这个新鲜玩意儿产生了莫大的兴趣，很快，这些帐篷就在北滨村里撑开了。当天晚上，北滨村的人把床抬到帐篷里，享受了一下这种新鲜物件儿。可是没过多久，他们发现帐篷虽然好看，却总归不是一座房子、一个家，这些过完了瘾的人更加希望能够拥有一幢新房子，或者说至少能有一个遮风挡雨的地方。

到了九月份，镇上来的评估灾情的一行人手里拿着油漆桶，每走到一户人家，就要进去检查一下房子的受损情况，并在门上写下对房子的评定意见，有的是"重建"，有的是"拆除"，还有的是"加固"。李广忠家的房子比较特殊，他家一楼基本没什么问题，但是二楼受损严重，所以他家房子的评定结果是"一楼加固，二楼拆除"。看着这几个写在一楼墙上红彤彤的大字，李广忠的心里着实不好过。在修这幢房子的时候，他和程燕妮两个从来没有省过钱，也没少出过一分力气，不知为什么却落了这样一个下场。大哥、二哥家的房子只需要加固，他的房子却需要拆掉整整一层，这是一个大工程，需要投入大量的钱。为了这件事，李广忠和程燕妮愁了好几天。灾后重建的补贴款是按户分的，每个户口两万四千块钱。这笔钱如果拿来加固的话肯定是绰绰有余，但是如果拿来重建，就不够了。

在评定工作结束以后，每家每户都开始动手准备起修房子的事情来。一时间，水泥、火砖、木料和钢筋成了抢手货，这些东西的价格翻着番地往上涨，很快就涨到了一个人人都害怕的位置。尽管如此，仍然有无数的人每天跑到白马镇的水泥厂门口等着拉回一车水泥。火砖的供应越发短缺，江油县城附近的火砖被一抢而空，很多已经开工的家庭因为没有火砖而不得不停工。材料的短缺让当地政府也愁了起来。在地震以后，对口援建江油的是河南省，当地政府只好把材料短缺的事情告诉河南的援助方。很快，一座砖厂就在北滨村二组后头河的一片空地上建了起来。砖厂的厂房建起以后，上工的人手却不够。为了解决人手的问题，当地政府号召还没开工重建的家庭先到砖厂里去上班，等到重建的第一波高峰期过去之后再修自家的屋子。这个消息传出去以后，倒是有很多已经返乡的青壮年到砖厂里去上班。灾后重建持续了将近两年的时间，其中的第一个高峰期主要是房子的加固和部分拆除，至于那些需要从头开始的家庭，一般都等这个高峰期过去了之后才考虑自家房子的事。

寂静了好些年的北滨村一下子就热闹了起来。所有出去打工的人都回来了，这些人带着自己的故事、带着对家乡的挂念和重建家乡的热情回到了这片土地上。他们有的每天带着工具到砖厂上班，有的每天在水泥厂和预制板厂等着拉回一车材料，有的人组成施工队挨家挨户地修房子。繁忙让这些人脸上的沮丧和恐惧一扫而光，日子似乎从来没有这么有盼头过。因为这份盼头和希望，这些人的脸上再次出现了笑容。

李广忠家开始拆除二楼的时候，李芙蕖已经回到学校上了一段时间的课了。剑门镇中心小学还没有重新建起来，但是在距离街道不远的地方，一大片白色的活动板房搭起来了，这批活动板房是援助剑门镇的部队赶工建的。地震中，各个乡镇的小学都受到了损害，从那以后剑门镇里所有的小学生都统一到剑门镇中心小学上学。

李芙蕖第一次见到这片活动板房的时候着实吃了一惊，她没有想到在这片她十分熟悉的土地上竟然会出现这么一片壮观的白。再次踏入学校的李芙蕖远远地看着这一片白，觉得既惊奇又喜悦。当然，对于重新见到班上的同学，李芙蕖没有抱多大的期望，她实在是讨厌再见到郭莎莎那副虚伪的嘴脸。在过去的这几个月里，李芙蕖有时也会想，为什么小时候那么可爱的郭莎莎会变成现在这副模样。当然，那个时候的李芙蕖还不知道嫉妒的力量。

　　李芙蕖长得好看，书也读得好，从小就是老师眼里的心肝宝贝、父母的掌上明珠。郭莎莎虽然长得也很好看，但是她的成绩一直很差。在郭莎莎的认知里，美貌可以为自己换来一切，所以她最珍视的就是自己白皙的皮肤和动人的美貌。确实，在很长一段时间里她的长相确实为她带来了许多好处，但是她不知道，在这个世界上还有许多东西比美貌更重要，比如实力，比如金钱，比如学问。可惜的是，郭莎莎拿得出手的就只有美貌，所以她注定会成为李芙蕖的手下败将。但她又是一个曾经被宠坏了的女孩子，因此面对抢走了她光芒的李芙蕖，她只能以恶意来进行报复。嫉妒和恶意是双刃剑，在刺痛别人的时候往往会让自己也鲜血淋漓。那个时候的郭莎莎还不明白这个道理。

　　尽管李芙蕖讨厌郭莎莎，但是在这个班级里毕竟还有她喜欢的人和事，比如读书，比如上课，比如唯一的好朋友张玉萍。在李芙蕖插班进来的时候，张玉萍一直是这个班级里的边缘人物。她是一个比较文静的女孩子，喜欢一个人坐在座位上读书、学习，不爱凑女孩子们的热闹，也不十分吸引男孩子们的注意。李芙蕖转来以后，两个曾经的老朋友再一次热络起来，开始一起吃饭，一起到教室里读书，甚至手拉着手一起去上厕所。见到张玉萍和李芙蕖这么亲近，郭莎莎也把自己对李芙蕖的不满转移到了张玉萍身上，这下她们两个的日子都不好过了。

　　活动板房只给李芙蕖带来了短暂的愉悦，没过多久她就发现这种房子实在是中看不中用。且不说这个房子的隔音效果很差，早读的时候往往是几个班级的读书声交叠在一起，搞得大家什么都听不清楚，更糟糕的是这个房子的隔热和遮雨效果也很差。九月份，剑门镇进入了秋雨绵绵的时节，也是到了这个时候，学生们才发现真的是外面下大雨，里面下小雨。蜿蜒曲折的水滴慢慢地从楼板上渗透下来，再一滴一滴地落在床铺上。最先遭殃的是郭莎莎，冰冷的水滴滴在她已经睡熟了的脸庞上，让这个平时耀武扬威的女孩子发出了一声骇人的惊叫，这个声音把整个屋子里的人都给吵醒了。清醒过来的郭莎莎这才意识到，原来在梦里撕咬自己的蛇不过是接连不断往下掉的水滴罢了。这个女孩子在吵醒了所有人之后，并没有道歉，而是骂骂咧咧了一阵子，把铺盖一卷，睡到好姐妹的床上去了。

在灾后重建的这段日子里，李芙蕖每个周末都有沉重的劳动负担。那个时候她的妈妈已经怀上了第二个孩子，整天挺着一个不太显眼的肚子带着李芙蕖到楼板上处理已经拆掉的二楼遗留下来的废料，包括水泥板、半块砖头等。长到这么大，李芙蕖还是第一次干这么粗的活儿，没过多长时间，她的一双手就变得又老又糙。李芙蕖很珍惜她这一双手，这是一双很美的手，手指纤长，手掌白皙细腻。可这同样也是一双经不起折腾的手，当李芙蕖看到第一个老茧在自己的手上出现的时候，她实在是不理解为什么总是有这么多干不完的活儿。当然，最让李芙蕖不理解的还是为什么她的父母要选这么一个时间生第二个孩子。多年以来，李芙蕖一直都是被父母捧在手心里长大的，她从来没有想过有一天自己还会有一个亲兄弟姐妹。第二个孩子的出现让李芙蕖意识到了一些问题，比如她的父母对她并不是百分百的满意，又比如她也不是完全不可取代的。当然，她最想不通的还不是这些。这个孩子是在李广忠和程燕妮吵架以后没多久怀上的，李芙蕖实在是想不通，一对前不久还在吵架的夫妻，为什么一两个月之后又好到了愿意再生一个孩子的地步？李芙蕖觉得这些问号都快要把她给压倒了，到了后来，她不愿意让这些事情扰乱了自己的心情，索性不再想了。

程燕妮肚子里的那个孩子其实也是李家上上下下都想不通的。且不说程燕妮都已经三十多岁，早就过了最佳生育年龄，就说现在，也实在不是一个生孩子的好时机。但是这个问题李家屋里的人没有问出口，在重建的这段日子里，他们实在是没有工夫再去管别人的闲事。在别人满脑袋问号的时候，恐怕只有李广忠和程燕妮知道这个孩子为什么会出现，又为什么一定要在这个时候出现。所有的事情都是李广忠当年找外省的那个老头算命给惹出来的，这个老头子说的话这么些年来一直沉沉地压在程燕妮的心头，她总觉得女儿和自己不够亲近，等到丈夫和她动手的时候，她才真正意识到这个家里没有一个真心向着她的人。为了拿掉心上的那块石头，程燕妮铁了心要生一个自己人出来。也是到了这个时候，李广忠才真正明白什么叫作搬起石头砸了自己的脚。但是这个孩子的出现也让李广忠感到了一些安慰——至少程燕妮是愿意和他再过下去的，至少程燕妮没有想过抛弃这个家庭。这一点是让李广忠最为感动的地方，也是他觉得自己的腰杆子终于要挺起来的预兆。

匆忙怀上第二个孩子的程燕妮并没有想过这个孩子的出现将会带来的变化。这么些年来，程燕妮有了钱，丈夫也老老实实的，女儿在学校里的表现也不错，但总有一件事沉沉地压在她的心头。那就是，她没能生出一个儿子来。其实在地震以后，大家已经没

029

有那么在乎生不生得出儿子了，但程燕妮心头总是堵着一口气，她始终觉得自己比不过大嫂和二嫂，至少在肚子上，她是比不过的。为了弥补这个缺憾，为了再次成为李家屋里最厉害的媳妇，程燕妮决定拿自己的肚子再拼一次，希望能生一个儿子出来。

但这只不过是程燕妮一个人想当然的看法罢了，李广忠对此并没有一丁点儿激情。在生第一个孩子的时候，李广忠曾经盼望过能有一个儿子，但是这么些年过去了，他也看清楚了形势——这年头生一个儿子就是生了一个祖宗，既要解决他结婚的问题，还要帮着带孩子，儿子没钱了两手一伸就要问当老子的要——生儿子就是彻头彻尾的赔本买卖，一向聪明的妻子怎么会连这一点儿事都参不透？尽管李广忠看得很清楚，但他毕竟不是这个屋里管事的人，在生不生第二个孩子的这件事上他实在是一句话都插不上。尽管如此，李广忠却用自己的冷漠做了在他看来最好的还击。

在程燕妮怀孕的这几个月里，李广忠对程燕妮总是表现得淡淡的，面对整日孕吐的妻子，李广忠毫无之前的体贴与关怀。他希望用这种方式告诉程燕妮，生第二个孩子全是她自己一厢情愿。但李广忠没有想到的是，面对这样的冷淡和无情，程燕妮却表现出了不撞南墙心不死的气势来。这一次，她是铁了心要把肚子里的这个孩子给生下来。

就在李广忠两口子为了孩子的事各自盘算的时候，李广达屋里接连传来了几个好消息。第一个好消息是李清松顺利考上了县里最好的高中，这确实是一件给李家上上下下长脸的好事，为此李广达还专门请李家屋里的人吃了几顿饭。第二个好消息是李广达屋里的房子没费多大工夫就完成了加固。这本来不算是一件特别明显的好事，但是明眼人背地里给李广达两口子算了个账，前几年他们在山西挣的钱加上这次加固剩余的钱，李广达手里的现金该有十万块。这笔钱放在地震以后的北滨村的确算是一笔巨款，在大家都需要借钱修房子的时候，这笔钱真是让大家既眼红又眼馋。李广达两口子也是第一次见到这么多钱。有了钱以后，他们倒是没有多张扬，只是心里整天都是甜滋滋的，觉得这日子总算是有盼头了。李家院子里的人发现近来李广达总是喜欢背着手到河边去散步，他脸上那种愉悦和自得其乐的模样让整个北滨村二组的人都羡慕了起来。

在十月份灾后重建进行得如火如荼的时候，李广耀的大女儿李月明悄无声息地回到了北滨村。本来地震发生以后李月明第一时间就要回来，可是李广耀觉得她回来也帮不上忙，还要多一个人吃饭，就让她好好待在学校里准备毕业的事情，别急着回来。等找好了工作以后，李月明这才趁着十一长假回了一趟老家。李月明这次归来并不能算作衣锦还乡。在几年前的李广耀看来，从理工大学毕业以后，女儿也总算是熬出了头，能够过上好日子了。但是直到这一天，李广耀才真正意识到，学历并不是一切。秋招的时候，李月明并没有找到一份高薪的工作，她在河北的一家水泥厂里找了份工程师的工作，月工资还不到三千块。黯淡的前景让李月明越发憔悴和瘦弱，也让这个刚回家的女孩子显得局促不安。当然，不安的不只是李月明一个人，她那第一次跟着女朋友回乡的男朋友蒋娴也丝毫不觉得轻松。

蒋娴是一个长得白白净净的男孩子，虽然出生于河北，却丝毫没有北方汉子的粗犷，李家院子里的人看到他的第一眼都觉得这是一个南方式的俊秀男孩。蒋娴和李月明是大学同班同学，这个男孩子斯斯文文的，也十分有礼貌，算是一个不错的女婿。但只有蒋娴自己知道，贫寒的家境和低廉的工资是压在他心头的一块沉重的石头，到了李家的这几天，这块石头变得越发沉重，也越发让人承受不起。蒋娴出生于河北石家庄一个普通的农民家庭，在他还小的时候母亲就被家里的驴给踢残废了，这么些年以来一直瘫痪在床，家里的一切负担都落在了父亲的肩上。在过去的十几年里，蒋娴的父亲，那个沉默寡言的北方汉子，靠着每天早上在街边炸油条，养活了蒋娴和他的弟弟。读大学的时候蒋娴就是一个十分懂事的男孩子，和李月明一样，每到放假他都会跑到校外去打工赚钱。也许正是因为家庭背景和经历的相似，蒋娴和李月明才会坠入爱河。

大学的恋爱总是带着一些粉红色的泡泡，等他们离开了学校以后，才知道这个社会是如此的复杂，而要在社会上活下去是如此的艰辛。粉红色的泡泡一下子就被社会的大风给刮破了，这两个无依无靠的年轻人从现在起就要靠自己的双手挣出一个未来。

第四十一章

上门汉

　　灾后重建的第一波高潮过去之后，房子被震塌了的人家掀起了修房子的第二波高潮。在人人都忙得脚跟不沾地的时候，张亮却每天抬一个矮板凳坐在塌了一半的房子旁边晒太阳。每一天，张亮都会看到数不清的人和数不清的车从她的眼前走过，这些车里拉的都是修房子要用的材料。这些人从张亮面前走过的时候没有工夫停下来和这个闲得不像话的女人打招呼，在这一片繁忙里大家渐渐地把这个前不久刚死了丈夫的女人给忘记了。

　　到了第二年夏天，李广利家的新房子也修好了，一栋新崭崭、亮堂堂的三层楼房就这么出现在了张亮家老房子的旁边。看着这栋新房子，张亮的心里别提有多难受了。这个女人争强好胜、喜欢在背后说人家闲话，她没想到的是，有一天自己也会成为他人嘴里的闲话。张亮知道那些已经修好房子的女人背着她说了好些不中听的话，但是此时的她已经没有心思去应付这些闲话了。李广福活着的时候，张亮从来都不觉得这个男人有什么本事，有什么用处，等到丈夫去世以后，她才真正了解到一个女人的日子有多难过。晚上，她要一个人睡冷冰冰的被窝；遇到事情了，她要一个人去扛；在地动山摇的时候，她也没有一个依靠。李广福去世以后，张亮真真切切地觉得这日子没法过了。因此，每一天，除了晒太阳以外，她什么事情也不想做。张亮的女儿李子彤快要十八岁了，这个从小娇生惯养的女孩子在父亲去世以后仿佛一下子长大了许多，她开始学着照顾日渐衰弱的母亲，开始学着逗母亲开心。但是无论她想出多少花样，她的母亲还是整天恹恹的，一点儿精神都提不起来。看见母亲这副模样，李子彤担心了起来。

其实，担心的不只是李子彤一个人。快八十岁的李享名把这一切都看在了眼里，他的心里也着实发急。自从给两个儿子安好了家以后，李享名觉得自己肩上的担子终于轻了。在为两个儿媳妇的肚皮担心了好几年之后，李享名也渐渐地不愿意过问儿女们的事情，他觉得自己已经老了，儿孙自有儿孙福，自己这把老骨头实在没有必要去掺和。突如其来的一场地震把李享名的一个儿子给震没了，也把他得来不易的安闲生活给震得无影无踪。在李广福去世的这一年多以来，李享名眼看着二儿媳妇一天天地蔫了下去。大儿子屋里的新房子修好了，李享名也在宽敞明亮的新房子里占了一间房。但在自己享福的同时，他一刻也不敢忘记二儿媳妇和孙女还在地震棚里受苦。为了这事，李享名好长一段时间睡不好觉。等到大儿子屋里的事忙了个七七八八，一天夜里，李享名披着衣服，慢悠悠地走进大儿子的睡房屋里，轻手轻脚地把门关上，做出一副有事情要商量的模样。

　　李享名到的时候，李广利正在记工的小本子上算账。房子修好以后就要给工人发工钱了，这是一笔不小的钱，李广利已经在本子上算了好几遍，生怕出一点儿差错。所以，在父亲进来的时候，忙碌的李广利依然低头看着手里的本子，半天没抬头。

　　李享名在原地站了好一会儿，见大儿子没有主动招呼自己的意思，只好费劲地咳嗽了一声。李享名的这一声咳嗽没有发出多大的声音，他确实是老了，嗓子里再也发不出年轻时候嘹亮的声音了。但是，这一声咳嗽足以把李广利的注意力给吸引过来。在这一声并不响亮的咳嗽里，李广利听出了许多东西，他没有办法继续一心扑在眼前的这个小本子上了。李广利有些错愕地抬起了头，讪讪地叫了一声："老汉儿。"

　　听到儿子叫自己的声音，李享名这才哆嗦着坐到了椅子上。这时，李广利已经等得有些不耐烦了。在李广利快要再次把注意力集中在面前的小本子上之前，李享名抓准时机开了口："老大，有点事儿和你商量下。"

　　对于这一句话，李广利并没有表现出多大的兴趣，因为这确实是一句说了等于没说的话。他只是点了点头，一双眼睛又回到了小本子上。见儿子丝毫不把自己的话放在心上，李享名有些动气，但是他很清楚现在他只有这么一个儿子了，以后生老病死的大事都靠这个儿子。俗话说，人在屋檐下，不得不低头。李享名知道该自己低头的时候早就到了，所以这个厉害了一辈子的人只能硬生生地把那口怨气给咽了下去，好声好气地继续对儿子说："老二死了，二媳妇和子彤娃现在还没得着落，你这个当大哥的有啥子想法？"

　　听了这几句话，李广利即便是没有想法也得找一点儿想法出来了。他挠了挠脑袋，说："不然，叫她们两娘母回娘家去？"这句话差点儿把李享名给惹火了。尽管他费力把这口气给咽了下去，但是脸上仍然残留着气恼的痕迹。这个痕迹，李享名感应到了，李广利也同样看到了。第三次开口的李享名不再低声下气，他直截了当地说出了心中的想法："回娘家不可能。张女子嫁到李家二十年了，你让她现在回娘家去，别人咋说我们？你老汉我一把年纪了，丢不起那个人。我想的是，给她找个上门汉，让这个上门汉出钱把房子修了，让他们一起过日子去。"

　　听了父亲的想法，李广利觉得可行。其实，对于张亮的去留，李广利既不想发表意见，也不觉得和自己有什么关系。在李广福活着的时候，他们还是一家人；现在李广福死了，张亮不过就是一个在隔壁住了二十年的陌生人罢了。李享名绕了这么大一个圈子才把话说出来，李广利觉得日渐老去的父亲变得越发不爽快了，说个话也拖拖拉拉的，他干吗不早点儿直接把自己的想法说出来？李广利不知道的是，李享名其实希望儿子能够自己想到这个主意，再亲口说出来。这么一来，既能显示出他们父子俩心意相通，又能让李广利在这个事情里多费一点心。可是，李享名等了好半天，也没等到李广利表现出这个意思。当李享名往自己房间里走的时候，他觉得有些失望，有些沮丧，但更多的还是疲惫。

　　李广利虽然不想管这件事，但是父亲找上门来，又亲自开了口，他一个当儿子的就不能不管，要不然外人肯定要说他不孝顺。为了不背上不孝顺的这个骂名，李广利第二天到街上开门做生意的时候，抽空去找了一趟专门拉红线的王老婆子。这个王老婆子有五十岁了，年纪不大，却做出一副很老的样子，一年四季都只穿黑色的衣服，头发也像老年人一样盘成一个老式的发髻。王老婆子是个寡妇，自从丈夫去世以后，就一直靠着给人说媒拉纤过日子，整个剑门镇的男婚女嫁，有将近一半都是她经了手的，这么些年来，她在剑门镇街上也算有些名气。李广利和王老婆子认识很多年了，王老婆子对李广利屋里的情况了如指掌。李广利找到她的时候，还没说上两句话，王老婆子就知道了李广利的心意，立马满口答应下来。看王老婆子答应得这么爽快，李广利立马从口袋里拿出了一个红包交给王老婆子。这是剑门镇的规矩，找人拉红线，无论成还是不成，给媒人的定钱是不能少的，哪家要是省了这笔钱，一定会被别人戳着脊梁骨骂。

　　收了李广利的钱以后，王老婆子很快就活动起来。这几年，十七八的大姑娘难找，可四十多岁还没结过婚的老男人却一抓一大把。在剑门镇附近的山里住着好些人，这些人住的条件差，离镇子也远，屋里一般很穷，大概率是娶不上媳妇的。为了留下后代，这些人也不怕别人说闲话，争先恐后地入赘到平地里生不出儿子的人家里去，北滨村二组尚瞎子的女婿就是从高山上入赘到他家的。王老婆子没费多大力气就为张亮物色到了一个顶好的人。这个人叫王德一，比张亮还大两岁，家住在高山上，父母双亡，人长得又矮又丑，一直没有娶上媳妇，但是听说这些年在山西承包矿洞挣了不少钱，是一个小老板。王老婆子知道李广利一家想为张亮谋的是一个能挣钱、出得起钱修房子的人，至于这个人长得怎么样，根本就不是问题。王老婆子把这个人的情况给李广利一说，李广利满口答应了下来。李广利和王老婆子也有同样的看法，大家都一把年纪了，还说什么长相啊身材的，长得差不多过得去就行了，最主要是能挣到钱。从李广利的角度来看，这个在山西承包矿洞的老板实在是再适合张亮不过了，当即李广利就和王老婆子约好了上门看门户的时间。

一周以后王德一上门了。他上门的那天，李家屋里大大小小该到的人几乎都到齐了，除了刚生完孩子在家里坐月子的程燕妮和守着程燕妮的李广忠。王德一是跟着王老婆子到李广利屋里去的，才刚走到大门口，李家屋里的人就被他那副尊容给吓了一跳。李家屋里的男人大多长得高高大大的，偶尔还会出几个长相俊美的；女人一般都长得小巧，看上去漂亮又可爱。相比起来，王德一实在是长得太砢碜了。说他矮就算了吧，还长了一个歪歪扭扭的鼻子，一对眯缝小眼睛。在王德一刚踏进大门的那一刻，李家屋里的人就给他判了"死刑"，没有一个人主动招呼他，也没有人对他露出什么好脸色。李广利看到王德一的时候，脸上也有些挂不住，他原先听王老婆子说这个人长得丑，但没想到竟然这么丑。但人是自己叫来的，不能让人瞧不起，最主要的是不能扫了自己的面子。因此，李广利只好硬着头皮走上前去亲热地叫王德一和王老婆子坐下，又忙着让王彩凤给两个人端水倒茶。

王德一虽说长相让李家屋里的人大失所望，却是一个有些心机的人，懂得把自己最大的优势表现出来。还没落座，王德一就从上衣口袋里掏出一大把红包，那一大片红把坐在屋里的人的眼睛都给晃花了。在一屋子人还没回过神来的时候，王德一已经站起身来挨着发起了红包来。红包见者有份，无论大人、老人还是小孩子，一人一个，谁都没落下。发完红包以后，屋子里的气氛也热络了起来。毕竟伸手不打笑脸人，拿人家的手短，拿了王德一的红包，李家的人也不好意思对他板着一张脸了，立马就有人问起王德一屋里的情况来。王德一和坐在屋子里的每个人都知道，只要问起了这些事，就说明这个相亲还有点儿可能。

李家屋里的人一边跟王德一说着闲话，一边用手捏着红包，他们想从手指的触觉上来判断王德一给他们封了多少钱，再进一步根据钱的多少来决定他们该用什么样的态度来对待王德一。在大家都有些尴尬地猜测着红包里有多少钱的时候，只有曹德清不慌不忙地把红包给拆开了，大家这才知道原来红包里有两百块钱。说实在的，这屋子里也只有曹德清能正大光明地拆开红包来看。这首先是因为她在这一屋子人里存在感一向很低，无论做什么大概都没有人会去注意；其次是因为她是这个屋子里辈分最高的人之一，即便她拆开红包，也没有人敢说什么。

那两张鲜红的钞票，屋子里的每个人都看到了，他们坚硬的心也被打动了，紧接着，他们的话也亲切起来。没过多久，半个小时前还看不起王德一的人开始转弯抹角地拍起了他的马屁。李家屋里的人从没见过出手这么大方的人，从这两张红色的钞票里，他们推测出了王德一雄厚的财力和躺在银行里的更多的钞票。李家屋里的人没有谁会和钱过不去，看在钱的分上，他们顿时觉得眼前这个奇丑无比的人高大了起来，威武了起来。在他们看来，张亮不仅应该嫁给王德一，而且应该尽快嫁给王德一。

在这一片吹捧声里，李享德是越坐越不舒服，他不知道这些人怎么就在这两百块钱的刺激下变成了这副模样，他看着那些人丑恶的嘴脸，一阵不快涌上心间。李享德一直是一个脾气不好的人，在他脾气上来的时候，李家屋里的人没有一个敢去惹他，即便是郭家孝，也只能在背着人的时候骂他。李享德照旧一甩袖子就走了，丝毫不顾及屋子里其他人的尴尬。

在这次相亲的过程中，除了王德一以外，没有一个人在意过张亮的想法和看法，大家的注意力都集中到了有钱人王德一身上。在他们眼里，王德一的光辉已经盖过了屋子里的所有人，张亮没有理由不嫁给他们眼中的金龟婿。在大家聊得热火朝天的时候，张亮一个人静静地坐在一边，她突然觉得有些寂寞，和李享德一样，她也觉得这些天天都能看到的人突然之间变得如此陌生，她几乎快要认不出这些人来了。在李家屋里的一堆人围着王德一的时候，王德一的一双眼睛却始终盯着张亮，他看着这个女人低头看自己一双手的样子，看着这个女人叹气的样子，看着这个女人脸上的落寞。看着看着，王德一觉得这个女人走到了他的心里。王德一同样不在乎坐在屋里的这些人在说什么，他只在乎张亮的心里在想什么。

天快要黑的时候，李家屋里的人有些不舍地离开了李广利的家，王德一也有些不舍地离开了张亮。临走之前，这个长得还没有张亮高的男人默默走到张亮身边，从怀里拿出一个大红包悄悄地塞到了她的手上。在快要升起的夜幕下，这个男人轻轻地对张亮说："钱不多，拿着吧，给自己买几身衣裳。你长得好看，只有好看的衣裳才配得上你。"说完，王德一对着张亮笑了笑。没等他多笑一会儿，天就黑尽了，王德一只好跟着王老婆子离开了。

等人都走了以后，张亮一个人站在黑暗里，手里紧紧地攥着王德一塞给她的红包，觉得又难过又开心。张亮不知道自己喜不喜欢王德一，但是她知道自从李广福去世以后，这还是第一个真心关心她的男人，这份关心让张亮那已经灰暗了好久的心再次透进了明媚的光。

第四十二章

华西医院

　　程燕妮从来没有想过自己会在这样的情况下再次回到成都。在三十多岁的程燕妮看来，成都一直是她的风水宝地。在这个城市里，她曾经赚回了一笔她从来没有见过的那么多的钱；同样是在这个城市里，她度过了人生当中最有意思也最有尊严的一段日子；当然，程燕妮不会忘记，两年前自己留在这个城市里的疯狂和激情。当程燕妮一个人抱着快要满一岁的孩子再次踏入这个城市的时候，她感到的却是一阵说不出的难过与沮丧。程燕妮这一次不是来看朋友的，也不是来找工作的，她这次到成都来的目标非常明确，那就是为怀里这个孩子治病。

　　孩子是去年夏天的时候出生的。不出程燕妮所料，确实是一个儿子。当这个消息传到躺在产房里的程燕妮耳朵里的时候，她着实开心了好一会儿。不过，还没等她开心够，助产的护士马上告诉她了一个坏消息：这个孩子其他地方都很健康，只是右脚马蹄内翻。那个时候，程燕妮对于马蹄内翻这个词语还没有什么概念，等她第一次看到孩子的时候，这个词语所代表的意义才第一次真正具体起来。第一次抱孩子的时候，程燕妮首先解开了裹着孩子的襁褓，她有意无意地看了一眼孩子的下身，看到孩子那具有标志性的器官，程燕妮露出了不甚明显的得意，但等她继续看下去的时候，孩子内翻的右脚让她如遭雷击。马蹄内翻，也就是脚向内侧扭曲。程燕妮觉得天都快塌了。

这个月子，程燕妮并没有坐好。在孩子出生的头几天，程燕妮不知道掉了多少眼泪，她觉得上天对自己太不公平了，也对这个孩子太不公平了。不过，程燕妮的眼泪并没有掉太久，她毕竟是一个坚强的女性。哭够了以后，还在月子里的程燕妮就开始抱着孩子东奔西走地治病。孩子出生二十多天的时候，程燕妮和李广忠抱着孩子到县城里的医院进行了检查。医生说，这个孩子全身都是病，不光是马蹄内翻，他肝脏、眼睛都有问题，需要做好几个手术。这个消息对李广忠和程燕妮来说无异于又一次重大打击。走出医生办公室的时候，他们两口子几乎要虚脱了。

那个下午，李广忠和程燕妮并排坐在医院楼下的长椅子上，一句话也说不出来。等天快要黑下来的时候，怀里的孩子饿醒了，张着一张并不太大的嘴哭了起来。孩子的哭声把程燕妮给唤醒了，她的母性也跟着清醒了过来。看着孩子一口一口吞咽奶水的样子，程燕妮坚信这个孩子没问题，他一定能活下去，那一刻，程燕妮打定了主意一定要治好这个孩子，无论要付出多大的代价她也在所不惜。

但程燕妮不知道的是，坐在她旁边的丈夫却有不同的看法。

自从地震以后，忙着灾后重建的李广忠和程燕妮已经放弃了卖鱼的生意，在怀上孩子以后，屋里的三轮车也被折卖了出去。在这一两年里，屋里的全部收入都来自李广忠跟着表哥郭天才给别人修房子挣的工钱。自从怀上孩子以后，程燕妮也从家里的顶梁柱变成了需要伸手向丈夫要钱过日子的人。面对这个变化，李广忠和程燕妮的心理都有了一定程度的改变。

这个孩子是程燕妮犟着要生的，李广忠一直不想要，只是拗不过程燕妮，所以只好由着她去了。李广忠没有想到的是，有一天这个屋里的所有开支都要指着他。面对这种新情况，李广忠一开始觉得很开心，和程燕妮结婚这么多年了，终于轮到他展露男人的本色了。随着家里经济来源的变化，李广忠也希望自己的家庭地位能够得到提升。李广忠当然还记得过去他对程燕妮的低眉俯首，他希望现在程燕妮也能做到他之前的样子，让身为一家之主的他能够体会到被重视的滋味。但是怀着孩子的程燕妮并没有体察到丈夫内心的细微变化，这么些年来，她一直以为丈夫的体贴和关怀是出于对她的爱。并且，在程燕妮看来，自己现在怀着孩子，而且可能是一个儿子，丈夫应该关怀和体贴她。可是，一等二等，程燕妮没有等来丈夫的关怀和体贴，却等来了冷淡和漠视。这么一来，程燕妮也不想和李广忠夫妻情深了。可以说，在怀孕的这段时间里，李广忠和程燕妮的关系虽然表面看不出来有什么明显的变化，但他们两个都心知肚明，这段婚姻已经没有之前那么稳当了。

等到孩子生下来以后，马蹄内翻的儿子并没有唤起李广忠的父子感情。在第一次抱孩子的时候，他的脸上没有丝毫笑容，倒在心里暗想，真正的催命鬼这下子来了。在夫妻关系还不错的时候，李广忠经常和程燕妮开玩笑说"儿女是催命鬼，夫妻是冤家"，这本来不过是一句拿来打趣的话，现在却好像成了真。在李广忠看来，这个孩子一出生就是来问自己要钱的，治病要钱，念书要钱，以后结婚生孩子又是一大笔钱。李广忠快要四十岁了，他看着女儿一天天地大了，成绩很好，长得也不错，他一直以来的计划就是如果女儿考得上大学，他就辛苦几年供她读大学，如果考不上大学，那就让她嫁一个不错的人家，也算尽了自己当父亲的责任。安排一个女儿花不了多少钱，也费不了多少心思，但养一个儿子就等于给自己挖了一个无底洞，当爹的要为这个孩子当一辈子黄牛，拉一辈子犁头。

李广忠不是一个愿意为别人奉献的人，他只想过轻轻松松、无拘无束的日子。所以在程燕妮还怀着孕的时候，他就在心里默默祈祷这个孩子是一个女儿。可惜事与愿违，程燕妮竟然生出了一个儿子。李广忠深受打击，等再看到孩子的脚，他觉得天都要塌了。他知道，从这一天开始，他不会再有好日子过了。

在和程燕妮并排坐在医院的长椅子上的时候，李广忠的心里一直在盘算一件事。这件事情在他看来非常重要，但他觉得有点儿不好意思开口。他想告诉程燕妮：既然这个孩子有这么多病，不如就把这个孩子扔了吧，扔在医院里面。当然，李广忠也知道这是一个很残酷、很没有人性的想法，他也在心里为自己辩解了好半天。第一个理由就是屋里没钱，不可能为了治这个孩子的病让一家老小都去喝西北风；第二个理由是孩子这么小，即便是上了手术台，也有很大的可能活不下来；第三个理由在他看来再合情合理不过了，让一个这么小的孩子去忍受手术的痛苦和折磨，实在是一件不人道的事情，作为父亲，他看不下去。

在心里说服了自己之后，李广忠趁着程燕妮给孩子喂奶的时候委婉地提出了自己的想法。程燕妮并没有像李广忠所想象的那么好糊弄，在这几条看上去再合理不过的话里，程燕妮一下子就抓住了关键——李广忠想要抛弃这个孩子。这是任何有良知的父母都不会有的想法。程燕妮没想到这个平时满嘴仁义道德的丈夫竟然会说出这种话，她愣住了，也是在那一瞬间，她仿佛一下子看穿了身旁这个男人的真面目，她觉得这个男人一下子变得那么陌生，那么可怕。

当然，孩子最终没有被扔掉。李广忠从程燕妮的眼神里看到了愤怒、憎恶与深切的恨意，他这才知道，要一个母亲抛弃自己的孩子恐怕是这个世界上最难办到的事情。回家之后，程燕妮和李广忠冷战了很长一段时间。李广忠也自知理亏，因此在这一段时间里他勉强表现出了些对儿子的柔情。

这次从江油回去之后，李芙蕖对这个还在襁褓里的弟弟产生了深切的同情和爱护，她从母亲那里听到了整件事情的来龙去脉。在过去的十几年里，李芙蕖和李广忠的关系一直很好，远远超过了和程燕妮的关系。但是这一次，李芙蕖确实觉得父亲不是人。程燕妮知道这种话对谁都不该说，但是她实在是有些忍不住，所以她把这些话原原本本地告诉了女儿。程燕妮把这些话告诉李芙蕖，其实还有别的原因，尽管在医院的时候她一意孤行地把孩子给抱了回来，但是她自己也不知道下一步该怎么办。程燕妮觉得心慌意乱。以前心慌意乱的时候她都会找李广忠，让李广忠给她出出主意，但这一次程燕妮知道丈夫靠不住，所以在不知不觉间她希望依靠这个屋里的另外一个人。

李芙蕖一向是一个坚强勇敢的人，但是程燕妮也不清楚女儿的坚强和勇敢到底是空壳子，还是真正发自内心的力量。在听完母亲的哭诉之后，李芙蕖咬住牙，狠下了心，一下子把弟弟身上的心电图纸给撕了。她动手的时候毫不犹豫，撕纸的动作干脆利落，这个动作让程燕妮折服了，她知道自己肯定是做不到的。一开始，程燕妮也想过，女儿是不是因为对弟弟没有感情才会这样，但在李芙蕖的脸上，程燕妮也看到了痛苦和怜惜。这下她明白了，女儿不是没有感情，而是该做的事情她必须要去做，即便是再困难，再痛苦。

那天晚上，在弟弟的身边，李芙蕖问了母亲两个问题。第一个问题是：你爱这个孩子吗？第二个问题是：你想要救这个孩子吗？当然，对于这两个问题，程燕妮的回答都是"是"。在得到了母亲的肯定回答以后，李芙蕖看着母亲的眼睛说了下面的这段话："如果是这样的话，那你就没有啥子好纠结，没有啥子好痛苦的了。你想要救他，那你就用尽一切力量去救，即便最后失败了，你也不会觉得对不起这个娃儿，对不起自己。但是，如果现在你放弃，你犹豫的话，以后你肯定会觉得对不起这个娃儿，你以后一定会后悔。"

看着女儿的眼睛，程燕妮觉得自己仿佛不是在和一个十二岁的孩子说话，她在那双眼睛里看到了坚定、勇敢和力量。在那双眼睛的鼓舞下，她决定放手一搏。第二天一大早，程燕妮就给龙先凤打了一个电话。这么些年来，她和龙先凤的联系越来越少了，但龙先凤还是拿她当好姐妹。电话里，龙先凤建议程燕妮等孩子大一点儿再带着孩子到华西医院去检查一下，看看手术该怎么做，什么时候做。

程燕妮并没有等多久，在第二年春末孩子快要满一岁的时候，她一个人抱着孩子到了成都。再一次踏入成都，程燕妮已经没有好看的衣服和鞋子了，她的口袋里也没有多少钱，但是她的心里装着满满的希望。在这份希望的鼓舞下，越来越像农村妇女的程燕妮抱着孩子走进了华西医院。

检查的结果很好，孩子除了右脚马蹄内翻之外没有其他毛病，之前所说的肝脏和眼睛的问题应该是误诊。医生告诉程燕妮，最佳治疗时间是孩子一岁到一岁半期间，他建议程燕妮先回家去，把孩子喂得更壮一些，再到医院里来做手术。听到这个消息，程燕妮如蒙大赦，笼罩在头上的乌云仿佛一瞬间就消散了。走出医院的时候，她第一次发现原来成都的太阳这么明亮。

在屋里等了几个月，夏天刚过，程燕妮就赶忙拿着钱，抱着孩子再次回到华西医院。这个时候，程燕妮家里并没有多少钱，她带来的钱大部分都是大姐和三姐借给她的。华西医院的速度很快，孩子才刚住进医院没多久，医院就准备好给孩子做手术。手术那天，龙先凤陪着程燕妮坐在手术室外边，她们看着孩子被放在推车里推进了电梯。这两个女人知道接下来的事情她们都帮不上忙了，她们只能盼望这个孩子的运气足够好，能够健康、平安。

第
四
十
三
章

贪
欲

不是所有的贪欲都是一夜之间形成的，如果追根溯源的话，你会发现有些贪欲实际上由来已久。

李广耀实际上是一个很贪婪的人，但同时他又是一个很胆小的人。在担任北滨村村长和书记的这些年里，他不是没想过贪污，而是他害怕面对贪污的后果。李享财贪污坐牢的事情就像一把剑一样多年以来一直悬在他的头顶上，每当他的手痒起来，想要搞点儿小动作的时候，李广耀都会抬头看看头顶的这把剑。这把剑在李广耀的头上悬了十几年，他屋里的穷日子也一过就是十几年。在这十几年里，李广耀眼看着李广忠一家人富裕了起来，又看着李广达屋里好过了起来，到了后来第二次嫁人的张亮也过上了好日子，屋里修起了一栋宽敞明亮的大房子。看着周围的这些人越过越好，李广耀的心里实在是悲苦交加。他自认为不是个没本事的人，也不是李家屋里的孬种，在过去的这么些年里，他扪心自

问也算奉公守法，但这并不能改变他贫困潦倒的事实。在大女儿
李月明考上唐山理工大学的时候，李广耀曾把希望寄托在女儿身
上，他希望女儿毕业之后能够挣大钱，能够补贴屋里。但他的计
划最终还是落空了。李月明是毕业工作了，可是她每个月的工资
只有那么一点儿，在大城市里过日子只算是勉强，根本就没有能
力接济家里。眼看着儿子越来越大，李广耀是越来越发愁。前几
年修房子欠的债差不多还完了，女儿读书借的钱也丢给她自己去
还，但儿子娶媳妇和生孩子的钱是无论如何都推不掉的，这笔钱
就像一块沉重的石头，把李广耀压得喘不过气来。

　　如果说李清玉自己争点儿气，辍学之后能找个好工作，也就
算了。可是，李清玉就像个二世祖一样吃定了李广耀。辍学这么
些年，这个儿子是小事看不上，大事做不了，家务事一概不管，
好容易到县城里找了个工作，结果用的比赚的多，到头来还要屋
里补贴他。王菊花一辈子只会种庄稼、做饭和养猪，出门打工的
事情她做不了，也不愿意去做。有些时候李广耀也在想，要是自
己娶一个像王彩凤一样能干的老婆就好了。这么些年来，王彩凤
一直扎在新疆打工，每年能挣好些钱。本来李广利以为王彩凤在
新疆打工不过是个幌子罢了，实际上是想出去透透气，躲开自己
这个让她看着心烦的人。等到修房子的时候李广利才知道，原来
这些年王彩凤背着他存下了不少钱。李广利的猪饲料铺子开了好
些年，不过这个铺子也只是看着好看，每年除去房租和李广利个
人的开销赚不了多少钱。修房子的时候，李广利除了出力以外没
帮上什么忙，倒是王彩凤的那一笔钱解决了许多现实的问题。就
是因为王彩凤的这一笔钱，李广利家修房子的时候才能不在外面

借一分钱，不从银行里贷一点儿款。房子修完以后，王彩凤的家庭地位直线上升。这个常年拈花惹草的男人也放低了姿态，开始对王彩凤示起好来。不过这一切对王彩凤来说已经太迟了，她将近五十岁了，已经到了不需要男人的岁数。修完房子以后，王彩凤立马张罗着给女儿说了户人家。女婿家是江油附近的，结婚以后按照女方的要求在成都买了一套房，王彩凤就跟着女儿到成都过日子去了，只留下了李广利和李享名父子俩守着新修好的房子过日子。

虽说李广利的日子过得孤单，但李广耀还是打从心底里羡慕这个哥哥。这一下，王彩凤完全不管李广利的那一堆破事儿了，任由李广利在外风流潇洒。没有人约束的李广利在进入五十岁以后爆发了人生当中的最后一场情欲。不过这一次，他已经找不到年轻漂亮的小媳妇了，只有上了年纪的中年妇女愿意和他厮混。于是，一个笑话在北滨村二组传了开来，笑话的主角就是这个越老越风流的李广利。大家说每个周末李广利都要穿得体体面面的，头发梳得油光水滑的，坐车到江油去开会。当然，大家都知道，他一个开猪饲料铺的小老板没有那么多会要开，他不过是以开会的名义跑到江油去和他的老相好睡上一两觉罢了。不过，现在的李广利是绝对自由的，王彩凤和李清清已经对他彻底不管不问了，他的父亲李享名也上了年纪，没有工夫和本事管他。李广利在这种绝对的自由当中享受着中年男人的最后一阵风光，他知道，这一切很快就会烟消云散，但正是因为如此，他才要在这一把火里把自己的一切都燃烧掉。

李广耀是从重建村委会的时候开始贪污的。为了重新修建每个村的村委会，镇上给每个村子拨款二十五万元，用于修建村委会的大楼和购买一系列办公用具。最先开始贪的不是村支书李广耀，而是村长许大贵。许大贵是一个话很少，一个劲儿闷头做事的人。每到镇上开会吃饭的时候，身为村长的许大贵很少说话，也很少给领导敬酒，他只是一个人悄无声息地坐在一边，闷着头吃饭喝酒。许大贵不讨好领导，不是因为他的思想境界有多高，而是他知道自己在有生之年里应该是没有晋升的机会了。李广耀已经在村支书的位置上坐了好些年，他的工作能力和口才都很不错，如果不出大问题的话，李广耀应该会在这个位置上一直坐到退休。许大贵和李广耀年龄相差不大，等李广耀退休的时候，他也差不多该回家养老了。这么一合计，许大贵觉得自己真没有活动的必要，只要他在这个位子上不犯什么大错，那么上头的人也不会无缘无故地就让他下台。所以，自从坐上村长这个位子，许大贵一直是一个萝卜一个坑，该干什么就干什么。这么些年来，他的工作干得不算太好，也不算太差，在上面的人看来，许大贵这个同志虽然工作不是特别出彩，但还算是对得起他这个位子和北滨村的父老乡亲们。就因为这个原因，许大贵在这个位子上安安稳稳地坐到了现在，他也知道，不出大问题的话他还会继续安稳地坐下去。

李广耀没想到这个平时闷不作声的人贪起来还真是胆子不小。在工程刚进行到一半的时候，李广耀一看账本，发现有好几笔对不上。当天下午完工之后，村支书李广耀拉着村长许大贵在村委会大楼前的几棵柳树下说了一会儿话。李广耀是一个很会说话的人，他并没有一开始就直截了当地问许大贵是不是贪污了，只是比较巧妙地暗示许大贵有些钱莫名其妙地不知其踪了，他想要"请教"一下许大贵这几笔钱的踪迹。尽管李广耀把话说得十分委婉，但许大贵毕竟不是傻子，他一下就听出了李广耀的言外之意。不过，许大贵并没有惊慌失措，也没有手忙脚乱，他仍然面不改色心不跳地看着离他几步远的李广耀，巧妙地做出了回答："这些钱是莫名其妙地不见了。但是这笔钱不仅仅是因为我许大贵而不见的，或许还有别的人和这笔钱的消失有关。但是我知道，这笔钱可以到我许大贵的口袋里，也可以到别人的口袋里。别的人可以不要这笔钱，但是他如果把这笔钱长腿走了的事情说出去的话，估计也不会好过。"

直到这个时候，李广耀才知道这个平日里沉默寡言的人其实很会说话。听了许大贵说出的这一串话之后，李广耀竟然不知道该如何回复。他在心里盘算了一下：如果他把钱不翼而飞的事报告上去，说不定许大贵会反咬一口，即便最后查出来了，上头也多半会治自己一个失察的罪。总而言之，向上头举报许大贵，李广耀是一点儿好也捞不着，反而会惹一身臊。损人利己的事李广耀可以做，但是损人不利己的事他犯不着做，也不能做。想到这里，李广耀又向着事情的反面想了起来：如果他不举报，那么这件事多半是不会有人知道的。修村委会的款是一次性拨到村上的，到时候只要村上交出一座看上去像样子的村委会大楼就可以了，只要他和许大贵一条心，那么钱自然而然地也会到他的口袋里。这个想法让李广耀的心狂跳了起来。他确实需要钱，许大贵也知道他缺钱。贪污只有零次和无数次的区别，只要这一次撕开了一点儿口子，那么下一次、下下次就变得顺理成章起来。一时间，钱，贪污，儿子，监狱，这几个词在李广耀的脑袋里转来转去，他的心一下子就乱了，不知道该怎么办才好。

看到李广耀的纠结，许大贵知道自己把李广耀的心给说动了。但是他更知道李广耀是一个胆子很小的人，要说动一个胆小的人做坏事确实不容易。不过，许大贵还有撒手锏。

站在渐渐黑下去的暮色里，许大贵看着李广耀渐渐模糊的面孔，接着说了下面的话："其实，该咋个办，老兄你比我更清楚。我们人活一辈子都是为了一张脸，钱是脸面，子女更是脸面。这个世界上的人不会问你的钱是从哪儿来的，他们只在乎你有没有钱。我听说老兄你的儿子二十一岁了，该娶媳妇了吧？"

这几句不偏不倚正好打在李广耀的七寸上。李广耀是一个很爱面子的人，这些年来他看着身边的哥儿兄弟们一个个富裕起来，一个个不把他放在眼里，他表面上没有把这些事放在心上，但是他比任何人都清楚自己有多么介意。再说李清玉，这可一直是一个让李广耀满头包的人。李清玉已经到了该说媳妇的年纪，先前李广耀也找王老婆子给儿子说了几个女子，这些女子在李广耀看来长得并不怎么好看，但是等到她们开口的时候，李广耀才知道现在娶一个儿媳妇有多不容易。这些长得怪模怪样的女子一开口就是要房要车，她们说的房子不是农村里修的房子，而是城里买的房子。到李广耀屋里来看门户的这几个女子，有的还比较实在，只要江油县城里的房子，有的简直是狮子大开口，一开口就要绵阳，甚至成都的房子，她们不仅要求男方在城里买房买车，还要求把自己的名字加在房产证上。对于她们的第二点要求，李广耀反倒不介意，只要他买得起房子，那么无论写谁的名字都无所谓，但问题在于他根本就买不起房子，所以这些相亲都只能以失败告终。

看着儿子一次次地相亲失败，李广耀仿佛看到了自己年轻时相亲的场景。那个时候的李广耀可是北滨村二组有名的美男子，不仅长得好看，文化程度也不低，可就是因为家里太穷了，才只娶了一个其貌不扬的老婆。几年前，李广耀还希望这个悲剧不要在儿子身上重演，但是现在他觉得只要能娶上一个儿媳妇，能够延续自家的香火，那就算是功德无量了。虽然嘴里这么说着，但李广耀还是觉得，儿子的命不好，他当老汉的脸上无光。为了不让儿子落得像王胖子那样只能娶二婚亲的下场，李广耀这几年来愁得不得了。这一天，听了许大贵的话，李广耀一方面觉得心痒痒的，另一方面又觉得害怕。

许大贵没有继续逼迫李广耀，如果他继续说下去，李广耀或许会当面拒绝他，到了那个时候，他许大贵就难办了。所以，那天傍晚，许大贵只是点到即止，没有继续说下去，也没有做出求饶的样子，而是坦然地和李广耀道别之后就回家去了。许大贵的沉着让李广耀的心越发痒了起来，那天晚上他躺在床上翻来覆去睡不着。等到天边露出鱼肚白的时候，李广耀想起了许大贵那张沉着冷静的脸。许大贵的沉着冷静给了李广耀一个错误的信号，让李广耀觉得这不是一件有什么了不起的事，而他们背地里做的这些事永远不会有人知道。

在经历了那个难熬的夜晚之后，李广耀开始对许大贵动的手脚睁一只眼闭一只眼。他没有主动参与许大贵做假账和购买低价建材的事，这样，李广耀便产生了一种错觉，好像这件事和他没有什么关系。但是在李广耀的内心深处，他知道这件事不仅和自己有关系，而且关系还很大。因为这种关系，李广耀失眠的日子越来越多。不久之后，许大贵在一个深夜给李广耀送来了一捆红票子，李广耀抚摸着那一捆钞票，才觉得这些天的担惊受怕是有回报的。那天晚上，李广耀抱着那一捆钞票，睡了这么些日子以来的第一个好觉。

当然，这笔钱在李广耀的手上并没有留多久。过年的时候，李月明带着蒋娴回家来办酒席了。这两个年轻人尽管在大城市里还买不起一套房子，但他们觉得已经认定了彼此，还是早点儿结婚的好。蒋娴的家里很困难，为了给大儿子办好这场婚宴，蒋娴的父亲把自己存了好些年的钱全部拿了出来，这些油迹斑斑的钱上甚至还残留着油条的气味。没多久，这些钱就变成了婚纱照和二十桌酒席。等李月明带着蒋娴回到北滨村的时候，李广耀打定主意这次的婚礼他要大办特办。

本来李广耀对李月明是没有多重视的，但是那笔许大贵连夜送来的钱他实在是拿得不安心，他想着把这笔钱花出去以后自己的心也就安定了。李广耀想来想去也没想到该怎么花这笔钱，最后还是李月明给他提供了一个机会。李月明的婚礼办得很热闹，一共办了五十桌，李广耀把和他沾亲带故的人全都请来了，大家聚在一起热闹了三天三夜。办完了酒席以后，李广耀却发现自己手里的钱不仅没少，反而还多了。这个时候，手里的钱似乎再也不是赃款了，而是干干净净的礼金。也就是从这一天起，李广耀开始为他贪来的每一分钱都找一个光明正大的名目。

第四十四章

留守妇女

为期两年多的灾后重建终于在 2011 年的春季落下了帷幕。这次重建让一小部分人富了起来，但是大部分人却因此背上了一笔不小的债务。在富裕起来的人里面，李桃花和徐家田应该算是获利最多的。在地震之前，徐家田和李桃花组建的施工队就在北滨村和沉水这两个地方打响了招牌，灾后重建的时候，夫妻俩更是连轴包了好几家房子，赚了不少钱。

地震以后，建材的价格节节攀升，人工费也跟着水涨船高。地震以前的人工费是大工每天 120 块，小工每天 80 块；灾后重建的时候，大工的工资涨到了每天 240 块，而小工的工资也变成了每天 160 块。突然攀升起来的人工费让剑门镇和白马镇里的好些人都放弃了之前的营生，开始争先恐后地加入施工队。李广忠就是其中之一。

地震以后，李广忠放弃了之前卖鱼的生意，他觉得这个生意赚不了多少钱，还相当费事儿。在折卖了卖鱼的工具之后，李广忠兴冲冲地加入了表兄郭天才的施工队。李广忠没有码砖和刷墙的手艺，只能在工地上当一个小工，每天给大工背砖、和水泥。尽管如此，李广忠赚的钱也不算少，一个月以后他一合计，修房子赚的钱远远超过了卖鱼的收入。

随着李广忠收入的提高，他在家里的地位也越来越高，至少他自己是这么认为的。地震以前，李广忠还经常洗碗、做饭，而程燕妮多年以来已经养成了睡懒觉的习惯。每天早上都是李广忠早早地做好了饭以后，三番五次地到床边去叫程燕妮，她才会醒来。但是自从李广忠成为家里的经济支柱以后他就不再做饭了，也很少洗碗，每天晚上回家吃饭，他总要一个人坐在饭桌上倒一大杯酒慢慢地喝，看着程燕妮忙进忙出地收拾碗筷和喂猪。看着妻子操劳的身影，李广忠感到一阵得意和愉快。他觉得这么些年来一直是自己俯首，现在也终于轮到之前趾高气扬的程燕妮来伺候他了。不过，这种日子李广忠并没有过多久。灾后重建结束之后，他才意识到，折卖卖鱼的工具实在是一个非常仓促的决定。但这时，他没有别的选择，只好收拾起行囊，再次过上了四海为家的日子。

和李广忠一起出去打工的人还有李广禄和王胖子。地震之后要在原来的地基上重新盖楼的人都不好过，政府补助的款项根本无法支付一天高似一天的建材费和人工费，他们只能硬着头皮到银行里去贷款或者向亲戚朋友借钱。李广禄的日子就是这么一天天难起来的。在山西打了好几年工的李广禄已经差不多还完了之前挪用的公款和拖欠工人的工资。过了这么久暗无天日的日子以后，李广禄原本以为他终于熬出了头，没有想到一场地震又让他的努力化为乌有。

在灾后重建的时候，李广禄默默地看着自家倒塌下来的老房子，着实愁苦了好长一段时间。他也想过先不修房子，能拖多久是多久，等到自己把钱挣回来以后再开工。但李享财哪里等得住，他眼看着周围的邻居一户户地把房子盖了起来，这个强硬了一辈子的人觉得自己丢不起这个人。为了挽回面子，李享财在李广禄面前是从早说到晚，从晚说到早，他说的没有别的，只是修房子这一件事。李广禄受不了父亲的唠叨，在某种程度上，他也不想被别人看笑话，被逼无奈，只好硬着头皮跑到银行里借了十万块钱。拿着这十万块钱，李广禄家的房子没几个月就修好了，但是在房子慢慢修起来的过程中他觉得自己的心死了。这栋房子并没有让李广禄觉得愉快，相反这笔债务却让他觉得自己的人生已经毫无希望，毫无光亮。

李广禄从小可算是养尊处优。在父亲当区长的时候，他的日子好过得不得了，在父亲倒台的那几年，母亲也没有让他过过一天的苦日子。结婚以后，李广禄没费多大工夫就成了包工头。在做包工头的那几年里，他是要什么有什么，日子过得滋润极了。但是自从头上扣了挪用公款的帽子以后，李广禄过了好几年与黑夜相伴的日子。每当他穿行在黑黢黢的矿洞里的时候，每当他遇到矿洞塌陷的时候，这个并不能吃苦的人总是安慰自己，过几年就好了，咬着牙撑过去就好了。到了现在，李广禄才知道，自己的刑罚不是短短的几年，而是看不到尽头。李广禄是真的厌倦了。但是，尽管讨厌这样的日子，作为家中唯一的顶梁柱，他只能克服所有的困难往前冲。

在出门以前，李广禄偷偷地跑到白马镇去了一趟。他这次去白马镇的目标很明确，就是找以前的情人陈静。李广禄顺着灰蒙蒙的楼梯来到被告知的楼层，来开门的却是一个陌生的面孔。直到这个时候，李广禄才知道，原来陈静早就离开了白马镇。李广禄来找陈静，不过是想要听到几声温柔的安慰，现在他知道，随着陈静的离去，他那段飞扬放纵的往日岁月已经彻底灰飞烟灭了。

和李广禄一样，王胖子对这次出来打工也是满肚子的不愿意。王胖子在地震以后凭着手里的几笔补贴款，终于骗到了一个离婚带孩子的女人，这个女人叫蔡花，年纪比王胖子还要大些。这个女人一开始以为王胖子有好些钱，这才愿意和王胖子到民政局去领证。等领了结婚证以后，蔡花才知道，王胖子除了手里那两三万块钱之外，其实穷得不得了。但是婚已经结了，想要后悔也来不及了，满肚子不高兴的蔡花只好勉强和王胖子过下去。

王胖子本来不至于混到现在才结婚，他家里虽然穷，但他毕竟是独生子。九十年代的独生子还是很吃香的，那个时候，给王胖子介绍媳妇的媒人还不少。后来王胖子才意识到，他被迫单身到四十岁的主要原因就在于他的母亲实在是太挑剔了。王胖子的妈仗着自己屋里的是个独生子，漫天要价起来，要求媳妇不仅要长得漂亮，手脚勤快，还要有文化，最好是家里有钱。可是问题在于，条件这么好的女子绝对看不上王胖子，而低于这个条件的女子王胖子的妈也一定看不上。一来二去，没过几年，镇上的媒人都听说了王胖子妈的厉害，再也不敢给王胖子介绍媳妇了，这么一来，王胖子就一直单身到了四十岁。

到了四十岁，王胖子实在是坐不住了，他妈的看法他不想管，也管不了，但他自己很想找个女人过日子，最好是再生一个自己的孩子，一家人热热闹闹的才好。但是这个时候婚恋市场的行情早就变了，独生子不再吃香，只有人民币才是通行证。可关键就在于王胖子没钱，所以他只能打穷人的主意。穷人在婚恋市场上要么等着被别人挑挑选选，要么就要学会自我包装。王胖子不愿意等着别人选自己，所以他只好拿着手里不多的钱包装起自己来。

王胖子认识的女人大部分是在手机上勾到的，等和这些女人在手机上打得火热的时候，他往往都会主动邀请这些女人出来见面、吃饭。等到见面的这一天，王胖子一定会穿上自己最好的衣服，戴着墨镜，十分拉风地带这些女人到江油县城上好的馆子里吃上一顿。吃完饭以后，王胖子还会十分大方地带这些女人到商场里去买一两身衣裳。王胖子的手段不算高超，但试得多了总有人上钩，蔡花就是那个最终落到了王胖子手里的女人。不过，尽管王胖子把蔡花骗到了手，但是他的底也很快泄给了蔡花。在知道王胖子没有多少钱之后，蔡花生了好几天气，等她气过了，就把王胖子赶出去挣钱去了。

坐在前往拉萨的火车上，王胖子这个一向乐天的人也觉得这日子实在是没有过头，他的心里涌上了一阵又一阵的凄苦。但是他清楚，这条路是自己选的，想要后悔已经晚了。

在2011年的那个春天，难受的不只是王胖子一个人，再一次成为留守妇女的程燕妮也时常觉得心里酸酸的。她心里的酸不仅是因为一家人要再次分别。程燕妮虽然还没有到完全不需要男人的年纪，但是她心里清楚自己对李广忠的留恋没有之前那么深了。

光荣大地（下）

李广忠的离去让程燕妮觉得不太习惯，但是等头几天难熬的日子一过去，她便慢慢地觉得离开了李广忠，日子也能过得很好。

让程燕妮感到沮丧的主要还是儿子。在第二次去华西医院的时候，儿子马蹄内翻的手术做得很成功。打完三个月的石膏，儿子的脚也基本恢复了正常，可程燕妮却并不觉得开心。为了给儿子治病，他们家在亲戚那里借了不少钱，这使得程燕妮一家人在李家屋里的地位直线下降。在程燕妮和李广忠为了给孩子治病而到处借钱的时候，李广耀和李广达家的日子却越过越红火。李广达还是一向的好心肠，知道李广忠屋里急需用钱，他在一天早上到李广忠屋里主动提出可以借给李广忠两万块钱，还告诉李广忠这笔钱不急着还。李广忠很想接受李广达的善意，程燕妮却犹豫了。她知道李广达是一片好意，但她实在是不能接受李广达家比她家好过这个事实。程燕妮还记得自己在成都打工那几年的红火日子，她很想回到那个时候，即便不能回去，她也不希望自己沦落到在李家屋里借钱过日子的地步。程燕妮的心思李广忠不是不知道，但是知道并不代表能够理解，这一次，李广忠觉得程燕妮未免太敏感，太好强了。

当然，让程燕妮心烦的事情还有自己屋里的微妙变化和李家屋里的人对待儿子的态度。在生完孩子之后，程燕妮自然看得出她的地位发生了比较微妙的变化，也知道李广忠在承担起家庭重担的时候希望得到承认和尊重。她也想给丈夫所渴望的承认和尊重，但是，她自尊心很强，甚至强到了完全没有必要的程度。在这种过分的自尊心的主导下，程燕妮并没有向丈夫低头服软。她就像古代没落的贵族一样，即便里面被蛀空了，外面仍要维持一

062

个漂亮且浮华的壳子。程燕妮被困在了这个壳子里面，李广忠的心也被这个壳子给伤着了，因此他们夫妻俩之间的隔阂越来越大，越来越明显，甚至到了李芙蕖一眼就能看出来的地步。

不过最让程燕妮不满的还是李家屋里对待儿子的态度。程燕妮原本以为对于这个在青黄不接的时候出生的孩子，李家屋里的人会给予特殊的关注和爱护，特别是这个孩子小小年纪就在华西医院做了大手术，李家屋里的人应该表现出一些善意和关心。但是李家屋里的人对这个孩子的遭遇并没有表现出应有的同情和关怀，相反，他们都保持着默契的沉默。后来李芙蕖想，或许这么些年来她的母亲还是没能看清李家人的冷漠和自私，而正是因为看不清，她才会在接下来的日子里在李家屋里栽了一个又一个的跟头。

李广忠离开以后，留守妇女程燕妮开始带着两个孩子过起了日子来。这个时候，李芙蕖已经在剑门初中读初二了，学习负担很重，每个周末回家也总是带着一大沓厚厚的试卷和作业，很少有时间和程燕妮说话。在这段日子里，往往是程燕妮盼星星盼月亮地把李芙蕖给盼了回来，可是李芙蕖一回来就一头埋进房间写作业。程燕妮不知道李芙蕖为什么会有那么多的作业要写，有那么多的书要看，在她看来，和李芙蕖一样大的孩子在周末都是东跑西跑地玩儿，没有一个人像李芙蕖这样用功。当然，程燕妮也知道，这整个村子，甚至整个镇子里的孩子都没有李芙蕖的成绩好。在进入剑门初中以后，李芙蕖一口气把大大小小的奖状都给拿了个遍，她领回来的奖品也堆满了她的桌子。在李芙蕖的卧室里面，整面墙壁都贴满了奖状，满眼望去都是"三好学生""学习之星""优秀班干部""最佳辩手"之类的称号。每次开家长会的时候，程燕妮也总是最有面子的那一个，她不仅要作为年级第一的家长在家长会上讲话，还总是能收到各科老师对女儿的夸奖和表扬。

程燕妮虽然为女儿优异的成绩感到骄傲，但还是觉得自己的日子过得太孤单了。每一天从睁开眼睛到上床睡觉，几乎没有一个人能和她说上几句亲热话。儿子刚出生的时候，赵一还偶尔给程燕妮打一两个电话，不过到了最近，赵一的电话再没有来过。尽管程燕妮并不觉得赵一对自己有多重要，但她还是希望能有个人陪自己说说话。可是，她的身边除了一个还不怎么会说话的幼子之外，都是大忙人，丈夫忙着挣钱，女儿忙着读书。

李芙蕖在剑门初中的地位很特殊，她既不像李清玉一样是人见人怕的混世魔王，也不像李清松一样是任人欺负的软面团儿。她不仅成绩好，而且各方面表现都十分优秀，是老师心里的宝贝，同学们眼中的学霸，男生眼中的女神。不过，也许只有李芙蕖自己才知道，做学霸和女神的日子并不像表面看上去那么好过。

刚进剑门初中的时候，李芙蕖在很长一段时间里一直受郭莎莎的欺负。灾后重建的时候，李广忠一直跟着郭莎莎的父亲郭天才打工，这让郭莎莎凭空产生了一种李芙蕖也必须要当自己跟班的错觉。心高气傲的李芙蕖并不愿意向这个她厌恶至极的人低头，面对郭莎莎的一次次挑衅，她总是敬而远之，不愿意去硬碰硬。但是李芙蕖的退让并没有让郭莎莎收敛，尽管不在一个班，可郭莎莎编造的有关李芙蕖的谣言却传遍了整个年级。在很长一段时间里，班里的女生都不愿意和李芙蕖说话，李芙蕖也没想理会这些女孩子。由于不在一个班，张玉萍也和李芙蕖疏远了。不过，这个时候的李芙蕖并不在意这些，比起和人交往，她更愿意把时间花在书本和试卷上。

李芙蕖是一个很有天分的孩子，在她付出了足够多的汗水之后，成功自然接连不断地涌来。在过去的一年多时间里，李芙蕖不仅包揽了各大奖项，还一直霸占着年级第一的位子，让班上的女生对她厌恶也不是，喜欢也不是。慢慢地，李芙蕖喜欢上了学习的感觉，学习对她来说不再是为了考试，而是本身就有意义且有趣味。当然，李芙蕖也渐渐地喜欢上了她在自己身边所创造出的这种氛围，她知道有很多人巴不得她赶紧跌一大跤，但是他们都拿李芙蕖没有办法，而李芙蕖恰恰就喜欢这种别人恨她又对她无可奈何的感觉。

当李清松考上江油市第二中学，李广达和张翠华不由地觉得
这一次儿子可真是给自己争了一口气。剑门初中是整个江油市里
最差的初中，而江油市第二中学却是整个江油市里最好的高中，
每年能从剑门初中考到江油市第二中学的学生不会超过十个。作
为这十分之一的李清松自然受到了来自亲朋好友和老师同学的祝
福与羡慕。考上江油市第二中学的那个秋天，是李清松这一辈子
当中最美好的时光。尽管因为地震的原因开学推迟了一个月，但
是能够每天围在父母身边，看着他们发自内心的笑容，李清松觉
得自己孤独了好些年的心再一次温暖了起来。开学的那一天，李
广达和张翠华两口子一起把李清松送进了学校。他们一家走在宽
敞漂亮的校园里，李广达看着周围优美的环境，仿佛看到了儿子
光明灿烂的未来。

回到北滨村以后，李广达把自己在江油市第二中学里的所见

所闻讲了好些天。他本来不是一个喜欢显摆的人，但这一次他实在是有些高兴得过了头，从未有过的愉悦感让他嘴上没了把门的，这个平时只喜欢看山看水的人在李家屋里充当了好长一段时间的话语权威。

对李广达翻来覆去地讲述江油市第二中学的事，李广耀和李广忠都有些意见。他们知道李广达高兴，但同时也觉得高兴归高兴，同样的话说个三两次也就算了，翻来覆去地说实在是让人厌烦。不过这一次，能说会道的李广耀和李广忠并没有站出来叱责这个废话连篇的兄弟，他们都知道李广达个人趣味很少，他不喜欢抽烟，也只喝一点儿酒，更不喜欢买新衣服，这个人能够说得出来的兴趣要么是看两集没有什么营养的电视剧，要么就是扫地和做饭。这些事在李广耀和李广忠看来根本就算不得享受，顶多算是生活的延续。面对难得高兴过头的李广达，一向刀子嘴的李广耀和嫌麻烦的李广忠都保持了沉默。

不过，李广达的愉悦并没有因为李广耀和李广忠的沉默而延续下去。在这段日子里，李广达尽管很高兴，但也意识到自己的话说得太多了。在一天早上醒来以后，李广达觉得不能再继续说下去了，他为自己先前的行为感到羞愧。李广达果然再也没有提起这件事，他还有别的事情要忙，比如说找一份新的工作。这么些年来，李广达和张翠华扎在山西打了好几年的工，矿洞里的煤灰把他们两口子的脸和手都变得黝黑，但同时他们的钱包也鼓了起来。有了钱以后，李广达不再愿意背井离乡地去挣那一份辛苦钱，他在附近的太平乡找了个活儿。这活儿包吃包住，收入还算不错，每个月有四天假期，就是灰尘有些大。在李广达看来，这份工作简直再适合他不过了。李广达天生就是一个闲不住的人，在落实了工作以后，没过几天他就到太平乡去了。这一去，他就扎在太平乡打了三年工。

到了 2011 年的夏天，李广达还专门请了几天假回来陪儿子等高考的分数。在分数出来之前，李广达满心以为儿子能再给自己一个惊喜。结果，惊喜没有等来，却等来了惊吓。李清松只考了350 分。李广达虽然没有读过高中，但也知道高考的满分是 750分，考出 350 分的李清松明显是落榜了。李清松落榜的消息很快就传遍了李家上下，大家都对这个结果感到失望。他们原本以为李清松会成为这个屋里学历最高、最有本事的秀才，但是没想到这个被大家一致看好的人却让所有人都失望了。落榜的消息对李清松的打击很大，不过对这个分数，他的心里还是有点儿准备。

在进入江油市第二中学之前，所有人都以为只要考上二中就一定能考上好大学。直到成为二中的学生之后，李清松才知道事情并不是大家想象的那样。在二中里，成绩好的学生都在小英才班、大英才班和快班，但李清松进的是平行班。李清松知道前面这三种班的学生都很厉害，小英才班里基本每一个学生都能考上重本，大英才班里所有的学生都能考上本科，运气好的话甚至还会出一两匹黑马，而快班至少要保证三分之二的学生考上本科，但学校对平行班就一向没有什么要求。在这样的氛围里，平行班里能够出头的学生寥寥无几。高考成绩出来之前，李清松就不敢保证自己一定能够成为班上的黑马。

李清松落榜的消息让本来话就不多的李广达和张翠华沉默了好几天。后来，李广达也想明白了，本来他和张翠华的学历就不高，读的书也不多，现在儿子已经远远超过了他们两口子，也远远地超过了李家清字辈的大部分孩子，他俩不能把儿子逼得太紧。正好这个时候他的手头不缺钱，所以在想了几天以后，他决定让儿子复读一年。

李广达没花多少时间就想通了这件事，但李享德却怎么想也想不明白。他不知道为什么他的每个孙子、孙女都要经历复读才能考上大学，他多么希望能有一个孙子或孙女能一举考上好大学。但这些话他不好对李广耀和李广达说，和郭家孝也说不明白，所以这天晚上喝得半醉的李享德背着双手，耷拉着脑袋，到李广忠的院子里去了。

李享德去的时候李广忠一家人才刚把饭吃完。李广忠是一个月前回来的，他在拉萨的工作早早地就完了工，不得已回到家的李广忠决定在屋里待一段时间再出门去碰碰运气。看到李享德的时候，李广忠还以为父亲是有话找自己说，连忙从屋里抬了一把椅子出来，招呼父亲坐下。但是李享德一点儿也不在意李广忠，他径直走到李芙蕖旁边，用有些沉痛的声音说："芙蕖娃，我觉得你哥哥和你姐姐的这个事情不对。他们考个大学考了一次又一次，我希望我们这个屋里能够出一个一次性就考上好大学的人。现在这个屋里只有你和你弟弟还没有考过高考，你弟弟还小，我们先不说，但是我希望你能够在高考的时候好好发挥。你有信心没得？"

李享德一开口，李芙蕖就闻到了他满嘴的酒气，立马就知道爷爷这是又喝多了，心里不痛快。但是她思考了下爷爷刚才说的话，觉得这几句话不是酒话，而是几句真心实意的话。对于高考，李芙蕖确实还没有概念，但她知道，到目前为止她已经超过了哥哥和姐姐，她有信心在未来继续超过他们。所以，面对爷爷的提问，李芙蕖只是咧嘴笑了笑，说了句："有信心。"

李芙蕖是在第二年四月份第一次全市诊断性考试结束以后确定保送的。在一诊考试中，李芙蕖拿到了全市第二十九名的成绩，这是剑门初中的学生从来没有考出来过的成绩。拿到成绩单以后，江油一中和江油二中两所中学的招生老师赶忙跑到李芙蕖的屋里来找她。两个学校开出的条件都很不错，但李芙蕖更倾向于江油二中，不仅因为她的哥哥姐姐都是从江油二中毕业的，还因为她更喜欢江油二中的环境。

在初二参加全国英语竞赛的时候，李芙蕖曾先后到过江油一中和江油二中。从实力上说，两所中学的确存在差距，但并没有到达悬殊的地步。李芙蕖选择江油二中的原因很简单，在她看来，这一所坐落在城乡接合部的中学比市中心的江油一中更安静，更适合读书。李芙蕖一直是一个喜欢安静的人，江油一中对面的几家大超市终日不绝的大喇叭声让她觉得恐怖，江油一中也因此失去了一个好苗子。

江油二中除了邀请李芙蕖选择2015级四个小英才班中的一个，免除三年的住宿费、学费之外，还一次性给了李芙蕖1800块钱的奖学金。这笔钱虽然不多，却是李芙蕖赚到的第一笔钱。拿到这笔奖学金的那个下午，程燕妮高兴和骄傲得不得了，她知道她的女儿在整个李家屋里，甚至在整个剑门镇里都创下了纪录，而且这个纪录是她陪着女儿一起创下的。

李芙蕖被保送的消息很快就通过电话传到了李广忠的耳朵里，

这个消息让远在浙江绍兴的李广忠也兴奋了起来。在李芙蕖还小的时候，李广忠经常给女儿讲鲤鱼跃龙门的故事，那个时候，李广忠根本不知道女儿的未来会如何，只是在心里的某一个角落默默地盼着女儿能够成为跳过龙门的那一条鲤鱼。接到电话的那一天，李广忠第一次确信，只要不出什么大的岔子，女儿未来的造化会超过李家屋里的任何一个人。

中考以后的那个暑假，李芙蕖没有闲下来，她借来了高一的教材，开始自学起来。当然，那个时候的李芙蕖对二中激烈的竞争还一无所知，如果她略有耳闻的话，一定会抓住这唯一的机会好好地休息一下。

开学那天，程燕妮把儿子托付给了李享德老两口，自己一个人带着李芙蕖到二中报名去了。二中秀美的环境同样让程燕妮挪不开眼睛。等到了报名的地方，程燕妮和李芙蕖才知道，原来小英才班的报到处和其他班级是分开的，这里的老师比其他的地方多，来报到的学生却比其他的地方少。在三两下完成报到事宜以后，程燕妮和李芙蕖走到了小英才班的专属宿舍——明月轩。明月轩是二中唯一的一栋高级宿舍，这栋楼离教学楼和食堂都非常近，设施完善，周围的绿化也做得不错。在李芙蕖看来，和剑门初中十二人一间的宿舍相比，这里真的可以算是天堂了。铺完床，李芙蕖和程燕妮站在五楼的走廊里歇息，这个时候，她们远远地看到了其他班排成长龙的报名队伍，也看到了小英才班报到处冷冷清清的模样。站在明月轩最高的一层楼上，李芙蕖第一次意识到竞争的激烈性，现在的她确实站在很高的位置上，但如果一不小心跌下去，一定会跌得头破血流。

第四十六章

结婚

2012 年的冬天，李广耀终于如愿以偿地给儿子娶回了儿媳妇。说实在的，李清玉的年纪还不算大，结婚前的几个月他才刚满二十三岁。从李清玉这一代人来看，这个年纪就结婚，无论是在城里还是在农村都算是比较早的了。可是李广耀着急呀，他从儿子刚满二十岁一直急到了现在。直到去迎娶新媳妇的小汽车停在自家院子里的时候，他的焦虑才最终变成了喜悦。

新媳妇也是程家坡人，算起来还是程燕妮的远房侄女，名字叫程瑶，年纪比李清玉还要小两岁。虽说程瑶和程燕妮之间有些沾亲带故，但是这两个人的关系却一点儿也不亲近。程瑶第一次到李家来看门户的时候，程燕妮就觉得她不喜欢这个女孩子。上门的那天程瑶穿着一件黄色的外套，脚上是一双靴子，远远看去仿佛一双雨鞋。程瑶长得不太好看，个子还不到一米六，不怎么会说话，人也比较内向，唯一超过李清玉的地方恐怕就是她的学历。程瑶也是从剑门初中毕业的，不过和在学校里混日子的李清玉不同，她毕业以后考上了江油市里的太白中学。太白中学是江油市为了纪念李白而设立的，这是一所市级重点中学，每年的升学率不高，和市里的其他两所高中比起来实力要弱一大截儿。虽然这所学校的名气不够大，实力也不怎么强，但大家还是觉得能够考上这所高中的孩子也算是有本事。可是程瑶的父亲却有不同的看法，他这辈子养了两个女儿，大女儿读了大学嫁到城里去了，天高地远的，他们两口子算是指望不上了，要是再让二女儿读大学的话，他们的老年生活基本就没指望了。因此，程瑶的父亲早早地就让女儿从高中辍学去读了一所技校。从技校毕业以后，程瑶在江油河口镇的一家工厂里找了份工作。其实，让程瑶上班是假，给她找一个离娘家近的婆家才是真。上班第二年，程瑶就经常被叫回去相亲。程瑶不是一个眼光高的女孩子，她从来没有谈过恋爱，只想找一个她看得顺眼的人结婚。第一次上门的时候，程瑶一眼就喜欢上了高高瘦瘦，皮肤白，长得还挺帅的李清玉。这一下，她是打定了主意要嫁给李清玉。

程瑶和李清玉的婚姻充满了各种巧合。按照李清玉对未来媳妇的设想，程瑶在他的眼中是远远不够格的。李清玉要找的是一个长得漂亮、性格活泼的女孩子，而这两个条件程瑶一样都没有占到。在和程瑶相亲之前，王老婆子倒是给李清玉介绍了一个符合他期望的女孩子。这个女孩子姓徐，大家都叫她徐女子或者小徐。徐女子个子也不太高，但是她的皮肤很白，鼻子高高的，脸蛋小小的，配上一头染成黄色的头发，看上去挺漂亮。徐女子不仅人长得好，性格也十分活泼，她第一次到李家屋里看门户的时候，李广耀一家人都看上了这个未来的儿媳妇。在徐女子看完了李家屋里的门户以后，李清玉就跟着徐女子到她们家里玩了几天。就是在这短短的几天时间里，李清玉和徐女子天雷勾动地火，两人在情欲的世界里燃烧了起来。这把火一直烧了半个多月。等两个年轻人再次回到李广耀屋里的时候，李广耀认为两个年轻人看上去很般配，这门亲事也算是十拿九稳。

　　李广耀一直有意让儿子去驾校学车，之前不让他去是怕影响找媳妇，现在媳妇已经找到了，他索性让两个孩子一起到江油去学车，等到他们都拿到了驾照以后就可以开始商量结婚的事情。去了驾校没多长时间，徐女子的肚子就大了。听到这个消息以后，李广耀两口子心中暗喜，他们想，这下徐女子跑不掉了，一定是他们屋里的人了。李广耀和王菊花虽然这两年手头有了钱，穿着打扮都新潮了起来，但是他们有关婚嫁的思想却还停留在二十世纪九十年代。在九十年代里，只要处对象的时候女方怀上了孩子，那么这个女孩子就跑不掉了。

　　谁知事情并没有按照李广耀和王菊花的设想进展下去。在得知徐女子怀上孩子以后，这两口子对徐女子的态度也没有之前那么殷勤了，未婚先孕在他们看来虽然对自己屋里是一件好事，但总归显得这个女孩子不太稳重，不值得他们过多地嘘寒问暖。李广耀两口子态度上的变化李清玉没太注意，徐女子却全都看在了眼里。她从李广耀两口子态度的变化中推断出了自己未来的境况。这个女孩子看明白了李广耀一家人的真实嘴脸，她和李清玉之间的关系也渐渐疏远了。在学车期间，徐女子又勾搭上了另外一个年轻人，没多久她就把肚子里的孩子做掉了，开始游走在两个男孩子之间。王菊花通过电话把徐女子的变化掌握得一清二楚。听说徐女子打了胎，她和李广耀着实担心了好几天；等他们得知徐女子在外面鬼混的时候，李广耀立马打电话让李清玉一个人回来。

李清玉其实并不愿意回来，他确实很喜欢徐女子，但是他也知道自己没有收入，还要靠爹妈养活，只能听爹妈的话。李广耀知道儿子不是一个有决断力的人，同时还是一个心很软的人，如果再和徐女子纠缠下去，那么吃亏的肯定是自己的儿子。

李清玉回来以后，倒是有很长一段时间没和徐女子联系。本来徐女子怀孩子的事情李家屋里的人和周围的邻居都知道了，大家都默契地等着李广耀给他们发请柬。到了这个时候，李广耀也觉得脸上无光。为了挽回颜面，他和王菊花逢人就说徐女子不守妇道，在外面乱搞。在他们的讲述中，李清玉和他们完全被塑造成了受害者，而徐女子就是那个既拿了他们的好处，又欺骗他们的坏女人。

可李广耀和王菊花没想到的是，过了一两个月，徐女子又主动打电话来向李清玉示好，流露出了回心转意的意思。在分手的这段时间里，李清玉一直很想念徐女子，他也很想和徐女子重新开始。但是李广耀知道这件事情已经是覆水难收了。他们两口子如果没有在外面说徐女子的坏话，闷不作声地吃下这个哑巴亏的话，这件事还有转圜的余地，可是坏话已经说了出去，想收也收不回来。这一次，李广耀尝到了自食其果的滋味。

徐女子的事情结束以后，李清玉着实蔫了好长一段时间。本来，他是孩子也有了，老婆也快到手了，而且这个老婆还很合他的心意，可是孩子和老婆突然之间又都没有了。李清玉过去二十多年的人生一直很平顺，这是他第一次尝到坐过山车的滋味，这忽高忽低的几个月让他的内心受了不小的冲击。和李清玉一样，李广耀和王菊花也备受打击。但李广耀不是一个轻易认输的人，最重要的是他不能让外人笑话他。在李清玉一蹶不振、王菊花后悔不迭的时候，李广耀又一次拿着大红包到剑门镇街上找了一趟王老婆子。这一次去，李广耀没有了前几次的轻松，他的眼睛里流露出了焦虑和决绝的目光。看着这种目光，王老婆子知道，不管花多大工夫，都一定要给李广耀找到一个儿媳妇；她还知道，这一次即便找的女孩子再不合意，李广耀一家人都会照单全收。找来找去，王老婆子在程家坡上找到了一个合适的女孩子，这个女孩子就是程瑶。在王老婆子看来，程瑶虽然长得不如前面的女孩子好看，但是她家世清白，也一直没有谈过恋爱，再说程瑶的父亲也是程家坡的村支书，两个孩子也算是门当户对。

程瑶来看门户的那天，李清玉一点儿高兴的样子也没有。如果说没有他和徐女子的那一段话，程瑶还算个不错的对象，至少也算个贤妻良母。但是李清玉已经见过更好的人了，所以在遇到这个不怎么样的人时候他无法逼迫自己表现出热情和欢喜。从内心来说，李广耀和王菊花对程瑶也不是很满意，这个女孩子不仅长得不怎么样，而且一看就不会来事儿。李广耀两口子知道自己的儿子弱，所以他们想要找一个强硬一点的儿媳妇，在面对柔柔弱弱、唯唯诺诺的程瑶的时候，他们实在是无法表现出之前的热情和殷勤。大家都没想到的是，程瑶一眼就看上了李清玉，更没想到程瑶是铁了心地要嫁给李清玉。那个时候的李广耀一家人迫切地需要一个儿媳妇来扫去之前的阴霾，同时也希望屋里的香火能够传递下去。看到程瑶这么有诚意，他们也不想再挑挑拣拣了。两个孩子处了半年，李广耀在冬天给他们办了婚礼。

这场婚礼办得很热闹，也很体面，甚至远远超过了几年前李月明的婚礼。婚礼一共请了五十桌人，为了热闹，李广耀还专门花钱从江油城里请来了司仪。在司仪的带动下，整场婚礼喜气洋洋的，参加婚礼的大部分人也是满脸喜色。但是这份喜悦程燕妮和徐良英没有分享到，张亮和蔡花也没有感受到。在举行婚礼的前几天，到新疆摘了几个月棉花的李广忠终于回来了，可是喜悦和亲热却并没有随着他的回家而归来。

李广忠这次带回了一个不好的消息，这个消息让李家屋里所有人都始料未及。这次摘棉花，李广忠是和李广禄一起去的，才去了没多久，李广忠就经常听到李广禄和一个女人打电话。一开始，李广禄还只是向这个女人倒倒苦水，而这个女人也总是不厌其烦地安慰他。这么一来二去的，李广忠也知道了李广禄经常打电话找的这个女人就是他之前的情人陈静。

原来，陈静在离开白马镇以后嫁给了一个有些钱的老头子，还给这个老头子生了两个女儿。几年前，这个老头子中风，没多久就一命呜呼了，把所有财产都留给了陈静。这么一来，陈静有钱了，可是她总觉得自己的日子过得是那么的孤独和寂寞，为了排解这种寂寞，陈静又和李广禄联系上了。在陈静的心里，李广禄一直对她很好，反倒是她当年对不住李广禄。一方面为了找个伴儿，另一方面也为了弥补之前的过错，陈静在听到李广禄过得并不好之后，便一个劲儿地叫李广禄来跟着她过日子。一开始，李广禄并不愿意，他觉得这么做对不起父母，也对不起妻子和儿子，可是渐渐地，李广禄的心被陈静给说动了。在一个摘完棉花的夜里，李广禄悄悄地收拾好行李，偷偷地跑了。李广忠不知道李广禄到了什么地方，更不知道李广禄还会不会回来，他所知道的唯一的事情就是李广禄在离开之前接连喝了好几天闷酒。

面对李广禄跟人跑了的这个事实，如果徐良英说自己不难过，不伤心，那一定是假的，但是她也知道这种事情李广禄是做得出来的。已经到了这个地步，徐良英觉得难过也是枉然。她还不太老，还能挣钱，她想着，等过完了年就到江油去找份活儿做，无论有多苦，有多难，一定要把还在读大专的儿子李清海给供出来。就如同之前一样，儿子李清海成了徐良英唯一的支柱。这个觉得日子有盼头的女人仍然没有重拾快乐。在李清玉的婚宴上，这个从来不喝酒的女人一口气喝了几大杯，喝完之后没哭也没闹，一个人安安静静地回屋里睡觉去了。

和徐良英一样，程燕妮的心里也不好过，因此在徐良英喝酒的时候，酒量一向不错的程燕妮也陪着喝了几大杯。这次婚宴上，李广忠并没有像往常一样坐在程燕妮和儿子旁边。不知道是有意还是无意，李广忠总是躲着程燕妮。程燕妮知道，这是因为李广忠心里有鬼。

李广忠回来的那天，接到电话的程燕妮早早地就抱着孩子等在了路边。她等了好半天才等回丈夫，但没有想到还等到了别的东西。从新疆回来的时候，李广忠一行人先从乌鲁木齐坐火车到宝鸡，再从宝鸡包车回剑门镇。等到了北滨村的时候，这些人已经累得不行了。程燕妮接到李广忠的时候，这些很疲惫的人却一个个支起了脑袋上下打量起程燕妮来，还有几个女人窃窃私语地说："原来就是她啊。"最让程燕妮感到威胁的是一个有些肥胖的女人那两束犀利的目光，从那种目光中，程燕妮读到了敌意、轻蔑、嫉妒。程燕妮注意到的还有李广忠从那个女人脸上拂过的带着浓浓不舍的目光。那一刻，程燕妮的心仿佛坠入了冰窖一般。女人的直觉告诉她，在过去的这半年里，丈夫一定是做了什么对不起她的事情。

程燕妮并没有猜错，这次打工回来以后，李广忠一直对她淡淡的，就连房事，李广忠也只是敷衍了事。程燕妮知道丈夫变了心。如果李广忠只是在身体上背叛了她，程燕妮还勉强能够接受，毕竟一出去就是半年，男人很难忍得住；但是这一次，程燕妮知道李广忠不是身体出轨，而是心理出轨了。第一次，他的心里有了另外一个女人。也是第一次，程燕妮觉得这段勉强走到现在的婚姻变得摇摇欲坠起来。

如果说徐良英和程燕妮的难过是赤裸裸地表现出来的话，那么张亮和蔡花的沮丧和不满则是以一种更为隐蔽的方式流露出来的。这两个女人的沮丧是安静的。在婚宴这天，她们没有说话，也不喝酒，只是一个劲儿地闷着头吃饭。蔡花难过的理由很简单，她是被王胖子骗到这里来的，过来以后不得不跟着王胖子过贫穷且毫无乐趣的日子。她的沮丧是有理由的，也是可以说出口的。相比之下，张亮的不满却只能自己承受。一开始，张亮并不喜欢大哥给她找的那个上门汉王德一。可是，在王德一的金钱和关爱的双重攻击下，和李家屋里仿佛赶鸭子上架一般的催促下，张亮迷迷糊糊地就跟王德一结了婚。结婚之后没多久，房子是修起来了，张亮也为这件事情高兴了些日子。不过，她的愉快注定不能长久，修完房子以后没多久，张亮就发现王德一根本没有多少钱，而他上门的时候广派红包的豪情实际上是有高人指点。王德一的这种行为其实也属于骗婚，但是一向好面子的张亮不能够也不愿意把这件事情给说出来。慢慢地，这件事情在张亮的心里越压越久，越压她越不自在，有时候她甚至觉得自己的下半辈子就要毁在这个又矮又丑的人手里了。这一天，张亮看着穿着红彤彤的喜服、画着漂漂亮亮的妆容的新娘子，仿佛看到了自己刚结婚时的模样，老实宽厚的亡夫李广福的身影再一次浮现在她的脑海里。那一天，在热闹的宾客当中，张亮忍不住掉了一两滴眼泪。旁边的人问她怎么了，她只是一边擦着眼泪，一边摇摇头说："我这是高兴，为清玉娃高兴。"

当然，那天晚上坐在婚床上的李清玉事实上也没有多高兴。白天的婚宴和参加婚宴的宾客为这场婚礼增添了许多欢快和热闹的气息，等到了晚上，李清玉一个人面对程瑶的时候，还是觉得自己对眼前的妻子没有一点儿喜欢的感觉，但是他知道自己的未来就要和这个他不喜欢的女孩子绑在一起了。在亮如白昼的灯光底下，程瑶娇羞地低着头。李清玉当然知道程瑶在期待些什么，也知道自己该做什么，他只好脱掉了衣服。不过，他的心里没有丝毫甜蜜，有的只是无奈和痛苦。

第四十七章
闹剧

很多年以后，程燕妮回忆起自己和李广忠闹离婚时的场景，总觉得这是一场彻头彻尾的闹剧。不过对于那个时候的程燕妮和李广忠来说，这件事不仅不是一场闹剧，倒是一件对他们来说至关重要并且不得不做的事情。

在李清玉的婚宴结束以后，婚礼所带来的喜气渐渐地消散了，遮蔽在喜气之后的生活渐渐露出了本来的面目。这一次从新疆回来的李广忠确实变成了另外一个人，不仅程燕妮这么觉得，就连李家屋里的人也看出了端倪。这次回来的李广忠话比以前少了，他不再到处讲在新疆的经历，但是他的一双眼睛里燃烧着骇人的火苗。这种火苗是充满热情的，也是令人恐惧的。看着李广忠这一双眼睛，李广达总是觉得会出点什么事儿，至于究竟会出什么事儿，他不知道，也推测不出来。从新疆回来的李广忠让程燕妮觉得陌生，她总是看到丈夫一个人拿着手机坐在没人的地方，偶尔还会发出几声傻笑；有些时候到了晚上，李广忠还会接到电话。电话是谁打来的，程燕妮不知道，但她知道丈夫很重视这几通电话，为了接这个电话，他往往会披着衣服走到院子里去。看着李广忠往外走的身影，程燕妮知道她和李广忠算是完了，他已经陷入了和其他女人的感情当中。

程燕妮还记得结婚那天晚上她对李广忠说的话。其实这话李广忠也记得清清楚楚，只是他不愿意再守着这个承诺了。这个承诺是单向的，程燕妮只要求李广忠不能背叛自己，却从来没有保证过自己不会背叛李广忠。年轻的时候，李广忠没觉得这是一个不平等条约，到了现在，程燕妮挣不到钱了，她也一天天老了，失去了以前的魅力。面对这样的妻子，李广忠觉得自己没有必要低眉俯首，是时候要回自己的尊严和权利了。

在过去的这些年里，李广忠一直怀疑程燕妮和别的男人有什么，最开始他怀疑的是徐歌，还为此和程燕妮爆发了结婚以后最大的一场矛盾。等吵完架程燕妮跑到成都去以后，李广忠又开始怀疑有别人。他当然从父母那儿听说了程燕妮那年带着孩子回家的事情，也知道送程燕妮回来的司机在自己屋里住了一晚上。也就是从那一天开始，李广忠确信程燕妮一定和别人有点儿什么。之前的李广忠根本就不敢和程燕妮提起这码事。在结婚以后的很多年里，他一直没有本事养活一家人，这使得李广忠在很长一段时间里在程燕妮面前抬不起头来。等到地震以后，屋里的情形发生了微妙的变化，李广忠有本事养活妻子和孩子了，而这个时候的程燕妮却要靠他养活。要是放在别的男人身上，养活妻子和孩子不过是本分，可是李广忠不这么想，他是被妻子养活过的人，知道伸手向别人要钱的难处，更知道有本事挣钱的人天然就有更多的特权。现在的李广忠想要回这个特权。

在去新疆摘棉花之前，李广忠还是有贼心没贼胆，但等他在新疆看到李广禄天天和陈静打电话的时候，便开始觉得这种事情其实并没有什么大不了的，这么一来，他也就大着胆子找别的女人了。

和李广忠一起到新疆去的人当中有一个姓钦的中年女人，大家都叫她钦女子。钦女子人长得胖乎乎的，看起来憨厚，花花肠子却不少。她是一个在外面跑惯了的人，每到一个打工的地方都要找一个临时丈夫，帮她解决身体和心灵上的需求。

其实李广忠也知道钦女子长得不好看，但是钦女子却给他带来了很多的刺激和新鲜感。李广忠是一个恋爱经验很少的人，他不太分得清楚新鲜感和爱情之间的区别，因此当钦女子故意对着他笑，故意用身体去碰他时，李广忠便觉得自己找到了真正的爱情。没花多大工夫，钦女子就把李广忠给弄到了手。钦女子偶尔会给李广忠买一些鸡腿之类的小零食，而李广忠就要负责每天收工的时候把钦女子的棉花包抬到过磅的地方。在钦女子看来，这实在是一场很划算的交易，她只出了一点儿钱，就换来了李广忠贴心贴肺的帮助，有时候钦女子甚至在想李广忠未免也太好骗了。

很快，钦女子和李广忠的事在整个棉花地变得不再是一个秘密，这些在棉花地里劳作的人偶尔聚在一起，也会偷偷议论这件事。本来，打工中的临时夫妻不会这么引人注目，只是大家没想到李广忠会做得这么明显，他脸上的欢快和眼中的激情把所有人都给镇住了，大家一致觉得这一次李广忠算是彻底中了钦女子的招。

处在风暴中心的钦女子也意识到了问题的严重性。在她的历任临时丈夫里，李广忠是最容易勾到手的，也是对她最尽心尽力的，这不仅是指在工作上，还指在床上。李广忠的热情和诚意让钦女子害怕起来，她本来以为李广忠对这种事早已经驾轻就熟，没想到这是李广忠第一次找临时妻子，更没想到他仿佛是认真的。在摘棉花快要结束的时候，钦女子已经开始有意无意地避开李广忠，但是已经陷入了爱情漩涡的李广忠却一直不肯放手，两个人只好从新疆的棉花地里纠缠到了回乡的大巴车上。

见到程燕妮的那一刻，钦女子的内心有一种情人见到正室的敌意和心虚，但她同时感到了深深的不解。在刚和李广忠好上的时候，钦女子以为李广忠的老婆要么很丑，要么又笨又凶，否则李广忠不会对自己产生这么猛烈的激情。直到见到程燕妮的那一刻，钦女子才知道，原来李广忠的老婆不仅长得好看，而且一眼看上去就聪明又能干。坐在车里的钦女子直直地盯着程燕妮看了好一会儿，她既为程燕妮感到悲哀，也在心里默默地感叹李广忠真是一个没有脑子的男人。但是钦女子并不想和李广忠断掉，她在程燕妮面前感到了一个长得不太好看的女人的自卑，她想要打败这种自卑，唯一的方法就是把李广忠给抢过来。

回到家以后的每一天，钦女子都要给李广忠发无数条短信，打无数个电话。这些电话和短信里有很多肉麻的话，可是这些话里并没有多少真情。钦女子已经是情场老手了，她知道该怎样勾引男人，也知道该怎样让男人离不开自己。第一次碰到这种事情的李广忠却还是一个新手，面对钦女子铺天盖地的绵绵情话，这个男人像个刚恋爱的少年郎一样手足无措。他每天都在默默地等着情人的短信，成天守着手机等着听情人的声音。李广忠的等待是甜蜜的，可是看着李广忠等待的程燕妮却是痛苦的，她知道这一次丈夫是着了那个狐狸精的道儿了。放在几年前，程燕妮一定会摔了李广忠的手机，接着撕破脸大吵一架。但是现在的程燕妮却不能这样做，这不仅是因为她成熟了，更是因为她必须要为两个孩子着想。儿子的年纪还小，她不能让儿子小小年纪就没有爸爸，女儿的学习成绩一直不错，程燕妮不能因为两口子的这点糊涂事儿毁了女儿的未来。这么想着，程燕妮一时间也不知道该怎么办，只好冷眼看着丈夫的姿态，在心里暗暗地期盼丈夫能够想通。

可惜，程燕妮的宽容并没有换回李广忠的回心转意，相反，在程燕妮的纵容下，他和钦女子打得越发火热，两个人甚至约好在街上见面。到了见面那天，李广忠随便找了个借口就骑着电瓶车上街去了。程燕妮知道李广忠是出去做什么的，但她更知道自己是管不住李广忠的。到了街上，李广忠和钦女子找了一家饭店吃了一顿饭，吃完饭以后两个人手拉着手亲亲热热地到河边散步去了。李广忠去了很长时间，他回来的时候天都快黑了，程燕妮抱着孩子在家门口等了很久，终于等到丈夫的时候，却一眼就看到了李广忠脖子上那条崭新的围巾和他脸上掩饰不住的笑容。

程燕妮就是在那一刻爆发的，她已经忍了很久，她的火气爆发出来的时候着实吓了李广忠一大跳。不过李广忠觉得自己和钦女子的感情不能被动摇，所以面对怒气冲冲的程燕妮，他并不觉得有多害怕，更不觉得自己犯了错。那天晚上，这一对夫妻的架从刚结婚时的事情吵到了眼下的事情。程燕妮骂李广忠吃了猪油蒙了心，被坏女人给骗了还不知道；李广忠骂程燕妮不守妇道，跟外面的男人乱搞。骂着骂着，这两口子动起手来，家里的锅碗瓢盆都被砸坏了，哐哐啷啷的声音把李家屋里的人全都给引来了。面对李家屋里的人，李广忠照样不觉得自己做错了什么，这个为情所困的人为了维护自己心目中伟大的爱情，甘愿和屋里的每一个人撕破脸。

吵着吵着，程燕妮吵累了，她一把抱起哭得撕心裂肺的儿子到二楼睡觉去了。李家屋里的人也觉得李广忠是走火入魔、无药可救了。他们没精神去管一个无药可救的人，因此劝了几句以后也回家睡觉去了。

在转身离去的这些人里，郭家孝走得最慢，也走得最沉重。在十几年前，她曾经希望通过离婚的方式来调教程燕妮，但是这么多年过去了，她逐渐意识到程燕妮是一个难得的好儿媳妇。当她顶着寒风往屋里走的时候，这个已经老得快走不动的人对着迎面吹来的风默默地叹了一口气。她的这一口气是为程燕妮叹的，但更多的还是为那个没有脑子的儿子李广忠叹的。郭家孝已经一把年纪了，她知道一对夫妻只要闹到这个份上，他们的婚姻基本上也就算完了。如果她的儿媳妇是一个性子不那么要强，胆子也不那么大的女人的话，这段婚姻说不定还能勉勉强强挨到头，但程燕妮是那种眼睛里揉不得沙子的人，儿子的这个家多半是守不住了。不过，现在的郭家孝已经老了，管不了那么多了，她只是在心里默默地希望儿子能够回头。

离婚的决定是李芙蕖放假回来以后做出的。时隔一个月才回到家的李芙蕖完全不清楚发生了什么事，只知道父母亲已经完全不理会彼此，而家里其他人看自己的眼神也都是怪怪的。一天晚上，程燕妮抱着儿子到了李芙蕖的房间里，把事情的来龙去脉给说了个清清楚楚。程燕妮是一个很少流眼泪的人，但是这天晚上她却说得声泪俱下。程燕妮的眼泪把李芙蕖给吓了一大跳，也同时打动了这个有着钢铁般性格的人。在过去的几年里，李芙蕖目睹了母亲对这个家庭的奉献和她带着两个孩子过日子的艰辛，她相信母亲做出这个决定一定是有自己的理由的，也从母亲的讲述里听出这件事情是丝毫没有转圜的余地了。

　　第二天，程燕妮和李广忠起了个大早，他们带着前天夜里收拾好的证件，天还没亮就坐上了前往江油县城的客车。那一天李芙蕖醒得很早，但她醒了以后却丝毫没有想要起来的意思。这个女孩子一直很坚强，但这并不代表她没有感情。她的心是柔软的，这一次的事就好像把一把坚硬的刀狠狠地刺进了她的心里。但是事情既然已经发生了，也就只有振作起来去面对。在天还没有大亮的时候，李芙蕖已经起了床，她知道自己还有弟弟要照顾，尽管她不知道明天会怎样，但至少必须要好好地对待今天。

　　那一天很漫长，李芙蕖带着弟弟在屋里等待父母回家来。她想，虽然他们离婚了，可是这个家至少他们今天晚上还是要回来的吧。对程燕妮和李广忠来说，这一天同样也很漫长。直到走进民政局里的时候，李广忠才一刹那清醒过来，他回忆起了和程燕妮一起走过的这些年，回忆起了他们曾经美好的一点一滴，这个为爱情所迷惑的男人这才知道他不能离开陪在自己身边这么多年的妻子。快要轮到他们的时候，李广忠不顾大厅里众人的目光，一转身跑了出去。看到李广忠跑开了，程燕妮只好收拾起证件跟着走了出去。在民政局外的花坛边，这个年纪不轻的男人蹲在地上哭得一把鼻涕一把眼泪的。李广忠的眼泪把程燕妮给打动了，他们的这个婚最终没有离成。在回家的大巴上，他们两个人甚至感受到了一点儿往日的温馨和情谊。等他们回到家把这个消息告诉李芙蕖的时候，这个女孩子并没有因此而开心起来，因为她隐隐感到这事还有后续，一切不会这么容易就结束了。

冬天一晃眼就过去了，春天很快就到来了。温暖的和风把山川给吹绿了，却没有吹散人心头的愁绪。

徐良英的苦闷从前一年冬天一直延续到了第二年春天，李广禄的离去不仅让她面临着严峻的经济压力，还让她再一次丢掉了面子。上一次李广禄在外包女人的记忆还历历在目，这些年来徐良英看到了李广禄的不容易，原本以为丈夫已经改好了。在过去的几年里，他们家盖起了一幢又大又漂亮的新房子，儿子李清海也考上了大专，徐良英以为苦日子就要过完了，眼看着就有了盼头，没想到在这个节骨眼儿上李广禄却跑了。徐良英对这件事感到了由衷的沮丧，她的沮丧是没有遮掩的，在人前和人后她都没有什么精神。脸上失去了神采的徐良英仿佛变得更老了。她的衰老和沮丧别人或许不在意，但是她唯一的儿子李清海却不能不在意。李清海是徐良英一手带大的，徐良英在对丈夫失望以后，便把所有的精力都放到了教育儿子上，在她年复一年的坚持和努力下，李清海果然长成了一个努力上进的小伙子。看到母亲这么难受，李清海的心里也不好过，有好几次他都想对母亲提出辍学的提议，但他知道母亲是不会同意的，也就不拿这件事来让母亲难受。过完年没多久，徐良英母子俩就出门去了。这是徐良英第一次出门去挣钱，这个已经上了些年纪的女人确实有些害怕，但是她知道自己的人生还有儿子可盼，这份盼头成为她唯一的支柱，有了这个支柱，她觉得自己可以克服所有困难。

徐良英母子俩出门的那一天，李享财一个人在院子里的樱桃树下站了一整天。这个时候，温暖的春风已经把樱桃花给吹开了，可是站在樱桃树下的李享财却一点儿也没有感受到春天的气息。这一次，李享财彻底对这个儿子失望了。在过去的这么些年里，无论李广禄做出什么事情，李享财都会坚定地站在儿子这边，这不仅是因为他只有这么一个儿子，还因为他觉得，男人，特别是有本事的男人，天生就比女人拥有更多的特权。但是这一次，李享财打从心底里觉得是李广禄做错了，他没想到自己最疼爱的儿子竟然会做出这种抛妻弃子的事情来。李享财觉得脸上无光，也觉得对不起徐良英母子俩。当徐良英带着李清海走出院子的时候，李享财默不作声地站在樱桃树底下看着母子俩越走越远，不知道为什么，他突然觉得这母子俩走出去就不会再回来了。看着母子俩远去的背影，李享财的嘴里翻来覆去地念叨着一句话："这都是我欠这个杂种的，都是我欠这个杂种的！"在风底下站了一天的李享财第二天就病倒了，不过大家都知道他恐怕不是被风吹病的，而是被李广禄给气病的。李享财这一病就再也没有好起来，他在床上一躺就是大半年，等到秋天打谷子的时候，这个强硬了一辈子的人终于愤愤不平地闭上了双眼。

　　这一年的春风吹到李桃花家院子里的时候，这个正在洗衣服的女人也忍不住发出了一声叹息。李桃花的叹息是有原因的，这些年来她和徐家田虽然挣了好些钱，但屋里的矛盾并没有因为他们手头的钱而缓和，相反很多之前并不明朗的矛盾一下子就变得清晰起来。徐家田和李桃花的儿子都不是读书的料，两个儿子读到初中就辍学了。辍学以后，徐昆倒是上进，在学了几年手艺以后，就跑到近处的工地上去开挖掘机，工资还算不错，至少能养活自己。和徐昆相比，辍学以后的魏围简直就是游手好闲，他每天都要睡到日上三竿才起床，起来以后东蹭西蹭地也就混完了一天。

　　李桃花的这个儿子简直就是李清玉的翻版，正事一件不会做，要钱却比谁都有底气。有些时候，李桃花气急了也要给魏围几下，可是打也打了，骂也骂了，这个儿子却依旧是我行我素，一点儿也不在意别人怎么看、怎么说。每到要钱的时候，魏围总是露出一副全天下的人都欠他的表情，偶尔李桃花给钱给得不爽快了，这个长得高高壮壮的年轻人总要撇着嘴，十分不屑地说："不就是问你要点儿钱吗？当我向你借的行不行？"为了这个儿子，李桃花背地里不知道哭了多少次。她觉得上天对自己实在是太不公平了，年纪轻轻地就死了丈夫，一个人吃苦受累地把儿子给拉扯大，本来指望儿子大了以后能有点儿本事，不说养活她这个妈，至少要能把自己给养活吧，可是没想到辛辛苦苦养大的儿子竟然是一个只知道啃老的二世祖。哭着哭着，李桃花不想再哭了，她不愿意再为这种没有出息的人流泪。她想着反正自己手边还有一点儿钱，日子还算过得下去，即便到了穷途末路，也是自己死在儿子前面，到时候也就眼不见为净了。

在樱桃花盛开的日子里，刚结婚没多久的李清玉也同样一点儿没有感受到春天的气息。这一个冬天把他所有有关爱情和婚姻的期望都给埋葬了，他知道自己未来几十年都要跟这个没有多少感情的女人一起度过。李清玉虽然不喜欢程瑶，但是他心地不坏，知道这一切都不是程瑶的错，所以在夫妻俩的日常生活里李清玉虽然对程瑶不太好，不过也不算太差。在李广耀看来，已经结婚的李清玉就是一个大人了，过完年以后，他帮着儿子在白马镇找了一份开挖掘机的工作。结婚以后，李清玉也意识到自己不是一个小孩子了，该担负起自己的责任来。在厂里，他虽然算不上一个优秀员工，但对待工作也算尽心尽力。只是在下班以后，整天对着一个自己不太喜欢的妻子，李清玉心里总是有些不得劲儿，有些时候甚至觉得这日子实在是无聊透顶。

为了缓解这种无聊，李清玉再一次想起电子游戏来，不过现在的李清玉已经不再是那个拿着几块钱翻墙到网吧里去打游戏的孩子了，他手头有了钱，买得起电脑了。产生这个想法以后没多久，李清玉就在网上买了一台台式电脑，组装好电脑以后，除去上班和睡觉之外，他的大部分时间都消磨在了游戏上。不过这时，李广耀和王菊花两口子却不敢再管李清玉了。在他们看来，结了婚的人就是大人了，大人理应有自己的选择和自由，即便是身为父母的他们也不能过多地干涉。再说，李广耀看得清局势，他已经是五十多岁的人了，眼看着一天天地老了，以后的几十年还要指着儿子过日子。李广耀是一个懂得低头服软的人，所以这个在人前人后都要足了强的人第一次在儿子面前低了头。

　　这一年春天李广忠出门以后，程燕妮的心里也不怎么好过。虽然去年过年这婚是没有离成，但是程燕妮知道这一段婚姻早就已经千疮百孔了。程燕妮本来想尽力维持住这一段摇摇欲坠的婚姻，但是她的心里始终想不过。程燕妮是一个心气很高的女人，这种心气曾经支持着她走过许多难熬的日子，但同时也给她带来了数不尽的磨难。程燕妮无法面对丈夫为了一个又胖又丑的女人背叛自己的事实，她知道自己没有年轻的时候好看了，但是打扮以后看起来也还有几分姿色。程燕妮越发觉得自己不能坐以待毙，她不能容忍别人给她戴上一顶绿帽子。她决定要反击。

　　在程燕妮和李广忠闹离婚闹得最厉害的那段时间，程燕妮曾经忍不住给赵一打了几个电话。当赵一得知程燕妮要和李广忠离婚的时候，这个本来已经心如死灰的男人觉得自己再一次活了过来。程燕妮刚怀孩子的时候，赵一曾经怀疑过程燕妮肚子里的孩子是不是他的，但是他转念一想，如果程燕妮愿意给他生孩子的话，又怎么会不愿意跟他结婚呢？想着想着，赵一的心也凉了，在好长一段时间里，他都没有再主动联系过程燕妮。等到程燕妮和李广忠闹离婚的时候，一束火苗在赵一的心里再次燃烧起来，他越发肯定这个孩子是他的，而李广忠和程燕妮闹离婚正是因为孩子的事情暴露了。在程燕妮还没有和李广忠到民政局去之前，按捺不住的赵一抢先一步和妻子离了婚。这么多年以来，赵一和他的老婆早就已经没有感情了，夫妻俩也分床睡了好几年，离婚对他们两个人来说都是一种解脱。离完婚以后，赵一把离婚证用手机拍照发给了程燕妮，他原本希望通过这个证件让程燕妮看到自己的真心，可出乎意料的是，程燕妮和李广忠都闹到民政局了却最终没有离婚。这个消息让赵一的心再次沉重起来。不过，这个男人已经打定了主意要把程燕妮给弄到手，他知道程燕妮这一段看似牢不可破的婚姻早就有了无法弥补的裂隙，而这裂隙就是他的机会。

等到春天，赵一开始隔三岔五地给程燕妮打电话。赵一知道程燕妮心高气傲，接受不了自己被背叛的事实，便打定主意要在这个事情上大做文章。本来程燕妮就对这件事耿耿于怀，再经赵一一番刻意挑拨，更是觉得自己好像吃了苍蝇一样恶心。这一团火在程燕妮的心里烧了很久，烧掉了她的理智，也烧掉了她的是非感。这时，程燕妮第一次觉得自己真正理解了当年的徐歌，她开始明白徐歌当年的愤怒和沮丧，也逐渐接受了徐歌当年的报复行为。为了缓解心头的怒火，程燕妮决定像当年的徐歌一样报复背叛自己的李广忠。为了达到这个目的，程燕妮在和赵一通完电话以后，第二天就坐车到了江油县城。程燕妮这一次到江油不是为了拜访住在江油城边的二姐一家，也不是为了探望孤身在江油二中读书的女儿。她的目的很单纯，就是为了和赵一幽会。

赵一早早地就在江油县城里等着程燕妮了。那一天，是赵一这么多年以来最开心的一天，那是他失而复得的一天，也是他尽情地燃烧情欲的一天。那天，两个年纪都不算轻的男女在宾馆的床上缠绵了半个晚上。赵一的情欲喷薄而出，仿佛没有尽头，程燕妮的情欲当中则带着愤怒和报复的快感。在结束了最后一次缠绵以后，程燕妮和赵一气喘吁吁地躺在床上，这个时候，赵一的心里是轻松愉快的，而程燕妮的心里却有种说不出来的滋味。在一阵报复的快感过去以后，女儿那双干净纯洁的眼睛再一次出现在了程燕妮的眼前，但是她知道自己已经没有退路了。

程燕妮和李广忠是在五月份离婚的，为了离婚，在外面打工的李广忠还专门坐火车回了趟家。其实在过去的这几个月里，李广忠也意识到这段婚姻保不住了，因此在接到程燕妮的电话的时候，他没有感到吃惊，也并不觉得难以接受。在李广忠看来，离完婚也算是解脱了。本来李广忠就不想养第二个孩子，他知道这个孩子给自己套上了好几十年的"镣铐"，李广忠不愿意为了别人而牺牲掉自己的一辈子。在他看来，离婚也算是一件好事，这么一来他只需要供女儿读完大学，除此之外也就没有什么别的负担了。

离完婚以后，李广忠给钦女子打了一个电话。在过去的这段时间里，李广忠和钦女子走得远了些，这个曾经为情所困的男人也终于意识到他和钦女子的感情不过是一段莫名其妙的激情罢了，等激情一烧完，也就什么都不剩了。不过，离完婚这天，李广忠还是忍不住给钦女子打了一个电话，他打电话的目的很简单，只不过是想得到曾经的情人的几声宽慰罢了。但是，李广忠这个电话却把远在西藏的钦女子给吓了一跳。钦女子没有想到李广忠真的和他老婆离了婚，她更没想到的是李广忠在这个时候竟然还想着她。这份挂念让钦女子害怕了起来，这么些年来，钦女子和她的丈夫早就各玩各的了，两口子你不管我，我也不管你，但是大家都默契地约定好了外面的事情不能带到屋里来。一直以来，钦女子都小心地遵守着这个约定，她不想为了李广忠而打破这种默契，更重要的是她不能打破这种默契。钦女子的儿子已经很大了，男人对她来说并没有表面看上去那么重要。那一天，在接到李广忠的电话以后，钦女子只是随便应付了几声就挂断了电话，然后立马把李广忠的号码拉入了黑名单。李广忠也知道他和钦女子是不可能的了，挂了电话以后，他的心里有过一阵惆怅，但是没过多久这种惆怅又变成了欣喜。在结婚的十几年里，李广忠一直被程燕妮管得死死的，他抽什么烟，喝什么酒，穿什么衣服，花多少钱，都要经过程燕妮的同意。但是从今天开始，他恢复了自由身，无论他想做什么，都没有人管他了。最重要的是，李广忠相信天涯何处无芳草，他有信心自己能找到一个更好的女人。

离完婚以后，程燕妮并没有立马答应和赵一结婚。赵一当然想尽快和程燕妮成为合法夫妻，但是程燕妮的心里一直有些犹豫。就是因为这份犹豫，离了婚的程燕妮并没有跟着赵一回成都，而是让赵一到江油县城里租了一间屋子，他们过起了同居生活。程燕妮想得很周到，她知道一个刚离婚的女人又立马结婚肯定会遭到非议。程燕妮不是害怕别人说她，而是怕女儿瞧不起她。在刚离完婚的那个星期天，已经和赵一住到一起的程燕妮带着儿子到了女儿读书的学校里。程燕妮来之前已经打电话告诉女儿自己下午要来的消息，李芙蕖接到电话，并没有之前那种快要见到母亲的欣喜和激动，她的心里隐约有不好的预感——母亲这一次来肯定不是简单地为了见自己一面。

母女俩碰头以后，程燕妮就带着女儿去了学校旁边的一家面馆，给女儿点了一大碗面，还加了一小碗肉。她觉得女儿读书太辛苦了，该好好地补一补。刚坐到饭桌上，李芙蕖就看出了程燕妮的紧张和焦虑，她也大概猜到了这份紧张和焦虑是从哪儿来的。因此，当程燕妮把她离婚的消息告诉李芙蕖的时候，李芙蕖并不太吃惊，也仿佛并不难受，甚至在程燕妮看来李芙蕖的脸上连一点儿波澜都没有。程燕妮并不了解李芙蕖，这几年来即便是自诩知女莫若父的李广忠也慢慢地摸不透李芙蕖的想法了。李芙蕖不再像之前一样把所有的情绪都放在脸上，她开始把这些东西默默地放在心里，一个人慢慢地消化。在李芙蕖看来，只要她的痛苦不流露出来，那么她就可以骗过自己和别人，就可以认为这种痛苦不过是一种幻觉。经过一次又一次的试验，李芙蕖已经充分地掌握了控制自己面部表情的要领。这一天，程燕妮并没有在李芙蕖的脸上看到她所期待的感情。这样的李芙蕖在一瞬间让程燕妮感到陌生，也同样感到害怕。

　　吃完饭以后，再一次出乎程燕妮意料的是，李芙蕖竟然愿意跟着她回她和赵一的出租屋。程燕妮之前一直害怕李芙蕖会瞧不起她，因为在所有人的轻视当中只有李芙蕖的轻视是最有力的，也是最让她伤心的。李芙蕖当然知道母亲在想些什么，她知道从今天起这个女人的路就不好走了，她不能看着这个女人的路走得那么难，那么孤单，所以她必须要陪这个女人走上这么一段。吃完饭以后，在西斜的太阳底下，程燕妮和李芙蕖开始往回走。这段路真的很长，不过毕竟是三个人结伴同行，走着走着，一路的欢声笑语让这段路变得有意思起来，变得不那么让人害怕了。

第四十九章
归家

　　程燕妮和赵一的同居生活过得并不怎么愉快。赵一想尽快和程燕妮结婚，但程燕妮的心里总是有些犹豫。在离婚之后的很长一段时间里，程燕妮总是在想这个决定是不是做得太仓促了，她实在是想不明白她和李广忠怎么走到这一步的。程燕妮还记得他们刚结婚的时候又穷又受人欺负，但是夫妻俩的关系一直很好。到了现在，日子差不多过得去了，他们却走到了离婚这一步。有些时候，想着想着，程燕妮觉得也许就是应了那句老话吧：能够共苦，不能同甘。

　　在和程燕妮同居的这段日子里，赵一的心里也不好过。当初为了和前妻离婚，赵一做出了净身出户的决定，那个时候的赵一只觉得一身轻松，现在却开始后悔起当初的决定来。他在江油的日子并不好过，只能靠跑车挣一点钱。江油跑车的生意不好做，他作为一个外地人，经常受本地人的欺负。他们在江油租的房子很小，手头的钱也不多，日子总是过得紧巴巴的。赵一很想回成都去，毕竟那里才是他的家，他在成都有房子，有朋友，他相信回了成都以后跑车的生意一定会好起来。但程燕妮总是不愿意跟着他回成都去，一开始赵一也以为程燕妮是为了守着李芙蕖读书，但是到了后来他发现不是李芙蕖需要程燕妮在这儿守着她，反倒是程燕妮离不开李芙蕖。其实，程燕妮也不仅仅是离不开李芙蕖，她是不愿意离开江油，不愿意离开这个熟悉的环境，又或许她还在心里默默地期盼着什么。

　　李芙蕖的学业压力很大，每周只能到程燕妮租的房子里住上一晚，而且总是带着一大堆作业，几乎没有空余时间和程燕妮说话。赵一一向是个不怎么会说话的人，但时不时地也能说出一两句暖心的话。天天和他待在一起，程燕妮这才发现这个男人沉默的时间远远多于说话的时间。刚离婚的程燕妮心里有很多想法，也有诸多的压力，她非常希望有一个人能够开导开导她，陪着她说上几句心里话。一开始，赵一还能陪着程燕妮说上几句，但是渐渐地，赵一心里的压力也大了起来，他是第一次到异地他乡来讨生活，手头没钱，身边也没有几个朋友，要担心的事情很多，实在是没有工夫再去安慰程燕妮。赵一精神压力大起来的时候，开始频繁地给他的侄女田甜打电话。田甜是赵一大姐的独生女，小的时候赵一带了她好几年，甥舅间的关系一直不错。在和程燕妮同居的这段时间里，赵一给田甜打了无数个电话，每一次都是向这个在宜宾读大学的侄女倒苦水。赵一给田甜打电话的时候多了，和程燕妮说话的时候就少了。这么一来，程燕妮变得越发寂寞。她不想去打扰正在苦读的女儿，也不好意思打电话给家里的姐妹们，无奈之下，只好也开始给田甜打起电话来。

但向一个陌生又遥远的人打电话倒倒苦水只能缓解心里的不快，根本解决不了实际问题。快放暑假的时候，赵一和程燕妮的关系渐渐走到了穷途末路。在过去的几个月里，程燕妮一直没松口答应和赵一结婚，而赵一在江油跑车的生意是越来越难做。一天傍晚，在外忙了一天的赵一拖着疲惫的身子回到狭窄的出租屋里，他想再一次和程燕妮商量结婚和回成都的事情，希望程燕妮能好好地考虑一下，全心全意地跟着他回成都。这一次，程燕妮仍然没有同意。这天晚上，两个疲惫、痛苦、贫穷的男女在出租屋里吵了起来，这是他们到目前为止唯一一次吵架，在这一次争吵里，没有一个人觉得自己有错，也没有一个人愿意站在对方的角度考虑问题。吵到最后，赵一心灰意冷，他本来以为自己付出了这么多，程燕妮能够看到，没想到程燕妮的心里还是想着前一个丈夫。赵一觉得自己再也忍受不下去了，他看不到明天。吵完架以后，赵一开车离开了江油。

赵一走了以后，程燕妮才冷静下来，她看着站在自己面前哭得声嘶力竭的儿子，忍不住流下了眼泪。程燕妮搞不清楚自己想要什么，她总以为自己还有很长的时间可以考虑，不必急在一时。直到赵一离开，她才最终意识到，自己对这个男人并没有多少感情，她的心里一直记挂着的还是原先的那个家，还是那个和自己在一起生活了十几年的男人。那个晚上，程燕妮抱着还不到四岁的儿子，坐在床边哭了半个晚上。

一气之下离开的赵一也不好受，他开着车上了高速，直到离程燕妮越来越远的时候，这个男人才意识到他根本就离不开程燕妮。但是已经到了这个地步，没有回头路可走。这么想着，这个一向没有什么脾气、话也很少的男人感到了心脏处的一阵绞痛。他胡乱找了个路口下了高速，靠边停车，趴在方向盘上痛痛快快地哭了一场。等他哭完，日头已经从东边的天空升起。一夜没睡的赵一揉了揉酸痛红肿的眼睛，重新发动面包车回成都去了。

第二天下午李芙蕖到了程燕妮的出租屋，这是她放暑假的第一天，好不容易放松下来的李芙蕖想要过来看看母亲和弟弟，再决定要不要回北滨村。李芙蕖推门进去，看到的是一地狼藉和坐在床边眼睛红肿的母亲。李芙蕖大概猜到发生了什么事情，她有些手足无措地走到母亲身边，问了一句："怎么了？"

程燕妮当然不会回答这个问题，身为母亲的她实在是不知道怎么开口。在过去的几个月里，她做了太多说不出口的事情，比如出轨，比如离婚，又比如和别的男人同居。程燕妮很感谢李芙蕖还愿意接受她，没有瞧不起她，但是她也不知道李芙蕖的容忍力究竟有多大。面对李芙蕖的询问，程燕妮并没有回答，她只是到厕所里去洗了一把脸，开始收拾起东西来。

在这整个过程当中，李芙蕖的弟弟一直呆呆地坐在床沿上，一句话也不说，甚至连哭都没有哭。这个孩子的命实在是不好，还在肚子里的时候就不被人喜欢，生出来以后又经受了那么大的手术，现在还要看着成年人为莫名其妙的事情吵来吵去。李芙蕖看着呆呆的弟弟，在那一刻，她突然觉得这个孩子好可怜，这个孩子有些畏缩的眼神把她那坚硬的心给融化了，她走到床边一把抱住了这个还不到四岁的孩子。这下，呆了好半天的孩子突然一下子撇着嘴哭了起来。一开始他的声音很小，等到他确定不会挨骂也不会被抛弃的时候，这才越哭越伤心，越哭声音越大。

　　在儿子嘹亮且委屈的哭声中，正在不远处收拾东西的程燕妮也跟着哭了起来。程燕妮的哭声是压抑的，她不好意思哭出声来，因为她已经在心里认定自己是个不守妇道的坏女人了，她很害怕屋子里的两个孩子会瞧不起她。

　　母子俩的哭声持续了很久，但是她们的眼泪并没有招来李芙蕖的眼泪。李芙蕖不是不会哭，而是已经学会了不当着别人的面哭。在得知父母离婚以后，这个看上去没有一点儿情绪波动的女孩子回到学校宿舍，捂在被子里哭了整整一晚上。她的哭泣是没有声音的，她不希望别人知道，更不希望别人从她的脸上看到难过和失望的痕迹。在过去的这段时间里，李芙蕖哭了很多次，但哭完以后，她还是面色如常地去应对繁重的学业。

　　这一天，在程燕妮母子俩哭够了以后，李芙蕖打了一个电话。她的这个电话是打给赵一的。李芙蕖不是想让赵一回来，而是想打电话去骂一骂这个男人。从好些年前起，李芙蕖就不喜欢这个男人，或许是那个时候还小的她看出了赵一的心思，又或许是这个男人天生就和她犯冲，反正在过去的这些年里，李芙蕖从来就没有喜欢过赵一。这一次，李芙蕖更是觉得赵一可恶到了极点。打完这个电话之后，整个屋子再一次安静了下来，不过这一下气氛没有先前那么压抑了，因为程燕妮意识到李芙蕖始终是站在她这一边的。虽然李芙蕖给不了什么实质性的援助，但是这个时候程燕妮需要有个人站在她这一边。程燕妮打起精神，开始拾掇儿子。哭了好一会儿的儿子脸上糊着鼻涕眼泪，衣服也皱皱巴巴的，程燕妮赶忙给儿子换了一件衣服，又给儿子洗了一把脸。

到了晚上，等女儿和儿子都睡着了以后，程燕妮拿着手机悄悄地走到了门外。在黑黢黢的夜空底下，程燕妮颤抖着打了一个电话。这个电话是打给李广忠的。程燕妮从来没有想过自己有一天会沦落到求李广忠的地步，但这个时候的她已经顾不得自己的尊严和骄傲了，她知道除了给李广忠打电话以外，没有别的选择。

接到程燕妮的电话的时候，李广忠已经睡着了，手机发出的来电铃声把躺在工棚里的他给吵醒了。李广忠看到来电显示，他的心跳仿佛一下子就静止了。在过去的这几个月里，李广忠没事的时候也常常想程燕妮在做什么，她现在过得怎么样。李广忠这才意识到原来他的心里还记挂着程燕妮，原来想要忘掉一个陪了自己十几年的人不是一件那么容易的事情。可李广忠不是一个喜欢走回头路的人，他知道他和程燕妮已经不可能了。但即便如此，他还是赶忙披上一件衣服跑到外面的大石头边去接程燕妮的电话。

程燕妮说得很简短，她并没有告诉李广忠具体发生了什么事。但是她的语气，她打电话的时间，她似有若无的哭声，都在告诉李广忠她过得不好，遇到了困难。李广忠也知道了，程燕妮没有和赵一结婚，还知道程燕妮想要从头再来。程燕妮的所有心意都通过手机传达给了李广忠，李广忠的心一下子就软了。和程燕妮在一起的这么些年里，程燕妮一直是强硬的，倔强的，不肯低头的，这个女人仿佛无论是对是错都要硬出头。在李广忠面前，程燕妮从来没有服过软，渐渐地，李广忠也开始忘记程燕妮是一个女人。直到今天，在听到程燕妮的哭声的时候，李广忠才意识到原来程燕妮的心也可以这么柔软，原来程燕妮也有需要自己的时候。这份柔软让李广忠动容，这份需要让李广忠想起了之前的一点一滴。在夏夜凉爽的风里，李广忠的眼泪差一点儿就要掉下来了。在勉强控制住自己的情绪以后，李广忠拿着手机，一字一顿地对手机那一头的程燕妮说："别怕，我接你和儿子回家。"

打完电话以后，远在广西的李广忠睡不着了，他走在明晃晃的月光底下，心里头一会儿悲，一会儿喜，到后来他也不知道自己在想些什么了。等到天快要亮起来的时候，李广忠坐在工棚旁边的大石头上，心里的柔情已经消失不见，理智再一次占了上风。李广忠不确定自己所做的决定是否正确，但话已经说出口，再也收不回去了。他不知道的是，这一晚程燕妮枕着他那几句话，睡得很安心，很放心。

第五十章
舆论

李广忠到江油出租屋来接程燕妮他们回家的那一天是一个雨天。本来李广忠想让程燕妮自己回去，他知道程燕妮还留着屋里的钥匙，出租屋里的东西也不太多，没有必要专门让他跑一趟。不过程燕妮却有别的想法，她知道自己这一次闹了一个大新闻，估计老家有好些人在等着看她的笑话，也猜到了这些人现在背着她不知在说些什么难听的话。如果程燕妮和赵一结了婚，那么这些闲话她不用去理会，也不必放在心上，但是现在她要回家去了，要重新回到那个住了十几年的北滨村二组去。程燕妮知道自己将要面临的是什么，在这个时候，她特别需要李广忠给她一份体面。想来想去，只有让李广忠来接她回家才是最大的体面，这不仅表明李广忠已经原谅她了，还证明比起程燕妮对李广忠的需要，李广忠更离不开她程燕妮。

在迷蒙的雾气里，李广忠打着一把大伞走到程燕妮所在的出

105

租屋。在见到程燕妮之前，李广忠以为自己会表现得很高兴，很愉快，但是等走到出租屋门口的时候，他才发现自己其实很介意程燕妮和赵一同居这件事。李广忠知道程燕妮出过轨，但是他也做过同样的事，这么一来出轨的事也就算抵消掉了。但是和别人同居，李广忠没有做过，因此他又觉得是程燕妮对不起他。

看到李广忠的第一眼，程燕妮的眼里射出了动人的神采，那是希望混合着感动的神采。不过这种神采并没有持续多久，很快就被愧疚和难堪给替代了。李广忠当然看到了程燕妮眼神的变化，这个女人还是第一次在他的面前流露出这么柔弱的模样。李广忠被这种模样给打动了，他的心里不知怎么地涌上了一阵温柔。在这阵温柔的促使下，李广忠对着屋里的程燕妮露出了笑容。这个笑容给了程燕妮力量和勇气，在李广忠眼中笑意的笼罩下，程燕妮站起身，走到了李广忠身旁。

东西很快就收拾好了，说实在的，这个狭小的出租屋里根本没有多少东西。其实，按照李广忠的想法，这些东西最好一件都不要，只要他们一家人回去就行了。可是程燕妮又流露出了她精明的本性，所有的东西只要能用的她一件也不想扔掉。程燕妮认为自己这么做表现出了对家庭的重视和忠诚，但在李广忠看来，这却表明程燕妮对和赵一同居的这段日子还有留恋。在李芙蕖眼里，这个本性善良的母亲这一次实在是太愚蠢了，没有一个男人想要时时被提醒自己的女人曾经有过另外一个男人。这个道理，只有十六岁的李芙蕖都懂，已经不再年轻的程燕妮怎么就不明白呢？

程燕妮回家的那天确实遭受了不少白眼，当然这些白眼主要来自李广耀和王菊花两口子。在过去的这些年里，李广耀和王菊花一刻也没有忘记过他们和程燕妮之间的仇恨。李广耀不怎么恨李广忠，因为他知道这个弟弟一直都很敬重他，如果不是为了程燕妮，给他十个胆子他也不敢和自己对着干。让李广耀恨得牙痒痒的人一直是程燕妮，他至今还清晰地记得程燕妮给他的那一铲子，这一铲子让他好些年在李家屋里和北滨村二组都抬不起头来。后来两家的关系虽然缓和了些，但是这份仇恨李广耀不会忘记，王菊花也同样不会忘记。这么些年来，李广耀两口子一直想找个机会收拾一下程燕妮，可是程燕妮仿佛一直在走红运，她有钱，有房子，后面还生了一个儿子，李广耀两口子实在是找不到机会报仇雪恨。这一次程燕妮被李广忠接回来以后，李广耀两口子知道机会来了，他们必须要抓紧这个时机狠狠地报复程燕妮。

在程燕妮刚回来的那一段时间里，李广耀知道李广忠对程燕妮还有些感情，他明着不好说程燕妮，只能在背地里嚼舌根。在他们家里的饭桌上和客厅里，李广耀和王菊花一遍又一遍地说着程燕妮的坏话。这些话李清玉没有听到耳朵里去，对于这种家长里短，他一向不怎么在乎。这么些年来，他和幺妈程燕妮一直没有什么深入的交往，也同样没有什么大的矛盾。李清玉属于那种只想把自己的日子过好而不怎么在意别人的人，幺爸和幺妈的事情他不想管，也管不着。每当李广耀和王菊花说得咬牙切齿的时候，李清玉要么厌恶地看一眼他的父母，要么直接转身走到卧室里去打游戏。

这些话李清玉虽然不甚在意，但他那个怀着孩子的老婆程瑶却一字不落地听了进去。程瑶是一个个人趣味很少的人，和李清玉结婚以来，她很少出门到别人家里去串门，除了看电视、上网和偶尔上街之外，她几乎没有什么别的消遣。她的话并不怎么多，但是她十分喜欢听别人讲话。李清玉的话一直很少，他们夫妻俩几乎没有认认真真谈心的时候，倾听李广耀和王菊花说话就成了程瑶为数不多的乐趣之一。李广耀是一个很会说话的人，他知道该怎样通过自己的语言来煽动别人的情绪，他日复一日地说程燕妮的坏话，使得程瑶在心里认定这个和她同姓的幺妈是一个不折不扣的坏人。面对这样的坏女人，程瑶也用行动表达了自己的厌恶。自从程燕妮回来以后，她几乎没有和程燕妮说过话，即便偶尔碰上了也从来不主动向程燕妮打招呼。程瑶的漠视和不尊重，程燕妮看在眼里，心里却并不怎么在意，她知道程瑶本来就是一个没有多大本事也没多少脑子的人，为了这种人生气实在是没有必要。

可是渐渐地，程燕妮发现李广忠对待她的态度也发生了一些变化，这些变化是她始料未及的，也是她不能接受的。程燕妮受的最大的屈辱是在李享财的葬礼上。李享财是十月份死的，他在死之前已经在床上躺了好几个月了。李享财卧床不起以后，二月底出门的徐良英母子俩一直没有露面，倒不是徐良英和李清海不孝顺，而是李享财不许李家屋里的人把这件事情告诉这两母子。在卧床不起的日子里，李享财回忆起这些年发生的事，才意识到自己和这个屋里的人对徐良英有多么不公平。要是在李广禄刚开始嫖的时候，他这个当爹的就及时制止，李广禄也不会堕落到包女人、挪用公款的地步。如果李广禄没在外面包女人，他们这个家也不会散。这么些年来，李享财知道徐良英过得不痛快，如果不是有他压着，李广禄的这个家恐怕早就散了。但李享财没有想到，自己一辈子全心全意维护的儿子竟然毫不犹豫地就抛弃妻子、孩子和他这个老父亲。躺在床上气若游丝的李享财第一次觉得自己看清楚了李广禄的真面目，也正是在这个时候，他对这个不孝的儿子彻底失望了。在快断气的时候，李享财拉着守在床边的女儿和女婿的手，十分费力地说出了他的临终遗言："这屋里所有东西都留给徐良英和李清海他们两母子，一样都不给李广禄这个杂种……还有，记得告诉清海娃，如果有一天这个杂种回来找他，一定……一定不要让他进门，一定……"说完这几句话，李享财一歪脑袋就死了。李享财死的时候，他唯一的儿子和孙子都不在身边，守在他床边的除了女儿、女婿和老伴曹德清以外，就没有别人了。

李享财去世的消息很快就传遍了李家上上下下，这些人对此感慨万千。李享德和郭家孝得知这个消息的时候正站在院子里看对面田里的人打谷子。头上围着孝帕子的李桂华过来把父亲去世的消息告诉了他们，原本精神抖擞的李享德一下子就站不稳了。他被扶到屋里躺下，这个一辈子宁愿流血也不流泪的人第一次当着这么多人的面流下了眼泪。李享德流泪是有原因的，不仅是因为二哥李享财和他的关系一直不错，更是因为他从二哥的死当中看到了自己未来的命运，甚至在某种程度上他感受到了这个家族走向穷途末路的征兆。这么些年来，李享财一直凭着一人之力支撑着这个家族，有他在的时候，那些小辈不管怎么闹都还有个限度，不敢做得太过火。当了一辈子仲裁者的李享财死了，大哥李享名已经老得不成样子，至于他这个一辈子不想管闲事的人，既不愿意管小辈的事情，也实在是管不下来。面对李享财的死，最喜欢看别人笑话的郭家孝也一反常态地表现出了难过的模样。在她的心里，这个二哥对自己一家人还算够意思。李享财当区长最风光的那几年里从来没有欺负过他们两口子，甚至还在很多时候拉扯了他们一把。郭家孝是一个记性很好的人，她既记仇，也记恩。在李享财去世的这一天，这个嘴硬心也硬的人还是为哥哥流了几滴带着真情实感的眼泪。

李享财死了以后没多久，李家屋里的人就要着手准备入土安葬的事情了。这事本来该李广禄管，再不济也要李清海来管。可是李广禄跑了，而李清海又迟迟没有回来，李桂华身为嫁出去的女儿管不了这些事，所以安葬李享财的事情自然就落在了李广耀的身上。其实，李广耀并不是广字辈年龄最大的人，却是口才最好，也是大家公认的最有本事的人，除了他以外，大家觉得没人能管这件事，没有人能够做得像他那样好。

在安排李享财葬礼的这段时间里，李广耀在李家屋里的地位直线上升，屋里的每一个人都要根据他的意思办事，都要看他的脸色过日子，这让李广耀产生了一种唯我独尊的感觉，说话和办事也越发猖狂起来。在李享财活着的时候，李广耀是不敢这么猖狂的，即便是李享财躺在床上要死不活的那段日子，李广耀也一直把二爸的话放在心里，一直尊敬着二爸。在李广耀看来，李享财是李家屋里最有本事的人，他的成就不仅超过了享字辈的所有人，还把广字辈的人远远地甩在了后头。面对比自己强的人，李广耀一向是不敢放肆的，但是现在这个最有本事的人已经静静地躺在棺材里，再也骂不了人，也再也管不了事了。因此，他这个排名第二的人自然要顺理成章地继承族长这个宝座。也就是从李享财上山的那一天起，李广耀越发没有收敛，从那以后他是谁也不怕，谁也不服了。

变得越发嚣张的李广耀首先要对付的就是曾经的敌人程燕妮。在李享财的葬礼上，李广耀简直就是变着法儿地欺负程燕妮，一会儿冷嘲热讽地说她不守妇道，一会儿以她不是李家媳妇为由不让她给二爸披麻戴孝。面对李广耀越发明目张胆的欺负，一向强势的程燕妮却丝毫没有还手之力。这一次李广耀是打蛇打在七寸上了，他知道程燕妮一向爱面子，所以在葬礼上他想方设法地让程燕妮丢人。如果李广耀说的话是凭空捏造的，那么程燕妮可以不去理会，也不必在意，但问题的关键就在于她和李广耀都知道这些事情是真的。程燕妮没有办法还击，只能低着头默默地把这些话给咽了下去。

如果这些话只有李广耀一个人说也就算了，可是说着说着，相信这些话的人越来越多，这些把李广耀的话听了进去的人也开始嘲讽起程燕妮来。一开始，李广忠并不怎么在意别人的闲话，他以为别人说够了也就不说了，没想到这些人越说越起劲，甚至到了不分场合、不论人前人后的地步。听着听着，李广忠也觉得自己脸上无光，他越来越不喜欢往人堆里钻，看到别人围在一起说话就绕着走。和李广忠类似，处在舆论中心的程燕妮也不好意思出门，她总是一个人躲在家里，要么做家务，要么看孩子。但他们的退让并没有让别人闭嘴，这些人只要一看到程燕妮，就要在她的背后指指点点，这种恶意给程燕妮带来了莫大的精神压力，她变得越来越敏感，越来越自卑。并且，程燕妮发现在这段时间里，她和李广忠之间的关系越发疏远了，李广忠看她的眼神里也带上了轻蔑和怨恨。这种眼神让程燕妮忍无可忍，他们夫妻俩的矛盾越来越多，经常吵架吵到半夜。

在周围越来越疯狂的舆论风暴中，只有为数不多的人保持了沉默，这些人里有李广达和张翠华，还有张亮。李广达和张亮的沉默是出于不忍之心，而张翠华的沉默却并非她的本意。

在程燕妮刚回来的那段日子里，李家屋里只有李广达对她表达了得体的善意。李广达的善意里没有同情的痕迹，他只是觉得程燕妮这么些年来过得不容易，这件事情李广忠和程燕妮都有错，既然已经决定重新在一起，还是好好过日子的好。因此，在李广耀大肆侮辱程燕妮的时候，这个好心人并没有火上浇油，在人少的时候，他总是劝大哥不要管弟弟家的事。不过李广达的劝告李广耀完全听不进去，他正享受着报复的快感，绝不允许别人阻断这种快感。李广达见李广耀不听劝，只好转头去劝李广忠，让他不要那么在意别人说什么，好好地和程燕妮过日子。李广忠知道二哥是好意，他也想和程燕妮好好过日子，不过现在的他已经不知道这日子该怎么过才好了。

如果程燕妮和李广忠的事情发生在地震之前，那么张亮这个爱嚼舌根子的人是一定不会放过程燕妮的。可是现在的张亮经历了丧夫、骗婚，真正体会到了身为女人的难处。好几年前，这个最喜欢往人堆里扎的女人变得越发沉默。在程燕妮灰溜溜地回到北滨村二组的时候，张亮只是望着这个曾经美丽而好强的女人淡淡地笑了一下，点了点头。

面对落难的程燕妮，张翠华本来也想跟着踩上一脚，只是一方面李广达一直压着她不让她参与，另一方面她自己也遭遇了一些不那么光彩的事情，即便想做也是有心无力。张翠华的儿子李清松第二次高考又落榜了，这让对儿子抱着极大希望的她再一次丢了面子。有好长一段时间，张翠华都觉得自己在李家屋里抬不起头来。程燕妮回来以后，大家的关注点都从李清松身上转移到了程燕妮身上，张翠华这才有了喘息的机会。不过，从舆论中心逃脱的张翠华并没有以己度人地同情程燕妮，反而一直因为程燕妮的倒霉而暗地里沾沾自喜。李广达的阻拦让她的心里着实不痛快，但是看着强者落难，对她那无趣的生活来说可算一种别样的点缀。

　　这一阵舆论风暴刮了好长一段时间，李广忠和程燕妮实在是忍无可忍，他们觉得不能坐以待毙，必须要想个办法突围。他们想到的办法是到新疆去摘几个月的棉花，也许几个月以后舆论的风暴就刮到别的地方去了。

父女矛盾

　　程燕妮和李广忠在新疆的这一段日子过得实在是不怎么样。这一次跟着李广忠回家，程燕妮是打定了主意要好好过日子，所以无论有多少困难，有多少挑战，她总是尽一切努力去克服，她希望李广忠能够看到自己的努力和诚意，希望这一个在风雨飘摇中走过了十几年的家庭能够维持下去。和程燕妮不同，来到新疆以后，李广忠的心里一直窝着一团火，这团火把他的理智都给烧没了，也把他对程燕妮的关心和怜惜烧得飞灰湮灭。

　　在家里的时候，夫妻俩都面临着沉重的舆论压力，他们除了团结在一起之外别无选择。但是到了新疆以后，周围的舆论压力一下子消失了，不再有人戳着他们的后背说难听的话，也不再有人关心他们的一举一动。初到新疆的李广忠感到了一种说不出来的自由，可是这种自由带来的愉悦感并没有持续多久。在没有多少人认识他的环境里，李广忠开始真正地体会和感受自己内心的情感。在经历了这么多事以后，他觉得自己并不能再次接受程燕妮，程燕妮的身体不再干净，名声也不再好听。在没有遭到北滨村二组的人的舆论攻击之前，李广忠觉得复不复婚是他们两个人的事，别人谁也插不上嘴。现在，李广忠才意识到，这个世界上没有一个人是单纯地为自己活的，每个人都生活在一个集体当中，而他不是那种可以完全不顾别人意见的人。

在新疆的棉花地里，李广忠一边躬身摘棉花，一边回想这几个月里发生的事情。他不知道自己的人生怎么会如此富有戏剧性，其实他这一辈子想要的东西真的很简单，他不愿意过背井离乡的日子，也从来没有奢望过大富大贵、飞黄腾达。他自知不是一个上进的人，也不是一个喜欢挑战的人，他只是一个平庸得不能再平庸的人。出人意料的是，这个甘于平庸的男人竟然被推到了风口浪尖，成了人人都在议论的"名人"。李广忠不想成为名人，也不希望有这么多人来干涉他的人生，但李广忠更清楚的是，只要他继续和程燕妮待在一起，过去这几个月里的遭遇或许会成为他这一辈子的缩影。想着想着，李广忠的心揪了起来，如果必须要在程燕妮和平静的生活当中进行选择的话，那么他肯定会选择后者。到了这个时候，李广忠开始后悔自己出于不忍而接程燕妮回家的举动，他多么希望当时的自己没有接到那个电话，没有听到程燕妮的哭声，也没有因为程燕妮的哭泣而心软。

到了新疆以后，程燕妮发现李广忠和她的关系越发疏远。李广忠越来越不喜欢和她说话，也很少有好脸色给她。要是放在几年前，程燕妮肯定不会在意李广忠的变化，那时的她有底气，根本就不必因为李广忠态度上的细微变化而难受。不过三十年河东，三十年河西，现在是李广忠这阵风压倒了她这阵风，程燕妮知道该是低头的时候了。为了挽救这一段婚姻，程燕妮低头低得很彻底，无论李广忠说什么，做什么，她始终都是一副笑脸，也开始学着对李广忠嘘寒问暖起来。程燕妮的低头李广忠很是受用，但是他觉得程燕妮的低头来得太迟了，要是几年前她就能做到这个程度，他们这段婚姻也不至于走到今天这一步。可是，这些话他对程燕妮说不出口，即便他告诉了程燕妮，程燕妮也不一定会理解。

新疆的棉花地是野性的天堂，张亮、李广忠都曾在这片土地上迸发出惊人的激情，程燕妮的情欲也在这里被唤醒了。过去这大半年是程燕妮这多年来最痛苦的一段日子，痛苦压倒了一切，包括她的情欲。到了新疆，程燕妮远离了家乡的一切人和一切烦心事，她的情欲再一次爆发了出来。

世界上应该没有几个男人不愿意满足女人的情欲，因此在程燕妮高涨的热情的催化下，李广忠也被激发了起来。那天以后，他们在棉花地里的无数个地方躺倒，面对着清澈的蓝天，做着男女间最亲密的事情。在最渴望彼此身体的那一瞬间，李广忠和程燕妮产生了一种他们之间从来没有出过什么问题的错觉。但是等激情从肉体上慢慢褪去的时候，现实的问题和心里的痛苦又渐渐地袭来。这个时候，李广忠对身边这个女人没有丝毫关爱，他所有的只是厌恶和轻视。即便是在热情高涨的时候，李广忠的脑海里也总是闪现程燕妮和别的男人做同样事情的画面。这个女人的身体不是他一个人的，这副躯体别的男人也享用过，这其中有赵一，说不定还有徐歌，甚至别的人。这些想法加重了李广忠对程燕妮的厌恶，他不过是把身下这个女人当成泄欲的工具罢了。

在新疆的这几个月里，程燕妮越来越搞不清楚李广忠在想些什么，她觉得李广忠离她很遥远。最让程燕妮担忧的是，在过去的这几个月里，李广忠从来没有说过要和她复婚的话。在跟着李广忠回来的那个夏天，程燕妮就提过好几次复婚的事情，可是李广忠一直躲躲闪闪的，没有个痛快话，程燕妮也就不说了。尽管程燕妮不提，可她还是希望李广忠能够主动提出来。在过去的几个月里，程燕妮一直没有等来自己最希望听到的那一句话。摘完棉花，坐在回家的火车上，程燕妮心里清楚她和李广忠已经回不去了。这种回不去不仅仅是感情上的。其实程燕妮也没有奢望过和李广忠恢复到当年的感情，可她还是希望他们两个人至少能够再次成为法律意义上的一家人。事到如今，即便李广忠不说，程燕妮也知道，这个愿望实现的可能性微乎其微。

回家收拾完东西，程燕妮就动身到成都去接儿子。2008年地震以后，程官明家的茶铺子开不下去了，在白马镇街上修完房子以后他们又贷了一大笔款，为了还债和供养二女儿读书，快要五十岁的程官明不得不出去打工。她打工的地方是成都昭觉寺边的一个工地，工作很简单，就是负责给工地上的二十个工人做饭。这份工作包吃包住，每个月2400块钱，倒是很适合程官明。程燕妮知道只有大姐才能帮忙带孩子，所以她只好厚着脸皮把孩子送到了大姐这儿来。程官明当然知道妹妹处境艰难，其实她自己的处境又何尝不难，不过她也明白妹妹这次是真的碰到坎儿了，身为大姐的她不能不拉一把。

程燕妮到大姐上班的地方已经快要中午了，这是程官明一天当中最忙的时候。远远地，程燕妮就看到儿子一个人坐在大门边玩儿，看到儿子的第一眼，程燕妮的眼泪就下来了。过去这几个月是她第一次和儿子分离，远在新疆的她除了要修复和丈夫的关系，满心里想的就是这个儿子。可是儿子已经有些认不出程燕妮了，程燕妮一把抱住他的时候，这个小男孩呆了好半天，直到在屋里炒菜的程官明看到了让他喊"妈妈"，他才有些迟疑地叫了一声"妈妈"。程燕妮并没有在成都待多久，吃完午饭，她和大姐说了会儿话就走了。

回到北滨村之后没多久，程燕妮发现自己又怀孕了，这个孩子让她和李广忠的关系降到了冰点。在程燕妮怀孕、害喜、打胎的整个过程中，李广忠始终保持沉默和冷淡，他丝毫不在意这个孩子，更不在意这个怀着孩子又失去孩子的女人。程燕妮是一个人坐汽车到江油去打胎的，打完胎以后，坐在回家的汽车上，她抚摸着还有些刺痛的肚子，眼泪流了一路。程燕妮不只是因为肚子疼才哭的，她哭是因为心疼，疼得不得了。

程燕妮的眼泪还没有流完，李广忠又对她进行了新一轮的冷暴力。自打从新疆回来，李广耀便有意无意地拉拢李广忠，在饭桌上，兄弟俩推杯换盏，情深义重，李广耀总要以为李广忠好为由，劝李广忠不要程燕妮这个"二手货"。李广耀的话说得很有技巧，他总是在打压程燕妮的时候暗暗地抬高李广忠，他说："兄弟，俗话说得好，好女不嫁二夫，我们李家屋里的男人都是人中龙凤，咋能要一个跟过其他男人的婆娘？这是二手货，不能要，不然人家会在背后指指点点，说你的坏话。老弟，这都是当哥哥的一心为你，要是别人屋里的事，我才不得管。"

一开始，李广忠没有把这些话放在心上，他只是觉得和李广耀一起喝酒很有乐趣，能够舒缓他的神经，在酒酣耳热的时候好多他不得不面对的事情仿佛都不复存在了。可是，一遍又一遍地听李广耀重复同样的话，李广忠自己也产生了一种自己是个顶天立地的男人，不能要"二手货"的想法。这么一来，他和程燕妮的关系变得更差了，程燕妮在李家屋里越来越孤立无援。

等李芙蕖放寒假回家，她看到的是一个憔悴的、抬不起头来的母亲。李芙蕖当然知道发生了什么事，也知道始作俑者是谁，为了给母亲帮忙，她开始旁敲侧击地嘲讽大爸李广耀。论吵架和讲道理，李广耀一向说不赢李芙蕖，他也知道李芙蕖这个女子只要一上了火，是脸面也不要，命也不要，和她硬碰硬不会有什么好下场，所以在李芙蕖回来以后，李广耀倒是收敛了些。

不过这个时候的李广忠已经完全听信了李广耀的话，一开始他还只是对程燕妮施以精神暴力，后来他直接动起手来。自从李芙蕖回来以后，李广忠和程燕妮打了无数次架。闹得最凶的一次，李芙蕖一气之下跑到厨房里，拿了一把菜刀扔到李广忠和程燕妮的卧室里，看着李广忠的眼睛，一字一顿地说："用拳头打多没意思，不如你给我们一人一刀算了，反正只有三个人，你三刀也就解决了。"李芙蕖的眼神和她说出来的话把李广忠给吓着了，但是他毕竟是父亲，是男人，不能在女儿面前流露出恐惧，只好一挥袖子走了。

过完年，李芙蕖就劝程燕妮尽快离开这座房子，离开这个地狱。在程燕妮和李芙蕖的心目当中，这座房子再也不是一个家了，她们曾经的家早就不复存在，李广忠把这个原本可以幸福快乐的家变成了人间地狱。这一次，程燕妮听了李芙蕖的话，她知道自己再在这个地方待下去，不是变成神经病，就是丢掉性命，但是只要她走出去，无论多么艰难，至少能活下去。

离开北滨村以后，程燕妮跑到白马镇找了一趟大姐程官明。在成都打工的这些年，程官明的身体一直不太好，现在屋里的债也还了一些，丈夫沈福跟着大女婿赚的钱也不算少。在听完程燕妮的哭诉以后，程官明决定把自己在成都的工作让给妹妹，还让程燕妮把孩子留在她的家里，等安定下来以后再考虑接孩子的事。听了大姐的话，程燕妮便把儿子留在了大姐屋里，孤身一人到了成都。下了火车，程燕妮走在成都三月的微风里，才觉得笼罩在头上的乌云终于消散了些。

虽然程燕妮逃离了地狱，可是属于李芙蕖的磨难才刚刚开始。程燕妮走了以后，李家屋里的人思来想去都觉得这是李芙蕖挑拨的结果，在这一群以折磨他人为乐的人心里，程燕妮的罪还没有赎完，她还不能离开。但是现在程燕妮已经跑了，他们只好把心里的仇恨和恶意撒在李芙蕖身上。

五一长假的时候，无处可去的李芙蕖一个人回了北滨村，没想到刚回来就看了一台大戏。首先是李广忠在短短的几个月里就找了另外一个女人，其次是这个女人在没有告知李广忠的情况下带着自己一大家子亲戚到了李广忠屋里。这个女人名叫魏凌，是梓潼县人。李广忠是在网上认识这个女人的，认识不久，这个女人就三番五次地到李广忠家里来玩。李广忠原以为五一假期魏凌是不会来的，可是没想到父女俩的饭才吃到一半，一大群人就到了李广忠家的院子里。李芙蕖不喜欢这个女人，这个女人同样不喜欢李芙蕖，在饭桌上，这两个人就过起了招来。魏凌的厌恶是隐蔽的，而李芙蕖的厌恶是赤裸裸的，在闷着头吃了一会儿饭以后，李芙蕖实在是看这个女人不顺眼，站起身来一下子就把饭桌给掀翻了。这一来，这个女人的隐藏面目也暴露了出来，和李芙蕖在客厅里吵了个天翻地覆。上了火的李芙蕖没有人惹得起，这个女人自然也不是她的对手。才刚吵了没几句，女人就装模作样地哭了起来。女人的眼泪把李广忠的心给烫伤了，他开始觉得这一切都是李芙蕖的错。

李芙蕖从来没有见过李广忠真正发火的模样，如果她曾经见过，那么在和这个女人吵架的时候就会收敛一点儿。李广忠的火气是在魏凌一家人离开之后爆发的。本来情人上门是一件好事，可是没想到这一切都被李芙蕖给搅和了。李广忠未能排解的情欲变成了骇人的怒火，那天晚上，他站在不太宽敞的院子里，指天骂地地和李芙蕖吵了起来。李芙蕖当然不肯服输。这是两块钢铁之间的较量，没有一块钢铁在熔化之前愿意认输。这场争吵把李家屋里的人和周围的邻居都惹了出来，大家看热闹的看热闹，着急的着急，却没有一个人能够把局面给控制下来，即便是一向自诩口才好、胆子大的李广耀也被这个阵仗给吓着了，躲在屋里不肯出来。骂得正热烈的时候，李广忠愤愤地掏出手机给程燕妮打了一通电话，在电话里把程燕妮给狠狠地骂了一顿，骂得程燕妮在电话那边大气也不敢出。李广忠骂李芙蕖，李芙蕖还能扛得住，他骂起程燕妮来，这个强硬的女孩子哭了。她不是当着人哭的，而是跑到老房子后面的祖坟前抱着墓碑哭的。李芙蕖从来没有害怕过这座坟。那天晚上，这个失声痛哭的女孩子抱着墓碑下了一个决心：她要强大起来，要让人不敢再欺负她，不敢再不把她放在眼里！

第五十一章

登峰造极

　　这些年，大家眼看着李广耀的身子一天天肥硕了起来，但大家没看到的是李广耀的财力也随着他的身体一起壮大了起来。

　　自从地震以后，李广耀从各种工程和捐款当中卡了不少油水。一开始还是村长许大贵带着他这个书记贪污，过了一两年以后，李广耀的胆子也大了，不再满足于跟着许大贵捞油水，而是想方设法地自己搞钱。贪污只有零次和一百次，在尝到了甜头以后，李广耀再也收不了手了。他的第一笔赃款来自修建村委会大楼的工程，之后，村上又相继开展了修河堤、修路、修信号塔等一系列工程，在每一个工程当中，李广耀都要狠狠地吃上一笔钱。等到河南老板到北滨村来修砖厂的时候，李广耀更是凭借自己的权力吃下了一大块肥肉。河南的砖厂在北滨村并没有善终，这个以援助本地村民为由而开设的砖厂到了最后连工资都发不上了，投资老板只好卷铺盖走人，没有收到工资的工人联合起来闯进砖厂的办公室，把值钱的东西全部都搬走了，最后，大家没东西可拿，干脆把砖厂里的火砖都搬回了家。在大家接连几天的洗劫之下，一座砖厂从剑门镇北滨村的土地上永远地消失不见了。砖厂出事以后，镇上的领导本来是要追究的，可那个时候坐在位子上的王镇长和李广耀的关系一向不错，在听了李广耀歪曲事实的报告以后，王镇长竟然决定不予追究了。

这以后，李广耀倒老实了一段时间。等风声一过，他的手就再次痒痒起来。很快就到了修河堤的时候，修建河堤是镇上为了防止夏天涨水冲毁两岸的农田，本来是一件利民的好事。可是款拨到李广耀手里，他的心又不安分了。在和许大贵通了气以后，李广耀还是照葫芦画瓢，到白马镇的水泥厂里买了一批快过期的低价水泥，又从村上的仓库里把前些年还没用完的、已经结块的石灰拿了几十包出来。这么一来，材料就有了，接下来就该考虑人手的事情了。为了节省费用，李广耀又想了一个摊派的法子，不由村上统一雇人，而是摊派给各个队，各队负责各自所辖河道。这个计划一提出来，有不少人质疑，不过大家想着修好了河堤也是自己受益，所以闹了几天只好认了。

河堤修完，李广耀和许大贵的手上又多了一大笔钱。这时，李广耀已经不愿意和许大贵平分赃款了，他觉得自己的权力比许大贵大，坐的位子也比许大贵高，每次捞钱出的力也更多，他理应比许大贵多拿一些钱。许大贵当然知道李广耀的心思，他也知道他和李广耀是一条绳上的蚂蚱，只要一个人出了事，另外一个也肯定会翻船。眼看着自己就要退休了，许大贵不愿意为了钱和李广耀内讧，面对李广耀想多要一些钱的暗示，他只好默许了。

李广耀的胆子是越来越大，捞的钱也越来越多。俗话说钱是男人的底气，自从有了钱，李广耀说话的底气都要足一些，腰杆子也比之前直了。李广耀在没钱的时候就嘴上不饶人，更不要说现在他发了财，是谁都敢说，什么事儿都要插上一脚，整个北滨村的男女老幼就没有一个敢惹他的。在纵容和马屁之下，李广耀越发猖狂，在住在隔壁的张翠华看来，这个大哥就差没横着走路了。李广耀底气刚足起来的时候，对自己的财务状况还非常谨慎，有意克制一家人的消费。到了后来，穷了半辈子的李广耀见自己贪的钱越来越多，却没有一丁点儿要翻船的迹象，便开始肆无忌惮地花起钱来。

李广耀最舍得花钱的地方还是两个子女的婚事。在李月明的婚礼上他砸了三万多块钱，结果办完婚礼以后，钱不仅没少，反而还多了。等到给李清玉办婚事的时候，李广耀更是没有节约的意思，光是给程瑶父母的彩礼就是整整五万块，还没要一分钱的陪嫁，也不让他们花一分钱请客，女方和男方的客人都由李广耀家招待。李清玉的这场婚礼既让北滨村的人大开眼界，也在一定程度上影响了当地的风俗。自从李清玉的婚礼以后，有更多的女方不愿意给陪嫁，也不愿意在家里花钱请客。除了不要彩礼之外，李广耀还花高价钱让李清玉和程瑶到江油县城里去拍婚纱照，还花了八千块钱从城里请来司仪。婚宴上的菜也让那些一辈子没有见过什么世面的人咋舌和津津乐道——猪肉已经是最普通不过的食材了，牛肉、羊肉和海鲜一盘盘地往上端。这场婚礼结束以后，有无数的人为李广耀的财力所折服。这场婚礼，李广耀并没有把本钱收回来，当然他的本意也并非要赚什么钱，而是想让周围的邻居和远近的亲友知道，他李广耀不差钱，这么一点儿小钱，他并不放在心上。李广耀的目的达到了，经过这场婚礼以后，村子里的人不仅怕他，还有不少想着跟着捞点好处的人开始想方设法地拍他的马屁。

没过多久，大家发现已经富起来的李广耀有了一个新习惯。在不用到村上坐班的日子里，早早起床的李广耀在吃完了早饭以后，总是一边坐在院子里穿鞋，一边故意扯着嗓子对正在厨房里收拾碗筷的王菊花喊："老婆子，今天上街去耍！"

每到这个时候，穿着一身新崭崭的衣服，脚蹬一双高跟皮鞋的王菊花总是会兴冲冲地从屋子里探出头来。她并不立刻就答复李广耀，而是睁着一双好奇的眼睛上下打量李广耀一番，这才用高扬的声音说："上街去干啥子？"

李广耀的一双眼睛还是盯着自己手上的鞋，他用满不在乎的声音说："耍噻。打馆子，坐茶楼，买衣服，想干啥子就干啥子噻。"

在那些日子里，李广耀和王菊花有好些时日都是在街上消磨掉的。他们最喜欢到临街的一家饭馆里开一个包间，点上几个好菜，一边看着窗外来来去去的人流，一边慢条斯理地享受美味。在程瑶嫁到李广耀屋里以后，上街的人也由之前的两个变成了三个。李清玉是不稀罕去凑这个热闹的，对他来说，跑到街上吃一顿还不如待在卧室里打儿个小时的电子游戏。不过，李清玉很少往街上跑还因为他没有时间去。他在玻璃厂里的工作不算繁重，但每天的工作时间也不短。在没有什么工作要做的时候，李清玉喜欢待在厂里，坐在挖掘机上，他觉得待在挖掘机里比待在别的地方更舒心。李清玉是一个话不多，也不喜欢喝酒抽烟的人，所以他才分外讨厌烟酒不离手的父亲。在李清玉看来，没有喝醉的李广耀已经足够讨人嫌了，喝醉了的他更是让人忍无可忍。李清玉不知道这么些年来母亲王菊花是怎么忍受这个话多、嗓门大的父亲的，他不喜欢这个父亲，也不想和他们待在一起。

　　结婚以后，李清玉变得开朗了些。这倒不是因为他在结婚以后萌生了想要和别人说话的想法，而是因为结完婚以后身边的人都开始把他当一个大人看了。在北滨村的人看来，男孩子结完婚就是要撑起一个家庭的男人了，男孩子可以羞怯，但是面浅的男人一定没有出息。和李清玉说话的人多了起来，他也开始试着和别人说话。一开始，他也不知道该说些什么，只好随便说些天气啊吃饭啊之类的事情。后来，李清玉发现跟他说话的人并不是真的想要说些什么，而是只有当他们说话的时候彼此的关系才会更近一些。了解了别人的心态之后，李清玉在人际交往当中变得更加自信和游刃有余，他知道该和别人说些什么，也知道在无话可说的时候该找些什么事来说。日子久了，李清玉虽然没有交上几个好哥们儿，却认识了好些熟人。这些熟人都知道李清玉家里的情况，当然也对李广耀的财力非常好奇，只不过当着李清玉的面不好意思开口。李清玉当然也知道这几年自己屋里好过得出奇，一开始他也怀疑父亲的钱的来路，可是渐渐地，他发觉这种怀疑对自己一点儿好处也没有，他才不喜欢管这种闲事。除了上班和打游戏以外，在他看来别的事都不值得花费时间和精力。

　　在李清玉还懵懵懂懂的时候，远在石家庄的李月明却对父亲如何富裕起来的事心知肚明。毕业这么些年，李月明和蒋娴的工资一直不算高，他们两个"二本"大学的毕业生一年的工资加起来才能勉强在石家庄这个寸土寸金的地方买几平方米的房子。结婚以后，李月明变得越来越焦虑，她的年纪已经不轻了，却不能在这个城市拥有一个属于自己的落脚之地，也始终不能有一个自己的孩子。这份焦虑在夜里让李月明的睡眠跑得远远的，在白天让她的脸上一点儿生气也没有。李月明的焦虑蒋娴当然知道，但他也清楚自己没有能力给妻子买一套房子，让这个想当妈妈想得发狂的女人在自己的房子里养大自己的孩子。在李广耀因为贪污而富起来的时候，李月明和蒋娴并没有给李广耀提个醒儿。他们知道贪污的后果，也十分清楚贪污的性质，可是他们太需要钱了，对金钱的渴望淹没了他们的是非感，他们费尽千辛万苦，想要从李广耀那儿要到一点儿钱。

李清玉结婚以后，李广耀也考虑到女儿和女婿在大城市混了好些年连一个房子都没有，实在是太给自己丢人了。出于这种心理，李广耀一次性给李月明打了二十万块。当然，李月明和李广耀都心知肚明，这钱不是当爹的送给女儿的，而是出于好面子和一点儿不忍之心借给女儿的，女儿手头有了钱以后还是要还的。

收到李广耀的钱之后，李月明的心态发生了巨大的转变。她一个寒窗苦读十几年的大学生累死累活都没挣到这么多钱，而她那个没有什么学历，也没有多大见识的父亲竟然一出手就是二十万。这二十万让李月明的心里燃起了熊熊的烈火，这场烈火把她的道德感和恐惧都烧尽了。李月明所在的企业负责验收各个公司的项目，有不少企业为了过关给她塞钱。没拿到这二十万之前，这些钱她是不敢要的；在拿到这二十万之后，李月明的想法完全改变了。也就是从那一天起，这个穷了二十几年、苦了二十几年的人开始肆无忌惮地放纵自己的贪欲，只要别人敢给，她就敢收。这些赃款，每一笔都是李月明工资的好几倍。收了这些钱以后，她的日子一下子就宽裕了，没过多久，还不到三十岁的李月明就在石家庄有了两套房子。

金钱确实给了李广耀很大的脸面，但是在他看来只有钱是远远不够的。李广耀骨子里还是一个传统的中国农民，有着和其他农民一样的希望和追求。在实现了自己的金钱追求以后，李广耀开始把大部分的注意力放到儿媳妇程瑶的肚子上。虽然没有其他的本事，但程瑶的肚子可真是争气。夏天，才刚嫁过来半年的程瑶肚子就鼓了起来。从那以后，程瑶就成了李广耀屋里的一级保护动物。重的东西她不能拿，电脑和电视也不能看太久，吃的喝的要啥有啥，李广耀屋里的人对她的态度也变得越发小心翼翼，生怕一句话没说好把她给气着了。

在九个多月的悉心照料下，程瑶肚子里的孩子终于出来了。程瑶的孩子是在市妇幼保健院出生的，生孩子的那一天，李广耀屋里的每一个人都放下了手头的事情，该请假的请假，该收拾的收拾，大家都满怀期望地等待着这个孩子的出世。李广耀的愿望很简单，他只想要一个孙子，只要这个孩子是一个儿子，那么他这一辈子就心满意足了。当然，他也想好了退路，如果这个孩子不是儿子，那也无所谓，反正儿子和儿媳妇还年轻，他们还可以生。守在产房外边的李清玉却有着和父亲不一样的看法，他没有重男轻女的思想，也不知道儿子和女儿的差别在哪里。他只知道这是他的第一个孩子，这个孩子出世以后他就是一个父亲了。这种身份的变化让他既欣喜，又有些不太适应。这一天，这个快要当父亲的人焦急地等在产房外边，他的愿望很简单，只希望妻子和孩子都能平安。

　　程瑶的这个孩子生了好久，李广耀一家人在产房外面从早上等到中午，又从中午等到晚上。在他们等得快要失去耐心的时候，终于传来了一声孩子的啼哭。听到这声啼哭，产房外面等了一整天的人才终于放下心来。不一会儿，接生的护士出来报告好消息。她一边摘口罩，一边笑盈盈地朝着李广耀一家人走过去，干脆地说："恭喜，恭喜，是一个小公子，母子平安！"听到这几句话，李清玉悬了一天的心这才放下。这几句话对李广耀产生的冲击远远大于李清玉，在听到这个消息以后，这个已经不年轻的男人眼角渗出了几滴泪水，这是高兴的泪水，是兴奋的泪水，是满足的泪水！在那一刻，李广耀觉得老天爷对他实在是太够意思了，他这一辈子想要的东西全都得到了，活得值了！

第五十三章
高考

　　高三这一年是李芙蕖活到现在过得最辛苦的一年，也是她转变最为明显的一年。进入高三以后，李芙蕖的学习压力增加了好几倍。每一天，她一睁开眼睛就有写不完的作业；每一天，她一进入教室就有上不完的课。江油二中的老师对待即将参加高考的学生不会手软，每一届高三学生都是在作业和书堆里艰难求生。

　　分数是不讲人情的，但老师和同学是讲分数的。自从进入江油二中以后，李芙蕖就知道，她的班主任虽然表面上对每一位学生都笑嘻嘻的，但心里最在乎的其实是分数。更准确地说，在他的眼里，这些学生都是高考的苗子，这些苗子他栽培了三年时间，他关心的是这些苗子能长多高，能够给他带来多大的荣耀。刚进入江油二中的李芙蕖确实给班主任争了不少光。高一的第一次月考，李芙蕖出人意料地考了全年级第一名。这把全年级的人都给镇住了，那些城里的孩子从来没有想过第一名竟然会让一个从农村初中出来的学生给夺得。从那天起，李芙蕖就成了全年级所有同学眼中的"学霸"，也成了四个小英才班里每个学生的眼中钉，大家都憋着劲要在下一次考试的时候超过她。

李芙蕖并没有在第一名的位子上待多久。如果她的家里没有发生那档子事儿的话，说不定她依然会是第一名。可是，不到一年时间，她父母之间的矛盾已经变得十分严重。李芙蕖再坚强也不过是一个孩子，她照样有一个孩子的无奈和脆弱。

可是高考不接受脆弱和痛苦，班主任也同样不知道李芙蕖的家里发生了什么事情，他只看到李芙蕖的成绩下滑了，没有保住第一名的位子。按照往年的惯例，江油二中的第一名一定可以考上北大或者清华，在李芙蕖丢掉第一名以后，班主任表现出了赤裸裸的急躁与不满。高二整个学年，李芙蕖都在这种急躁与不满中艰难求生。不过李芙蕖也是一个不肯服输、不肯服软的人，虽然心里一直压着一块大石头，但她还是尽自己所能，把所有时间都花在学习上。每天早上，李芙蕖往往是第一个到教室；每天晚上，她也是最后一个离开。别人吃饭的时候，她在学习；别人在逛街的时候，她在学习；别人放假回家的时候，她依然在学习。进入高二的李芙蕖已经没有了之前的淡定和从容，虽然家里出了变故，她心里不安稳，但她的汗水和努力是足够的；尽管没有回到第一名，但她的成绩也至少保持在年级前十。

自从五一节和父亲大闹了一场以后，除了寒暑假，李芙蕖很少再回家去。在她的心里，那已经不再是家了。母亲程燕妮走了，弟弟也走了，只留下了一座寂寞的、空空荡荡的房子。自从程燕妮离开以后，每当李芙蕖再次回到那个家，她总是觉得孤独且寂寞，曾经的欢乐在她的眼前浮现，曾经的痛苦也在她的眼前浮现。李芙蕖不怕困难和挑战，但她忍受不了一遍又一遍闪现的痛苦。因此，每当放月假，李芙蕖都会选择留在宿舍里。

李广忠也表现出了他不负责的一面，在李芙蕖读高三的这一年里，李广忠不愿意给李芙蕖提供生活费，李芙蕖这一年所用的每一毛钱都来自程燕妮。

同宿舍一个名叫文素的女孩子和李芙蕖一样，每到放月假也会留下来。文素在读高一的时候就失去了父亲，她的母亲为了供她读书不得不到外地去打工。自从母亲出门以后，文素也不喜欢回家了，她宁愿待在宿舍里多看一会儿书。按理说，李芙蕖和文素的遭遇比较类似，她们之间应当会产生友谊，可是这个时候的李芙蕖已经不再愿意相信他人，她总觉得人是这个世界上最恐怖的存在，她永远不知道这一秒对她笑的人下一秒将会对她做出什么事。因此，李芙蕖宁愿把时间和真情投入书籍和学习，也不愿意和周围的人有什么深入的感情交流。

自出生以来，李芙蕖大部分时间都是孤独的。小时候，她没有一个固定的玩伴；到了念书的年纪，她好不容易认识了一些好朋友，可是出于各种各样的原因，这些人和她的友谊并不能长久。李芙蕖还记得郭莎莎，那个漂亮且愚蠢的女孩子。其实，李芙蕖一直都希望能和郭莎莎继续做好朋友，可是嫉妒蒙蔽了那个女孩子的心，她宁愿通过伤害李芙蕖来保护自己的虚荣心，也不愿意维持这一段友谊。初中毕业之后，郭莎莎没有考上高中，只好去上了一所中专。有些时候李芙蕖也在想，进入中专的郭莎莎会不会后悔自己当年所做的一切，会不会意识到即便没有李芙蕖，这个世界上也始终会有比她漂亮、比她聪明、比她有钱的人。郭莎莎的想法李芙蕖不知道，可是李芙蕖知道她们之间的友谊早就不可能修复了。也许下一次在路上碰到的时候，李芙蕖会装作不认识这个人，她也希望郭莎莎会做出同样的举动。

　　放假闲着没事的时候，李芙蕖也会躺在床上想一些莫名其妙的事，不过她想得最多的还是她所在的那个家族。李芙蕖小的时候，父亲李广忠总是会给她讲一些这个家族的历史，比如李享财当区长的事，比如李享名给地主老财当打手的事，又比如李享德在东北当兵的事。那个时候，李芙蕖是敬佩爷爷那一辈的人的，那一辈的人有着与众不同、不可重复的人生经历，她为自己的长辈拥有这些独特的经历而自豪。等她长大了以后才发现，这个家族的人并不像父亲所讲述的那样有道德，那样值得尊敬。

　　在李芙蕖看来，大爷爷李享名是一个虎头蛇尾的人，他年轻的时候仗着自己是老大，便无所顾忌地欺负弟弟和弟妹们，等到他老了，却又惹不起自己那个只知道在外边玩女人的大儿子。李芙蕖认为做人要表里如一、善始善终，不能够前倨后恭、见风使舵，她瞧不起这个仗势欺人的大爷爷。对于二爷爷李享名，李芙蕖觉得他是一个悲剧性的人物。和李家屋里的大部分人一样，李芙蕖也认为二爷爷是李家屋里最有本事的人，他虽然学历不高，胆子却很大，他这一辈子想做的事情基本上都做成了。他本来该是李家屋里过得最好的一个人，到头来却没有一个好下场。李芙蕖认为二爷爷是栽在他最爱的事情上了。李享财一辈子爱钱，为了钱他坐了十年牢；他也爱他的独生子李广禄，正是因为这个儿子，他才被活活地气死。至于她的爷爷李享德，李芙蕖认为他活得比较畅快。李享德一辈子不喜欢和别人争长短，也不喜欢管闲事。他爱喝酒，就成天抱着酒坛子喝个痛快；爱骂人，就一天到晚扯着嗓子骂个畅快。快成年的李芙蕖知道这个世界上没有多少人是想干什么就能干什么的，所以她非常羡慕爷爷李享德，也希望十年二十年以后自己能够成为一个想做什么就做什么的人。

对于李家广字辈的这些人，李芙蕖没有什么特别的想法，她觉得这一辈人没有什么特色，也没有什么人格魅力，不过是在钱、色的泥淖里挣扎的一群人罢了。无论是李广利、李广禄还是李广耀，都不过是被金钱和美色牵着鼻子走的可怜虫。广字辈的人大部分都很简单，或者说他们没有什么可值得深究的地方，当然李芙蕖的父亲李广忠除外。在李芙蕖看来，李广忠是一个让人摸不透的人。在去年之前，李芙蕖一直以为李广忠是一个懦弱无能的普通人，但是在经历了离婚和父女之间的矛盾之后，李广忠又好像不是表面看上去那么简单。李广忠是一个时而硬、时而软的人。他软的时候会给你一种这个人可以随便拿捏的错觉，而当他硬气的时候，你又会被这个人身上所迸发出来的力量吓倒。但这还不是最让人想不明白的地方，李广忠身上最大的问题就在于你不知道他什么时候会变软，又什么时候会变硬。一个朗然坦荡的强者固然可怕，可一个变幻莫测的弱者也让人不能掉以轻心。面对这样的李广忠，李芙蕖不知道该如何是好。她唯一感到幸运的是，母亲已经在这一年的年初和赵一结了婚，永远地逃离了李广忠的魔掌。李芙蕖并不在意程燕妮和谁结婚，因为在她看来程燕妮无论和谁结婚都好过继续和李广忠待在一起。

除了在空闲时间默默评判李家屋里的人，李芙蕖更多的时候是在考虑别的事情。她考虑的事情听起来很简单，可实际上并不那么简单。每当一大早穿行在冬天的雾气中的时候，每当晚上一个人孤零零地走在学校的路灯底下的时候，李芙蕖都会在心里默默地思考一个她之前从来没有想过的问题——人活着到底有什么意义？这个世界上有的人为了金钱而活，有的人为了地位和名声而活，有的人为了子女而活，还有许许多多的人恐怕不过是迷迷糊糊地活着罢了。李芙蕖知道，这个世界上有许多人都不会去思考人为什么要活着，不会去思考个人在这个世界上的位置这一类问题。这些问题并不是不重要，而是太过于复杂以至于没有人能够想明白，所以很多人不愿意去思考这些最为关键也最为基本的问题。

　　人生的意义是什么呢？人到底为什么而活呢？人的生命是有价值的吗？这些问题一直徘徊在李芙蕖的脑袋里，她想呀，想呀，却始终也想不明白。但她清楚地知道，她不是为了钱和名而活的，这些东西她现在没有，之后说不定也不会有，即便是有了，她也不可能只是为这些东西而活着。有些母亲可以为自己的孩子而活，李芙蕖很敬佩这样的人，没有几个人能做到彻底地为另一个人而活。可是，为另一个人而活，就是活着的意义吗？慢慢地，这些问题成了李芙蕖的一个执念，在夜深人静的时候，在晚自习做完了一张试卷以后，这些问题总会悄悄地跑到她的脑袋里去。李芙蕖无法为这些问题找到一个合理的，至少是能够说服她自己的答案，因此每当这些问题浮上心头的时候，她就会感到自己仿佛坠入了一个黑洞，她奋力地逃啊，逃啊，可总是逃不出去。不堪其扰的李芙蕖只好暂时把这个问题搁置下来。她是一个相信明天的人，明天不一定会变得更好，但至少会变得不同，这种不同给她带来了希望和憧憬。所以，李芙蕖决定把这些问题留给明天，留给将来。

高三这一年让李芙蕖真正体会到了什么叫作寒窗苦读。江油二中的学生可谓百炼成钢，这些学生每周有十八次考试，每天的学习时间长达十五个小时，没有周末，没有假期，有的只是一堆接一堆答不完的试卷和做不完的作业。江油二中在训练这些学生熟练掌握考点知识的时候，同样注重对学生们进行精神和心态训练。这里的学生必须要坐得住，每天要坚持在板凳上坐十几个小时，在老师们看来，坐得住的学生是有耐力的学生，也是有希望在高考中获胜的学生。学校天天在学生当中宣传"不抛弃，不放弃"的信念，鼓励学生坚持下来。在这样的氛围里，没有一个学生的神经不是绷得紧紧的。高考之外的一切都消失了，只要高考结束了，取得了好成绩，这些学生仿佛就能应有尽有。

在这种紧张的氛围当中，有不少学生崩溃，不过这些极个别的学生并不能阻挡住高考的洪流。在每一次集会上，老师们都会想方设法地为高三学生加油鼓劲。这种紧张的空气在六月末正式落幕。在辛苦了三年以后，李芙蕖也成了学校门口"龙虎榜"上的一员。她的高考成绩不错，在四川省这个高考大省中考到了全省第三百多名。在父母的联合劝导下，李芙蕖并没有到外省去读书，她选择了四川省最好的大学——四川大学！

第五十四章

满月宴

　　魏围女儿的满月宴是在李芙蕖高考之后的那个暑假里举办的。这一次的满月宴办得很热闹，李桃花把沾亲带故的亲朋好友都请来了，大家聚在李桃花家里热热闹闹地庆祝了一整天。

　　在参加满月宴的人看来，这一次宴会的规格远远超过了上半年魏围和杨萍的婚礼。他们的婚礼，李桃花只是象征性地在院子里摆了几桌酒席，没请几个客人，也没请司仪来主持，甚至新娘子穿的衣服和戴的首饰也十分寒酸。李桃花不差钱，可是她不愿意把钱扔在这一场婚礼上。这些年来，李桃花一直盼着魏围能够成家立业，后来她知道要这个不争气的儿子立业是没指望了，所以她也就不把希望寄托在儿子能够搞出什么事业上，只要他能好好地结个婚，生个孩子，李桃花也就心满意足了。可是李桃花万万没有想到，魏围这个婚结得让她如此窝火。

　　新娘子杨萍是射洪人，论年龄比魏围还要大七岁，两个人是

137

在网上认识的。自从辍学以后，魏围在屋里踏踏实实地当了好几年的甩手掌柜，李桃花看他实在是不像话，无数次人前人后地教训这个不争气的儿子。魏围见李桃花逼得紧，就想了个点子，让他妈出钱给他开淘宝店。为了说服李桃花，魏围是好话歹话都说尽了。李桃花也想明白了，儿子在家闲着也是闲着，不如给他点儿钱让他找个事儿做，不求他挣多少钱，只求他一天到晚有个挂心的事。淘宝店很快就开了起来，魏围这个当老板的人并没有像他之前承诺的那样尽心尽力地做生意，卖东西是三天打鱼两天晒网，空闲了才回复顾客的消息，玩得无聊了才跑到街上去寄快递发货，他这个样子根本就不可能把生意给做好。不过出人意料的是，魏围钱没挣到，却把老婆骗到了手。

在魏围做生意的这段时间里，杨萍经常光顾魏围的网店，不过买东西的时候少，和魏围聊天的时候多。一来二去，两个人竟然熟络了起来，开始在网上谈起恋爱来。一开始，魏围也没往心里去，他年纪不大，谈恋爱也只是为了好玩儿，根本就没想过地久天长的事儿。可是谈着谈着杨萍却认了真，没过多久就一个人跑到魏围家里来了。对杨萍的到来，魏围没当回事儿，李桃花却高兴得不得了。这年头，说个媳妇比登天还难，女孩子眼光都高了，一开口就要房子要车的。李桃花不缺钱，在城里买得起房子和车子，可是她不想在财产上让女方占了便宜。这倒不是李桃花的防备心强，而是她早早地就发现现在这代人的婚姻一点儿也不稳当。李桃花已经活了大半辈子，自认为什么风浪都经历过，什么事都见过，可是她不能理解为什么现在的年轻人都把婚姻当作儿戏。李桃花见过还不到二十五岁就结婚三次又离婚三次，还生了两个孩子的年轻媳妇，也见过年前结婚年后离的小夫妻，这把李桃花给吓着了。李桃花这一代人结婚都是冲着一辈子去的，没谁想过结完了又离、离完了又结，李桃花厌恶这些把婚姻当儿戏的孩子，同时也深深地为自己的儿子担忧。李桃花是个有算计的人，她知道在现在这种婚姻里，一定要捂住自己的钱袋子，同时最好能尽快让儿媳妇生孩子。李桃花是一个传统的农村妇女，她认为传宗接代是婚姻当中一个非常重要的部分，只要有了孩子，这个儿媳妇的价值也就实现了一大半，至于她往后要离婚要出轨，都无足轻重。

杨萍在李桃花家住了才几个月就有喜了。看着杨萍的肚子一天天大起来，李桃花是既开心，又担忧。她开心的是儿子终于有了后代，自己也总算是对得住那个早早就去见了阎王的亡夫魏品清。不过在高兴的同时，李桃花也很担心。杨萍在李桃花家里待了好几个月，却几乎不提自己屋里的情况，李桃花只知道她家住在射洪街上，家里还有一个妹妹，至于其他的事情，无论李桃花怎么套话，杨萍都咬紧牙关，一言不发。在杨萍肚子里的孩子快要四个月的时候，李桃花坐不住了，她想，无论如何也该见一见自己未来的亲家，商量一下两个孩子的婚事。李桃花打定主意以后就开始着手准备东西，让杨萍带他们母子俩到娘家去看看。可无论李桃花怎么说，怎么劝，杨萍始终不愿意带李桃花和魏围回家去。直到被李桃花问急了，杨萍才把事实全盘托出。

原来杨萍是结过婚的，男方是入赘到她家的上门女婿，前几年因为犯法进了监狱，从那以后杨萍就开始在外面找男朋友。遇到魏围之后，她很快就喜欢上了这个年纪比他小，长得还挺好看的男孩子，主动搬到了魏围家来。更出人意料的是，杨萍竟然已经有了一个六岁的儿子，就养在她射洪的家里。听到这个消息，李桃花和魏围都如遭雷击。他们也曾想过杨萍恐怕有什么事情瞒着他们，可没想到杨萍不仅有丈夫，还有一个六岁的儿子。

在杨萍吐露真相的那天，李桃花抹了一晚上的眼泪。李桃花觉得他们是清清白白的人家，丢不起这个人。杨萍也知道自己欺骗了魏围母子俩，但她是真心喜欢魏围的，为了取得母子俩的谅解，这个已经有四个月身孕的女人在昏暗狭窄的厨房里给李桃花跪下了。杨萍的这一跪没有跪软李桃花的心，却把魏围的心给跪痛了。在过去的几个月里，杨萍给魏围带来了许多他从来没有体会过的快乐，而且，再过几个月，他就要当父亲了。魏围不是一个上进的人，却是一个心很软的人，在杨萍跪下去以后，魏围的泪水也流了下来。看着泣不成声的儿子，李桃花是又气又痛。她也舍不得杨萍肚子里的孩子，但这件事情毕竟让她窝了好大一团火。李桃花哭完，抬起一双眼睛瞪着杨萍，气气地说："杨女子，你把我们骗得好惨啊，好伤心啊！我活了一辈子的人了，一辈子的名誉都叫你给我毁了。我恨你，气你，但是看在你肚子里娃儿的份上，我气也气过了，恨也恨够了，就这么算了吧，过几天就让你们结婚。"听到李桃花这么说，杨萍的脸上终于露出了一点笑容。

婚礼办得很简陋。李桃花是故意这么做的，她就是要用这种方式让杨萍知道，尽管我原谅了你，可我在乎的不是你这个人，而是你肚子里的孩子。杨萍当然也知道李桃花的意思，所以她没哭也没闹，而是耐着性子把婚给结完了。在婚礼的前几天，李桃花倒是让杨萍给她在射洪的父母打了个电话，让他们也来喝一杯喜酒。可是，不知道是那边的父母觉得没脸来，还是根本就不在意这一场婚礼，他们始终没有露面。婚礼草草地结束了。在孩子出生前的这几个月里，李桃花不再愿意和杨萍说话，对这个名不正言不顺的儿媳妇，她是怎么看怎么不顺眼。可不喜欢归不喜欢，该给杨萍补的营养她一点也没有少。李桃花并不在意杨萍，但她非常在意杨萍肚子里的孩子，为了这个孩子，她决定暂且忍耐一下。

孩子是在这年的七月出生的，孩子出生的那天是一个热得让人发昏的日子。听到孩子的哭声以后，李桃花已经绷了好几个月的脸上终于露出了灿烂的笑容。这是一个女孩子，李桃花觉得很庆幸，她不希望杨萍给自己屋里生一个孙子。倒不是李桃花不喜欢孙子，而是她太清楚自己儿子的德行了。他是养不活儿子的，如果是个女儿，那么即便魏围不争气，李桃花累死累活也要把这个孩子拉扯到十八岁，等一过十八岁就把这个孩子给嫁出去，这么一来，她这辈子的任务就算完成了。

这个孩子的到来扫尽了李桃花脸上的阴霾。在孩子出生的这一天，李桃花破天荒地对躺在产房里的杨萍笑了笑。杨萍当然知道婆婆李桃花不是对她笑的，而是对她那个刚出生的女儿笑的。不过无论如何，再一次看到婆婆笑脸的杨萍终于松了一口气。她了解李桃花的脾气，刀子嘴豆腐心，这个孩子出世以后，她的日子总会比以前好过些。

为了庆祝这个孩子的出世，李家屋里所有人都跑到李桃花那里去凑热闹。参加满月宴的人太多，李清玉开着车足足跑了两趟，才把所有人全部送到沉水。等他第二次把车开进李桃花家院子里的时候，太阳已经照到了头顶，也该开饭了。

满月宴的这一天，李桃花确实高兴得有些过分，笑容一刻也没有从她的脸上消失过，而徐家田却没有什么特别的表现。李桃花的欢快大家看在眼里，李家大部分的人也都为她感到高兴，可是张翠华却觉得自己被李桃花那灿烂的笑容给刺痛了。自从进了李家大门，张翠华就知道李桃花打从心眼里看不起她这个二嫂。在过去的这些年里，张翠华铆足了劲儿想要争一口气，让李桃花和李家屋里的人能够看得起她。李清松考上江油二中的那一年，张翠华觉得自己从来没有这么光彩过，从那以后她在李桃花面前腰板挺得更直了。但这份荣耀并没有持续多久，李清松接连两次落榜又把她脸上的那点神采给耗尽了。自那以后，她又觉得李家屋里的人，特别是李桃花看向她的目光里多了些轻蔑和不屑。

李家三房里算上跟程燕妮出去的孩子，一共只有四个儿子，现在李清玉的儿子已经快满一岁了，比李清松还小的魏围也有了自己的孩子，可是身为哥哥的李清松却连对象都没有。大专毕业之后的这些年，一直在成都上班的李清松并没有如张翠华所希望的那样混得很好。李清松性格内向，不会来事儿，也不太适应大城市的生活。毕业之后，他没有哪份工作是做了半年以上的。满月宴这一天，坐在李桃花家院子里的张翠华在心里默默地盘算了下，他们一家人比不上李家屋里的任何一房：李广耀早就已经远远地把他们甩在了后头，即便是前些年闹得山崩地裂的李广忠一家人也仍然比他们混得好。李广忠和程燕妮离婚的事并没有影响李芙蕖高考，过完暑假，她就要到四川大学去报到了。看着坐在身旁神采奕奕的李芙蕖，张翠华的脸再一次笼罩在了阴影中。

李芙蕖能够考上四川大学，完全超出了李家人的预期。他们知道李芙蕖的成绩一向很好，但是在围观了李广忠和程燕妮一年多的离婚大战以后，他们很难相信李芙蕖不会受影响。李芙蕖也确实沉默了一段时间，可是到了高考的考场上，这个女孩子还是顶住压力，考出了正常水平。在李芙蕖的高考成绩出来的那天晚上，李广耀抱着自己的小孙子，装作若无其事的样子跑到李芙蕖那儿打听成绩。李广耀哪里会不在意这件事，往李芙蕖家走的每一步，他都觉得自己胸腔里的心快要跳出来了。在得知李芙蕖考了六百多分的时候，这个原本想要看笑话的人却把自己变成了笑话。那天晚上，李芙蕖见证了有史以来最难看的皮笑肉不笑。看着李广耀笑得狰狞的脸，李芙蕖怀疑他下一秒是不是就要哭出来。

第二天一大早，李芙蕖的高考成绩传遍了李家上上下下。早上，李芙蕖端了一把椅子坐在厨房的屋檐底下，闷不作声地看着对面的山山水水。二爷爷李享财活着的时候，李芙蕖经常看到那个头发快要白完的人一动不动地看着对面的山山水水，那个时候的李芙蕖不知道二爷爷为什么会这么做，她丝毫看不出这些山水的趣味。直到这天早晨，李芙蕖才知道，原来看山看水比看人有意思多了。

李芙蕖屋里很热闹，李家屋里数得出来的人差不多都来找她说话来了，他们来的时候没有明说是庆贺李芙蕖蟾宫折桂，但是李芙蕖知道他们的意思。可是，在她和李广忠吵架吵得最厉害的时候，没有一个人愿意出来劝架，也没有一个人对她说过一句暖心的话。李芙蕖看清了这些人的真面目，不愿意和他们说话，但

　　他们毕竟是长辈，李芙蕖也不好意思不理会。在和他们说话的时候，李芙蕖的眼睛一直盯着对面的山和水，只有这样，谈话才能进行下去。

　　李家屋里大部分人都来过，李广达和张翠华两口子却一直稳稳当当地坐在自家屋里，没有一点儿想要出去转转的意思。张翠华不出门是因为她觉得没有面子，也无法再掩饰自己对李芙蕖的嫉妒；李广达不出门是因为他觉得没有必要出去，他知道李芙蕖考得很好，但那不过是小辈们的事情，自己一个长辈没必要去凑这个热闹。

　　到了中午吃饭的时候，李广达把李芙蕖叫到屋里吃了一顿饭，就算他这个当二爸的人为侄女庆贺庆贺。

　　满月宴这天中午，坐在李桃花家院子里的李芙蕖再次成为焦点。那一天，李芙蕖很平静，但大家还是认为在她的脸上看到了些别样的东西，这种东西快要把他们的眼睛给晃花了。他们所不知道的是，这一天的李芙蕖确实很高兴。李芙蕖和魏围的关系一直不错，魏围女儿满月，她理所当然地为哥哥感到开心。吃完午饭以后，李芙蕖跟着郭家孝一起到二楼看小侄女。这个孩子的名字叫魏心。六年以前，她曾看到同样幼小的弟弟。李芙蕖伸出一根手指抚摸着小侄女柔软的小手，脸上不自觉地流露出笑容。这个小孩子实在是太可爱了，她真心希望小侄女能够健康快乐地长大。

第五十五章
四川大学

　　李芙蕖第一次踏进四川大学的这一天是个阳光灿烂的日子。她还记得小时候在成都读小学的经历，在那段日子里她交到了好些朋友，学业负担也不太重，每天都快快乐乐的。可再一次回到成都的李芙蕖却没有了多年前的好心情，这几年来，李芙蕖笑的时候越来越少，大部分时间她都黑着一张脸，别人跟她说话她也是爱理不理的，一点儿耐心也没有。程燕妮当然知道李芙蕖的心里不好受，但她还是希望李芙蕖能够多露出一点儿笑容来，至少在赵一家的时候能够有点儿好脸色。

　　报到之前，李芙蕖度过了一个漫长的暑假。这个长达三个月的假期过得是那么慢，慢到李芙蕖以为时间已经静止了。高考成绩出来以后，整整一年没有给过李芙蕖生活费，也整整一年没有出去打工的李广忠终于背上行囊出了门。在过去的一年里，李广忠和女朋友魏凌相处得并不融洽，两人在度过了最初的蜜月期之后，暴露了一系列问题。当然，在诸多问题当中，钱永远是最核心的问题。魏凌不需要向李广忠伸手要钱，但是她希望李广忠能够一直陪着她，不要出门去打工。在女朋友的甜言蜜语和诱人的肉体面前，李广忠真就没有出门。在这段日子里，他的眼里只有这个叫人放不下、挣不脱的女人，至于他的女儿和父母早就被抛到了九霄云外。

这种只羡鸳鸯不羡仙的日子终究没能长久，在李芙蕖考上大学之后，李广忠才意识到，她的女儿算是出人头地了，他这个当爹的必须要担负起自己的责任来。为了担负起这份责任，李广忠第一次拿出了决断力，立马和魏凌冷了下来，收拾起行囊出门去了。等李广忠出门以后，李芙蕖在北滨村也没有多待，没过几天，就到白马镇大姨家去了。

李芙蕖到白马镇的时候，表姐沈晴正好放假在家。沈晴没有考上高中，只好到成都的一个空乘学校里去读书，听说学费还挺贵。在这个暑假里，李芙蕖和沈晴相处得一点儿也不愉快。如果说之前她们二人的矛盾还是隐而不发的话，那么这一次两姐妹的矛盾是彻彻底底地暴露了出来。对于李芙蕖考上四川大学这件事，沈晴毫不遮掩地表达了自己的嫉妒和不满。读小学的时候，沈晴一直是程家屋里成绩最好的孩子，虽然后来她的心思跑到了手机和男同学身上，可她还是不希望有人超过她。沈晴的心思李芙蕖知道得一清二楚，所以在白马镇没待几天，她又到成都去了。

在和赵一结婚之后，程燕妮就带着儿子住到了赵一位于武侯区的家里。赵一离婚的时候是净身出户的，名下除了一辆二手面包车之外就什么都没有了。为了让程燕妮放心地跟赵一结婚，赵一的父母便把他们名下唯一的一套房子转到了赵一名下。刚结婚的时候，赵一也曾提出过要把程燕妮的名字加到房产证上，可程燕妮怕赵家屋里的人说她贪图财产，就没有同意加名字这件事。

赵一家的房子很小，是一套将近八十平方米的两居室。在程燕妮母子俩过来之后，赵一的父亲赵德主动提出住到阳台上去，把次卧空出来给赵一的妈王丽和程燕妮的儿子住，而之前王丽住的主卧自然而然地让给了赵一和程燕妮。这个提议在程燕妮看来实在是再有诚意不过了，才刚和赵一领证的她也由此看到了赵一一家人的真心。为了回报这份真心，程燕妮才嫁过来没多久就和赵一一起出钱把房子给装修了。

李芙蕖来的时候，装修的工程才刚结束不久。对于第一次上门的李芙蕖，赵一一家人都尽力表现出了亲热和欢迎。但是李芙蕖知道，在这个屋里她不过是一个借住的外人罢了，这个屋子里没有一个人和她在同一本户口簿上，这些对着她笑的人也不可能真正地成为她的亲人。自从程燕妮嫁给赵一，李芙蕖觉得自己和母亲、弟弟疏远了，尽管程燕妮从北滨村出来是李芙蕖劝说的结果，但李芙蕖还是觉得自己的母亲成了别人的老婆，自己的弟弟成了别人的孩子。这样一来，李芙蕖对程燕妮和弟弟都冷淡了许多。

程燕妮想尽了法子让李芙蕖住得更舒服些，玩得更开心些。李芙蕖到成都来以后，程燕妮和赵一不仅买了一台笔记本电脑送给她，还抽空带她到成都周围的旅游景点去玩了几天。其实赵一和程燕妮的手头并不宽裕，他们才刚结婚没多久，装修房子又花去一笔钱。结婚之后，程燕妮倒是在附近的一家商场里找了一份工作，可他们的收入仍然很低，要养活一家人，实在是没有多少闲钱。李芙蕖当然知道赵一和程燕妮都想对她好，在游山玩水的日子里，她脸上的笑容也确实多了些，但是等回到赵家屋里的时候，李芙蕖再一次看清了自己在这个家里的身份，她脸上的笑容再次消失不见了。

　　随着开学的日子越来越近，不仅是李芙蕖，就连赵一和程燕妮都感到了一种说不出的解脱。报到这天，赵一和程燕妮开车把李芙蕖送到了学校。接到通知书的时候，李芙蕖就知道了四川大学有三个校区，而她将要度过四年时间的地方是位于双流的江安校区。不知是不是巧合，李芙蕖好像绕了一个圈子又回到了原地。读小学的时候，她在双流；读大学的时候，她仍然在双流。坐在前往学校的车上，李芙蕖因为这种巧合笑了起来。

　　江安校区占地面积很大，校园里有好些教学楼和宿舍楼，除此之外还有据称全国高校当中最长的桥——长桥和清澈见底的明远湖。第一次进入江安校区的李芙蕖一行人差点儿迷路，好不容易找到青春广场上的报到点的时候已经快到中午了。那一天，青春广场上热闹得不得了，前来报到的新生和陪同的家长挤满了这个小小的广场，在这些人的脸上，李芙蕖看到了对未来的憧憬和来到一个新地方的兴奋。李芙蕖的脸上没有这种憧憬和兴奋，她已经对好些事情提不起兴趣来。报完了到、铺好了床以后，赵一和程燕妮没有多待，坐了一会儿就开车回家了。

　　李芙蕖不是第一个到宿舍的人，在她来之前，已经有一个个子和她差不多高、爱说爱笑的女孩子住到了她对面的床铺。这个女孩子叫徐雪，是四川遂宁人，她是早上到学校的，她的父母在报完到以后就早早地回家去了。见到李芙蕖的第一眼，这个活泼的女孩子亲热地给李芙蕖打了一声招呼："新同学，你好！我叫徐雪。"

这个叫徐雪的女孩子本来希望李芙蕖也能够同样亲热地回应她，可是这时的李芙蕖已经不太知道该怎样和别人亲热地相处了，她只是有些不自在地看了徐雪一眼，勉强笑了笑，对徐雪说："你好，我叫李芙蕖。"

徐雪睁着一双好奇的眼睛看了李芙蕖好一阵子，以至于李芙蕖都开始怀疑自己脸上是不是有什么脏东西。在李芙蕖快要被不自在的感觉填满时，徐雪终于移开了眼睛。徐雪是一个在幸福美满的家庭里长大的孩子，在过去的十八年里，她见到的人也都是开开心心、简简单单的，但是这一天，她在李芙蕖这位新同学的脸上看到了冷漠、疏离和防备，这既让她觉得奇怪，也引发了她的好奇心。

晚上，另外两位同学也到了。她们一个叫文静初，另一个叫赵梅儿。在这四个人当中，赵梅儿的年纪是最大的。新同学第一次见面多少有些尴尬，更不要说是一群即将在一个宿舍里住四年的人。这天晚上，徐雪找了无数个话题，文静初和赵梅儿也跟着应和，三个人说得热火朝天的，李芙蕖却始终一言不发地坐在自己的位置上看书。她不是不知道该说什么，而是什么也不想说。在李芙蕖看来，说闲话是浪费时间，虽然朋友都是从闲话中产生的，可是她根本就不打算和这屋子里的任何一个人交朋友，自然觉得完全没有和她们闲谈的必要。

李芙蕖在四川大学的第一个晚上是枕着《茶花女》度过的，

这本书她在小学五年级的时候就已经读了好几遍，但是每一次打开这本书，她总是会得到一些不同的东西。评判一本书是不是经典的标准有很多，在诸多的标准中，经不经得起反复阅读是至关重要的一条。一本书如果不能常看常新的话，那么很难称之为经典。对李芙蕖来说，《茶花女》肯定是当之无愧的经典，因为无论她怎么读，这本书总是不会让她感到厌倦。

在高考之后选专业的时候，有好些人热心地给李芙蕖提了不少建议，有的人让她学金融，出来以后好赚大钱；有的人让她学新闻，出来以后到电视台或报社工作。不过这些专业李芙蕖都不喜欢。过去的这些年里，她的心灵遭受了巨大的创伤，在她每每忍受不下去的时候，手边的世界名著给了她很多安慰和鼓励。有些时候李芙蕖也在想，是不是因为这个世界上的痛苦和磨难太多了，所以文学家才会写出这么多的书籍来安慰人的心灵？尽管李芙蕖找不到这个问题的答案，可她还是义无反顾地把汉语言文学作为了第一志愿。

第二天是开学典礼。去参加开学典礼的路程让李芙蕖真真正正地领会了长桥的厉害。这座桥长达三百多米，横跨江安河和明远湖。没事儿的时候，走在这座桥上或许还是一种享受，但是有事儿的时候，这座桥就太长了，仿佛没有尽头一般。这一天，扛着一把又大又沉的椅子、顶着大太阳走在长桥上的李芙蕖就产生了这样的想法。那一天的长桥对她来说变成了一种折磨，等走到长桥那头的体育馆，李芙蕖的一双手都快失去知觉了。

开学典礼结束之后就到了一年一度的"百团大战"。据说整个学校里大大小小的学生社团加起来超过了五百个。"百团大战"期间，李芙蕖才真算是大开眼界，各色社团轮番在青春广场上展示风采，什么欧美音乐社、街舞社、相声社纷纷亮相，社团负责人铆足了劲儿地吸引新鲜血液。在诸多社团中，唯有一个社团让李芙蕖百思不得其解，这个社团名叫"观鸟社"，光看这个名字，她的脑海里就浮现出了社团成员拿着望远镜、放大镜观察鸟儿的画面。尽管好奇，可是李芙蕖并没有参加这个社团，她报了"川大人报社"和"阳光心灵志愿者协会"这两个社团。

李芙蕖所报的社团都是比较传统的，社团里的干事大部分时间都在写稿子。进入社团没几周，李芙蕖就摸清了套路。一开始是迎新，之后就是接连不断的例会，开会的人常是借着这个名义凑在一起说闲话。李芙蕖不爱凑热闹，更不爱闲话，她觉得与其这样还不如回去睡觉。在参加了几次例会以后，她开始想方设法地迟到早退。

逃掉例会所节省下来的时间，李芙蕖没有浪费。她是一个喜静的人，也是一个喜欢阅读的人。在没课的时候，她总是一个人背着书包到图书馆里去读书，有时一坐就是一天。在江安图书馆里，李芙蕖阅读了许多世界名著，如《复活》《安娜·卡列尼娜》《白痴》《罪与罚》。在阅读的时候，李芙蕖几乎可以忘记所有的事情，忘记身边的一切。初入四川大学文学与新闻学院的李芙蕖还没有身为一个专业读者和文学批评者的自觉，但她知道这些书里有另外的世界，在那些世界里她心头的灼伤可以暂时得到抚慰。

读大学以后，李芙蕖发现身边好些同学渐渐地不把念书当回事儿了，这些走过了高考这座独木桥的人不愿意再把青春消耗在学习上。男生们开始追女孩，不过在李芙蕖看来这些人大部分都是因为无聊而恋爱，他们并不一定有多么喜欢自己追求的那个女孩子，只不过想用这种方式来消耗突然空闲起来的日子罢了。她预感这些男同学有很大概率既找不到真爱，也找不到自我。男生们除了恋爱，还会通过打游戏来消磨时间，有人为了打游戏而熬夜、翘课，甚至把游戏带到课堂上，一边上课一边打。

和男学生不同，女学生们往往愿意把时间花费在看剧和逛淘宝上。读高中的时候，李芙蕖偶尔闲下来也喜欢看一两集电视剧，她还记得 2014 年席卷了整个亚洲的韩剧《来自星星的你》。那个时候，女生们总是喜欢躲在宿舍里偷偷地看剧，李芙蕖偶尔也和她们凑在一起看一会儿。那个时候的李芙蕖就意识到了，这些女孩子不仅仅是因为喜欢这部电视剧而追剧，更重要的是，一起观看、探讨电视剧里的情节和人物让她们找到了某种归属感。和舍友一起看剧的时候是李芙蕖觉得和她们最为亲近的时候，尽管这种亲近是虚幻和短暂的。进入大学以后，李芙蕖的空闲时间多了起来，看剧的时候却越来越少了。不知为什么，当她一个人走在川大校园里的时候总是有一种身在异乡的痛苦感，总是有无数的问题浮上她的心头。在这诸多的问题当中，最困扰她的是当初那个被搁置的问题。这一次，李芙蕖知道自己不能再逃避了，她必须要解决这个问题，她必须要想清楚生命的意义，弄明白人到底是为什么而活的。

第五十六章

娘家

　　这一年冬天，刚结婚没多久的程燕妮买了一大堆东西带着赵一回程家坡去了。这还是这么些年来程燕妮第一次回娘家。在和李广忠吵架吵得最厉害的那段日子里，程燕妮不是没想过回娘家去诉诉苦，可是，她再也不是那个刚结婚的年轻小媳妇了，她已经成了两个孩子的母亲，不能再像之前一样有一点儿事就跑回娘家去。和赵一结婚以后，程燕妮觉得自己脸上还算有光，虽然赵家也没有多富裕，可他们毕竟是城里人。程家屋里大部分人和普通的农村人一样，都羡慕城里人，在他们的想象里，城里人个个都有钱，个个都过着好日子。城里人的真实生活，一辈子面朝黄土背朝天的程天南和曹家华也许不知道，但已经和赵一结婚的程燕妮却知道得清清楚楚。

　　程燕妮在成都打工的时候，也羡慕过城里人，在那些上无片瓦、下无寸土的日子里，她也希望有一天能在成都这座城市里有

153

一个属于自己的小窝。但现在，程燕妮已经不再羡慕城里人了。她意识到，人和人的差别在于口袋里是否有钱，而不在于是住在城里还是农村。农村里的穷人日子不好过，城里的穷人日子也没好过到哪儿去。可是无论如何，程燕妮毕竟从农村户口混成了城市户口，这在程天南看来已经是了不起的成就了。

程天南是一个对子女没有多少慈爱之心的父亲，或者说他在意的只有强者。在程官明一家人走红运的那些年里，他的眼里和心里都只有大女儿一家人。沈福搞传销赔了钱，他又打从心眼里瞧不起这个没名堂的大女婿。等到程燕妮和赵一结婚以后，程天南的眼里和心里又只有幺女儿和幺女婿了。程天南的变化程官明看在眼里，恨在心里。程官明事事都喜欢争个输赢，她在程家屋里当了半辈子老大，如今更加不能接受自己在父亲心里地位下降的事实。从那以后，程官明对程燕妮的态度暧昧了起来。程燕妮落难的时候，她这个大姐真心实意地希望妹妹能够过得好；等妹妹超过了自己，她的心里又不得劲儿了。这次过年回娘家，程官明的这种不得劲儿就明明白白地表现了出来。

程燕妮和赵一驱车到白马镇，顺道把大姐和大姐夫一起带回了程家坡。程燕妮本来也希望李芙蕖能够跟着她一起到外公家里去一趟的，可李芙蕖不愿意凑这个热闹，一放假就回了北滨村的家里。赵一的车还没开进程官成家的院子，程天南和曹家华早早地就站在厨房门口等着了。赵一和程燕妮从车上下来的时候，站着等了好半天的程天南立马就迎了上去，一边帮着提东西，一边对赵一和程燕妮嘘寒问暖。程天南的这些动作做得是那么顺畅，那么直白，把跟着妹妹一起回来的程官明的心给伤着了。可是她毕竟是大姐，不能做出不高兴的样子，只好忍着气把给爹妈买的东西提到了屋里。和程官明一样，沈福的心里也不是滋味。他已经给程家屋里当了二十几年的女婿，也曾被岳父在手心里捧过几年，如今他不景气，岳父对他的态度一下子就改变了，无论对谁来说这都是一件不容易接受的事情。如果程天南对每个子女都一碗水端平，那身为大女婿的他也不会有什么别的想法，可岳父明摆着就是嫌贫爱富，这让一向尊敬岳父的沈福心凉了。好在他想得开，程天南毕竟和他没有什么血缘关系，他们每年不过见一两面罢了，没必要怄这个气。这么想着，沈福也不想坐在程天南家的厨房里看他们上演父女情深的戏码了，转身到隔壁去找程官成两口子。

这么些年来，程官成和文华两口子和程天南的关系一直很紧张。在程家的五个子女当中，程官成是最不像程天南，也最看不惯程天南的人。他讨厌父亲装神弄鬼的把戏，也看不惯父亲嫌贫爱富的德行。他对上了年纪的父母一直不怎么管，也不怎么问，不过程家屋里也没有一个人敢说他和文华的不是。这倒不是其余的几个姐妹怕他，而是因为他是这个家里唯一的儿子，长年累月地只有他们一家人陪着程天南老两口，等程天南两口子去世以后，这屋里只有程官成一个人有资格端牌位，剩下的四个姐妹惹不起他，也犯不着去惹他。

沈福走到程官成屋里的时候，程官成正坐在火堆前烫酒。程官成一辈子没有什么别的嗜好，就喜欢没事儿的时候喝上一两杯。不过他的酒量并不大，酒品也不怎么好，酒劲一上来，他总要卷着舌头说一些谁都听不懂的话。他闹起来连程天南都只能拿上烟斗出去避避风头。等程官成闹得差不多了，文华才走到他面前指着鼻子骂上一顿。文华的骂很管用，程官成每次挨了老婆的骂，都会识相地闭上自己的嘴，跑到卧室里去睡上一觉。也正是因为这个原因，程天南才一直看不起自己的儿子，也看不惯自己的儿媳妇。程天南在老婆和子女面前当了一辈子厉害角色，在过去的这几十年里，还从来没有人敢指着他的鼻子把他臭骂一顿。因此在程天南看来，这个儿子实在是太窝囊了，而儿媳妇文华也太强势了些。不过程天南只在没人的时候抱怨几句。他是一个很精明的人，作为一个精明的人，他当然知道自己的儿子配不上这个儿媳妇，儿子或许不值钱，但儿媳妇还不太老，只要她想再嫁一次人，完全嫁得出去，所以儿子家的事他从不插手。

这一天，沈福有些沉重的脚步声让程官成的注意力从酒壶转移到了大姐夫的脸上，程官成一眼就看到了大姐夫脸上的落寞。程官成不愿意管姐姐妹妹们那一堆事儿，只是热情地招呼了大姐夫一声："姐夫哥，快来喝酒！"

程官成的话音里没有贬低和取笑的意思，在他的目光里，沈福也没有读到什么别的东西。这么些年来，沈福一直觉得程官成活得很简单，甚至可以说是没有多大追求，也没有多大本事。发达的时候，沈福着实看不上这样的小舅子，可是这一天，失意的沈福却又为拥有这么一个没心机的小舅子而感到庆幸。看到程官成脸上真诚的笑容，沈福也跟着笑了起来，他边笑边往火堆旁走，走到程官成身旁，说："好啊，我也来喝一杯你的好酒。"

隔壁房间里程官成和沈福舒舒服服地喝着酒，这边的程燕妮和赵一也忙着跟程天南说话。这一次，赵一和程燕妮花了好些钱给程天南老两口买了衣服、鞋子和一些营养品。结婚半年多的赵一手头并不宽裕，可他知道这一笔钱不能省，必须要花。赵一并不是一个大方的人，可是为了程燕妮，他差不多把自己所有的东西都掏了出来。

吵架那天晚上离开江油之后，赵一曾开车回过他和程燕妮租的那个房子，却只看到了空空荡荡的屋子。程燕妮走了，她把所有东西都带走了，连带着把赵一的心也给带走了。回到成都以后，赵一恍惚了好长一段时间。如果说失而复得是人生一大幸事的话，那么得而复失一定是人生的一大悲剧。这个悲剧几乎要把赵一给打倒了，那几个月他都不知道自己是怎么过的，就在他快要放弃希望的时候，程燕妮竟然回心转意了。

程燕妮的归来既让赵一体会到了前所未有的欣喜，也勾出了他心底最深的恐惧。这一次，他打定了主意，无论用什么法子，一定要把程燕妮长长久久地留在自己身边。赵一知道程燕妮最在意的就是她的两个孩子和她的父母，便想方设法地在这几个人身上打主意。对李芙蕖，赵一可以说是尽心尽力，但他摸不清李芙蕖的性子，有时候他甚至觉得李芙蕖很可怕。在过去半年时间的努力下，赵一和李芙蕖的关系并没有什么实质性的改观，所以在第一次上岳父家门的时候，赵一铆足了劲儿地想要好好地表现一下。

或许是赵一做得太过火了，又或许是程官明不喜欢别人抢了她的风头。无论出于什么原因，程官明都对赵一充满了敌意。赵一拿出他给岳父母买的衣服，程官明偏要在一边说衣服质量不好、样式不好之类的话；赵一拿出给岳父母买的保养品，程官明又在一边说这些东西爹妈早就有了，不该花这个冤枉钱。程官明鸡蛋里挑骨头，赵一倒没觉得有什么，坐在一旁的程燕妮却有些受不了。过去的这一两年里，程燕妮日子难过，脸上一点儿光都没有，在嫁给赵一以后，程燕妮并没有照程天南想的那样立马就过上了穿金戴银的生活。尽管手头没钱，程燕妮还是想做出一副自己过得很好的样子。在程燕妮看来，赵一在爹妈面前的表现虽有他自己的想法和目的，但实际上也是在给她挣面子。面对大姐的故意刁难，实在看不过眼的程燕妮忍不住冷哼了一声，悄悄冲着大姐翻了一个白眼。

没等赵一把宝献完，太阳已经晒到了家门口，也该吃饭了。大女儿和幺女儿两家人还没到的时候，曹家华早早地就把家里刚熏好的腊肉拿了两块出来放在锅里煮；在赵一围着程天南说话的时候，曹家华边听边煮饭；话还没说完，饭倒先熟了。说了这么半天的话，程天南也觉得肚子里空了。

不一会儿，一大盆肉就端到了院子里的桌上。这一天的太阳很大，曹家华觉得还是一边晒太阳一边吃饭的好，便放好碗筷，叫人来吃饭。才刚喊了一声，程天南就领着赵一出来了；喊第二声的时候，心里都窝着火的程官明和程燕妮也出来了。看到人出来得差不多了，曹家华又接着喊了第三声，这一声是冲着程官成家的厨房喊的。不过，这一声并没有收到前两声那么明显的效果。喊完好半天，沈福才顶着一张有些发红的脸从程官成家的厨房里走出来。又过了一会儿，喝完了杯子里的酒的程官成这才不慌不忙地走了出来。不过，文华和程官成的儿子始终没有露面。大家都习惯了文华这一套，所以也没有人再去喊她。

等程官成和沈福坐到桌边的时候，其余的人才发现这两个人已经快要喝醉了。程燕妮怕哥哥和姐夫喝多了不舒服，赶忙跑到厨房里给他们一人倒了一杯水。把水递给哥哥时，程燕妮发现哥哥看向她的眼神有些闪躲。这种闪躲的眼神让程燕妮的心一下子揪了起来。这顿饭大家吃得还算和气，不过在这一团和气当中，程燕妮始终觉得程官成在有意无意地避开她。程燕妮的感觉并没有错，作为哥哥，程官成的心里确实对程燕妮有些意见。在他看来，离婚本来就不是一件多么体面的事，而离婚之后没多久就立马找另外一个男人则是一件更不体面的事。程官成从骨子里来说是一个很传统的男人，作为一个传统的男人，他觉得离婚这种事男女双方都有错，李广忠的错他管不着，可是妹妹程燕妮的错他不能不管。一家人难得凑到一起，他这个当哥哥的没办法直接教训妹妹，但他觉得应该直截了当地表明自己的态度，所以始终对幺妹妹爱理不理的。程官成的一举一动程燕妮都看在心里，她不知道哥哥是怎么想的，但是她知道她的心因为哥哥的态度而一下子变凉了。

这一天，不仅坐在娘家院子里的程燕妮觉得心是冷的，离开家两年以后再次归来的徐良英和李清海也觉得心里不好过。在过去的两年里，徐良英和李清海一直扎在城里，该读书的读书，该打工的打工。为了多赚一点儿钱，母子俩是没日没夜地干活儿，几乎没有放过一天假，即便是在人人都巴不得回家的春节里，他们也为了挣双倍甚至三倍工资而决定留在城里。李享财去世的消息徐良英早就知道了，可是她知道的时候李享财早已躺在土堆里开始慢慢地腐烂。打电话给她的李桂华觉得嫂子没有必要专门跑这一趟，而接到电话的徐良英也觉得没有必要专门为了这件事回北滨村。李享财去世以后，李桂华就把基本不能自理的母亲曹德清接到自己屋里供养了起来。

阔别两年再次回到家乡的徐良英母子俩只看到了两扇紧闭着的防盗门和院子里一地枯死的野草。往日一家人其乐融融的景象仿佛还在眼前，可早已是物是人非了。面对这幅景象，徐良英着实难过。但是这个时候的徐良英已经不是之前那个软弱的小女人了，在过去的两年里她受了不少折磨，也变得越发坚韧。尽管内心凄苦，放下东西以后，徐良英还是和儿子忙前忙后地收拾起屋子来。收拾完了，徐良英又叫儿子去买一点儿香蜡纸钱回来，打算吃完饭上山去祭拜李享财。埋李享财的地方距离李广福不远，李广福的坟堆上已经长了一棵半人高的树，可李享财坟堆上的土还有些新。徐良英点好香蜡，烧完纸，伸直了腰，看了看不远处李广福的坟，又收回目光看了看公公李享财的坟。看着眼前的坟堆，徐良英的心里有许多想法。这么些年来，要说她心里没有怨过公公，那是不可能的，可是看着眼前这一座坟，她心里的怨恨一下子就烟消云散了。李享财活着的时候，徐良英一直觉得他是一个很有权威、让人畏惧的人；李享财去世以后，徐良英才意识到，这个曾经强硬了一辈子、威风了一辈子的人，最终还不是要一个人孤零零地躺在狭小的棺材里，埋在土里，慢慢地腐烂。这么想来，人这一辈子实在是太没意思了，活着的时候争强斗狠，生怕吃一点儿亏，等到两腿一蹬，还不是什么都没有了。

徐良英看着眼前这座坟堆，心里被无力、不值和空虚所充满，但是她并没有感到绝望。或许在曾经的某一刻，这个女人曾经绝

望过，但现在她知道自己这一辈子的任务还没有完成，最重要的
是，他们母子俩总算是熬出了头，未来的每一天只会更好，而不
会更坏。这么想着，徐良英的心里又松快了起来，她这一辈子虽
然样样都比不上公公，可她毕竟养了一个好儿子。有了这个好儿
子，她就拥有了一切。

第五十七章

确　诊

过完年，剑门镇政府在各个村子里开展了免费体检，一连好几天，北滨村卫生室都被挤得水泄不通的。

体检开始的第一天，李广达和张翠华就骑着摩托车到卫生室去了。这么些年来，李广达一直很爱护自己的身体，他基本上没有什么不良嗜好，就连大哥李广耀和弟弟李广忠最割舍不掉的香烟，他也一点儿兴趣都没有。但是近几年来，李广达总觉得嗓子不对劲，总要时不时地咳嗽一两声。李广达近年来干的都是灰尘比较重的活儿，他生怕自己的肺有什么问题，所以想趁着这次免费体检检查一下。

村子里大部分人都体检完了，李广忠仍然稳稳当当地坐在自家的厨房里烤火。他不喜欢体检，这倒不是他对自己的健康问题一点儿也不在意，而是因为他实在是太在意了。在别人面前，李广忠总是努力塑造自己不怕死的形象，可是只有他自己才知道，他其实是一个很怕死的人。但是比起死亡本身，李广忠更怕面对死亡。在他看来，人如果不得不死，最好还是给自己来一刀，死个痛快，要是像二爸李享财那样在床上躺个半年多，生活都不能自理，简直比死更恐怖。

为了不去面对自己的健康问题，李广忠是想尽了办法不去体检。最后一天，卫生室的刘医生都打电话来催了，李广忠还是一边满口答应，一边稳稳当当地坐在厨房里烤火喝酒。刘医生等得不耐烦了，只好给李广忠的大哥李广耀打电话。接到电话，李广耀的火一下子就起来了。体检这种小事，一个大男人有什么好怕的！他实在是讨厌李广忠这副孬种的模样，一趟子跑到李广忠屋里，指着鼻子把李广忠好一顿骂。挨了大哥的骂，李广忠即便是再不愿意，也只好跑了一趟卫生室。

体检结束以后，北滨村的村民还是该干什么就干什么。没过多久，李广达照旧到白原乡的工地上去干活，一时没找到工作的李广忠照样在屋里烤火喝酒。李广忠的火没有烤多久，酒也还没有喝痛快，一个电话突然打到了他的手机上。这个电话是卫生室的刘医生打来的，李广忠接通电话，刘医生那充满了遗憾和难过的声音一下子就传到了他的耳朵里："老弟啊，有一件事情想要给你说一声，不过你千万不要害怕，也不要想不开啊……"

听到这里，李广忠觉得自己的头皮一下子就麻了，他预感这一次自己恐怕是摊上大事儿了。

电话那一头，刘医生踌躇了一会儿，接着说："是这么回事儿，这次体检的结果出来了。其他人都没啥事，就是老弟你的肺有点儿问题，初步检查是肺结核，不过还不能确定。老弟你先不要着急，过两天到江油去检查一下吧……"

还没等刘医生说完，李广忠就把电话给挂断了。这下李广忠酒也喝不下去了，一下子瘫在火堆边。李广忠不是没怀疑过自己的肺，他从二十几岁起就开始抽烟，这几年更是每天要抽两包烟才能管到天黑，他抽的也不是什么好烟，不过是几块钱一包的劣质香烟。李广忠也曾想过自己说不定哪一天就交代到这些劣质香烟上去了，可是他没想到这一天竟然来得这么快。突如其来的噩耗把李广忠给打垮了，他不知道该向谁诉说。在过了第一阵眩晕之后，他再一次拿出了酒瓶子，给自己满满地倒了一杯，一个人继续喝了起来。不过，他没有了之前的惬意和散漫，他的手有些抖，心里也很沉重。灌了几杯以后，李广忠的心变得摇曳起来。俗话说"酒壮怂人胆"，半醉的李广忠心里的火气也上来了，他想，不如就这么喝上个几天几夜醉死算了。

喝到中午，李享德背着一双手急匆匆地到李广忠屋里来了。李享德已经从李广耀那儿得知李广忠得了肺结核的消息，这个消息让他再也坐不住了。看到李广忠之前，李享德原本以为儿子一定很难过，这次他是专门来陪儿子说说话、宽宽心的，可是没想到才走到厨房门口，就看到李广忠一个人坐在火堆前自斟自酌。李享德知道李广忠是个酒罐子，可是他没想到这个时候幺儿子还能喝得下酒。看着喝得半醉的李广忠，李享德的火气一下子就上来了。他快步走到李广忠跟前，粗着嗓子说："四娃子，到了这个时候，你还在喝酒？哼，没见过你这种人！"

李享德没想到的是，这一天的李广忠火气很大，他抬起一双泛红的眼睛，冲父亲吼道："我不喝酒还能咋办？你说说我还能咋办？反正老子也是要死不得活的了，还不如醉死算了!"

李广忠的话把李享德的火气也给招惹了上来，他本想再教训儿子几句，可转念一想，说不定这个儿子就要活不长了，这么想着，火气又消了。不过，李享德实在是不知道该怎么劝导这个绝望的儿子，只好一甩袖子走了。回到自家屋里的李享德又气又急，不知道该怎么办才好。郭家孝看着那个没本事的老头子一会儿从屋里走到院子里，一会儿又从院子里走回屋里，来来回回地折腾，好像还没尽兴似的，又一趟子跑到卧室里扯了一瓶酒出来，站在院子里就开始往下灌。李享德的酒还没灌上几口，躲在屋里的李广耀一家人和张翠华就坐不住了，他们想，要是再这样折腾下去，恐怕老四还没死，老爹就要先一步去见阎王了。

李广耀赶忙从灶房屋里走出来，把李享德手里的酒瓶子给抢了下来。他一边把酒瓶子递给郭家孝，一边冲着李享德吼："老人家，你能不能安静一会儿？现在出了这种事，你不说给我们省点儿心，到头来还要叫我们来给你操心，真晓不得你在想些啥子!"

本来李享德就在李广忠那儿受了些气，现在灌了几口酒，火气更大了，正愁找不到人撒，李广耀偏偏撞了上来。李享德一肚火立马喷薄而出："省心？我要给哪个省心？老四坐在屋里都要醉死了，你们这些当哥哥的一点儿也不关心！你们是从一个妈的肚子里爬出来的，就这么狠得下心肠，就这么看得过意？老子就是要喝！老子就是要醉死！看老子醉死了以后你们这些杂种还看得过意不?"

看到李享德闹了起来，站了一院子的人都没敢开口。李广耀知道父亲为什么事着急上火，但他也没办法，用他的话来说就是："我又不是医生。得了病老四晓得往医院里去，我还管得了?"不

165

过无论管得了还是管不了，既然老父亲发了火，李广耀也不得不到李广忠的屋里去一趟。

李广耀到的时候，李广忠仍然在喝酒。这个时候的李广忠已经没有心思再去理会这个大哥了，他一直都怕大哥，但现在他觉得自己都快要死了，谁来他都不在乎。李广耀在李广忠那儿没有讨到好，不过他本来也是为了敷衍老父亲才来这一趟的，无论李广忠是什么态度，他的心意都已经尽到了，即便是老父亲也没有什么好说的了。这么想着，吃了瘪的李广耀心情松快了下来，顶着还有些寒冷的风，三步并作两步跑回了自己屋里。

李广耀走了以后，李广忠还是继续喝酒。他已经两顿没吃饭了，可一点儿也不觉得饿。喝到晚上，他已经醉得不成样子了，却还是不停地往杯子里倒酒。

李广忠虽然醉了，心里还是清楚的。他知道自己没钱去治病；最重要的是，他不想一个人孤孤单单地死在医院的病床上。如果真的是得了肺结核，还不如醉死在屋里算了，这样又干净又痛快。

喝到天完全黑下来的时候，李广忠接到了一个电话，这个电话是李广达打来的。下午，张翠华就打电话把李广忠得病的事告诉了李广达，听到这个消息，李广达的心里着实不好受，等晚上放工以后，就立马给弟弟打了一个电话。

李广忠本来不想接李广达的电话，他怕李广达也会像父亲一样冲着他一顿吼，让他去医院治病。李广达打来的第一个电话，李广忠毫不犹豫地挂断了。等李广达第三次打电话来的时候，李广忠觉得自己不能不接，如果不跟二哥说上几句话，恐怕今天晚上的酒没法再继续喝下去。李广忠接通了电话，冲着电话那头的人大着舌头说了一声："喂?"

听到李广忠声音的那一刻，李广达的鼻子有些发酸，他勉强控制住了自己的情绪，对着电话那头的人好言好语地劝了起来："老四，你不要害怕。这个病不是绝症，你还是听二哥一句劝，到江油的医院里去复查一下，说不定是刘医生搞错了呢? 即便他没弄错，我们也要再去看看，即便是死，也要当一个明白鬼，你说是不是? 还有钱的事情，你不要着急，这些年你二哥手边还有几万块钱，要是你真的得了病，只要我拿得出来，就一定会借给你，你不要怕。"

电话这头的李广忠本来是不想听李广达说话的，要是李广达说一些不中听的话，他就要像吼父亲和大哥一样把这个二哥给吼一顿，可是听到李广达好言相劝，李广忠的火气一下子就没有了。李广忠知道二哥是一个心地很好的人，但是他从来不知道二哥还有这么温柔的一面。平时李广达说话也像父亲和大哥一样，声音很大，嗓门很粗，可是这天晚上李广达说话的声音是那么动听，说的话又是那么入情入理。这天晚上，李广忠脾气很差，但他即便性子再坏也不能冲着一个为他着想的人发火。听了李广达的话，李广忠只是在电话的这一头"嗯"了一声就挂断了电话，他要是再不挂断，恐怕就要哭出来了。已经醉得快要走不动路的李广忠决定不再喝下去，他打算今天晚上好好地睡一觉，明天或者后天跑一趟江油，去检查一下。

第二天，李广忠还没睡醒，又一个电话打到了他的手机上。睡得迷迷糊糊的李广忠把手机从枕头底下拿出来，冲着电话的另一头"喂"了一声。

　　这个电话是刘医生打来的，他打电话是想确认一件事。刘医生问了李广忠一个问题，这个问题一下子就让李广忠清醒了过来。他问："你是不是李书记的弟弟，叫李广达？"

　　听到这个问题，李广忠的心里一下子燃烧起了希望的火苗。他赶忙从床上坐了起来，手也颤抖起来，回答说："我是李书记的弟弟，可是我不叫李广达，我是李广忠。"

　　听了这几句话，电话那头的刘医生沉默了。再一次开口的时候，他的声音里带上了抱歉和心虚的意味："老弟，实在是对不住啊，这次是我搞错了，得病的不是你，是你的二哥李广达。真的对不住，对不住啊……"

　　刘医生的话还没说完，李广忠心里的阴霾就已经消散了，他感到一阵和煦的微风吹进了自己心里，一阵明媚的阳光照到了自己的心头。不过，即便李广忠有一种劫后余生的欣喜，他还是拿着手机把电话那头的刘医生给结结实实地骂了一顿。不过这顿骂，李广忠不在意，电话那头的刘医生也同样不在意。他们都知道，李广忠的骂是欣喜的骂，是愉快的骂，是充满了希望的骂，在骂声当中，李广忠表达出了用好话表达不出来的意思。

　　几天以后，神情颓丧的李广达从白原乡回来了。在李广达回来的那天中午，李广忠专门跑到二哥屋里去看二哥，劝解二哥。走出李广达家门口的那一刻，李广忠觉得这几天真是充满了戏剧性，简直比坐过山车还要精彩。

　　不过，坐在客厅里的李广达却觉得心里十分沉重。去了江油以后，他的心变得更加沉重。检查结果出来了，他得的不是肺结核，而是肺癌。

第五十八章
手术

　　等再一次看到亲人的时候，李广达才觉得总算是逃出生天。回到病房后，他没有说话，也没有看站在病床前的妻子张翠华和儿子李清松，只是略微转了下头，看了看从窗户透进来的阳光。这是李广达有生之年第一次觉得阳光是如此美好，他真想立马就下床，到外面去晒晒太阳。

　　从确诊肺癌的那天起，李广达就再也没有离开过医院，也再也没有回过家。在过去的这几个月里，他总是从一家医院转到另一家医院，到了最后，不肯死心的他还和张翠华一起跑了一趟华西医院。可是无论他去多少个医院，得到的答案都是一样的：不是肺结核，而是肺癌。

　　刚听到这个消息的时候，李广达还不能接受，可是听得多了，也就渐渐地习惯了。李广达不知道肺癌是个什么病，可是他知道只要和癌沾了边大多没有什么好结果，就算不死也要被折腾掉半条命。李广达不想死，他的儿子还小，他还没有等到做爷爷的那一天。依照北滨村的风俗，一个人要是还没有活够一个甲子，就算是早死，这样的人往往被认为命不好。活到将近五十岁，李广达不知道自己的命算好还是不好，可是他没有一点儿想要去死的念头。他想活着，好好地活着。他想陪着妻子慢慢地老去，想亲手抱一抱自己的孙子。

和李广达一样，张翠华也舍不得让李广达死。结婚这二十多年里，张翠华和李广达的关系一直很好。他们很少吵架，即便是一时半会儿拌了嘴，要不了多少时间就会和好。在张翠华心里，李广达是一个少见的好男人，他勤劳，质朴，对人好，也没有什么大的坏毛病，如果非要说他有什么不好的地方，那就是性子太急了，但这点儿小毛病根本就不算什么。

李广达被推出手术室的那一刻，张翠华的鼻子就酸了。但是她知道自己不能哭，勉力抑制住了泪水，笑着走到李广达跟前，轻轻地问了一声："出来了?"听到张翠华的声音，李广达勉强点了点头。此刻的他是说不出话来的。

做完手术后不久，麻药的功效渐渐地退去，李广达感到自己右边胸口处刀子割一般地疼。看到李广达疼得龇牙咧嘴的模样，张翠华着实心疼，但她知道这份疼是免不了的。她什么也没说，只是用棉签蘸了点儿水，润了润李广达的嘴唇，一边润一边说："医生说现在还不能吃东西，也不能喝水。我晓得你不舒服，先润润嘴巴吧，过一段时间就好了。"

李广达看了看坐在床沿上的妻子。张翠华瘦了，精神也没有之前那么好了。李广达想说几句话给妻子宽心，可是他张开了嘴，却只能发出嘶哑的声音。张翠华知道李广达想要说话，但是她更知道李广达最好什么也别说。她对着李广达摇了摇头，让他什么也别说，安安静静地休养。

小小的病房里站满了人，除了王菊花和程瑶以外，李家三房里的人基本上都来了。李广达做手术是一件大事，他们于情于理都该来看看，来帮帮忙。看到李广达出来以后，这些在手术室外守了一夜的人才最终放下心来。一群人的眼睛都是红红的，可是除了李月明和张翠华的眼睛是哭红的之外，其他人的眼睛都是熬夜熬红的。

在李广达被推进手术室的那一刻，张翠华忍了好久的眼泪终于痛痛快快地掉了下来。张翠华哭得一把鼻涕一把泪的，陪着她一起在手术室外等的人却没有劝她。大家都知道，过去的几个月里张翠华的压力实在是太大了，而终于进了手术室的李广达不知道还有没有命出来。张翠华该哭，也有理由哭，在张翠华哭的时候，这些人一致保持了沉默，只有李广忠忍不住叹了几声气。

手术做了好几个小时，并不算长，可是对等在手术室外面的人来说，这段时间未免长得有些过分。漫长的等待不仅消耗掉了人的耐心，还同样消磨掉了人的信心。李家屋里的人越等心越冷，越等越绝望，他们几乎快要相信李广达不会活着出手术室了。

就在他们快要心灰意冷的时候，手术做完了，刚清醒过来的李广达被送回了病房。看到李广达安安稳稳的模样，这些原本以为会看到李广达尸体的人才松了一口气。在他们看来，只要能活着出手术室，就不会无缘无故地死在病床上。他们都觉得，李广达这一次大概率是活得出来的。

　　医生照例给家属看了看切下来的组织。在一个洁白的盘子上，盛放着一块小小的肉，肉是红色的，看上去还很新鲜。这块肉是从李广达的肺上切下来的，按照主治医生的说法，这块小小的肉上全是癌细胞。李家屋里的人从没见过癌细胞，也不知道一个好好的人身上为什么会长这种细胞。看到这块肉的时候，这些人的第一反应是好奇，他们都把脑袋凑了过去，想好好地看看长满了癌细胞的肺组织是什么模样。他们看过来看过去也没有发现这块肉和一般的肉有什么区别。但他们相信医生，医生说这块肉病变了，那这块肉就一定病变了；医生说这块肉上长满了癌细胞，那这块肉就一定长满了癌细胞。看着看着，这些人才想起来，这块肉不是动物的肉，而是人的肉，是躺在不远处病床上他们的亲人的肉。一想到这里，这些人突然害怕起来，一种身体被刀子割过的感觉从他们的心上蔓延开去，这种感觉让他们害怕，也让他们想要尽快逃离这块肉。

　　也许别人只是觉得害怕，而张翠华看到这块肉的时候，眼泪再一次流了下来。手术期间，张翠华的眼泪基本上就没有停过，这时大家并不觉得意外。但是在这一次的哭声当中，大家听出了些别的东西。如果说之前张翠华的哭声是被恐惧充满的话，那么这一次她的哭声里更多的是心疼。听到张翠华伤心的哭声，李月明的眼泪也一下子涌了出来，她和二妈抱在一起哭了起来。

　　几个男人想哭又不好意思，但是他们有自己的解决办法。除了李清松以外，李广耀、李广忠和李清玉悄悄走到外面的院子里，在寂静的夜空底下，他们从口袋里拿出烟抽了起来。男人们在一起的时候好像并不用说话，只需要互相看一眼就知道彼此在想些什么。这天晚上，他们照样没说话，只是默默地抽着烟，漫无目的地看向四周。

李广达手术做完了，那些陪张翠华守了好几天的人也算是尽到了责任，他们没有久留，回北滨村去了。李月明是请假回来看二爸的，她的假期不长，在确定二爸没事之后，坐飞机回了石家庄。其他人都走了，狭小的病房里只留下了李广达一家人。

李广达住院的这段时间应该是他们一家人最安稳的时光。李广达的病渐渐好了起来，虽然动手术花了不少钱，但是只要把人留住了，那么一切都是值得的。李清松也觉得心里很愉快，他们一家人有好些年没在一起待这么长时间了。李广达没生病的时候，他和李清松都要挣钱，张翠华要在家里守着庄稼，可以说一年到头他们一家人就没有几天是在一起度过的。李清松是一个很恋家的孩子，他没有什么雄心壮志，也不想出人头地，他所想的不过是一家人好好地待在一起，每天在同一张桌子上吃饭，在同一个屋檐下睡觉。没想到，他这个小小的愿望竟然成了一种奢求。这些年，他们屋里存了一些钱，可即便是有了钱，李广达和张翠华照样是舍不得吃，舍不得穿，一年买不了几身新衣服，吃肉也要看日子。李清松当然知道爸妈的钱是为他存的，更准确地说是为他未来的老婆和孩子存的。李清松不希望爸妈过得这么节俭，他没本事让爸妈过上好日子，但也不希望爸妈为了他而一味地苦自己。

这几年，李广达和张翠华也托街上的王老婆子给他家说了几个女子，可是这些眼睛长在头顶上的女孩子没有一个看得上他家。不过按照剑门镇的规矩，无论女方看不看得上男方，第一次上门的时候给女方的红包是不能省的。红包分为大红包和小红包。大红包是定亲的钱，也就是说，如果女方看得上男方，愿意和他交往的话，在第一次上门时就不会拒绝这个大红包。小红包是见第一次面的见面礼，无论成不成都得给，如果男方抠门，省下这笔钱的话，以后还想让媒人介绍其他女子就难了。

在过去的几年里，上李广达屋里来看门户的女子不少，看上李清松的却一个也没有。一次次相亲的失败让李清松渐渐地失望了，或许自己真的是一事无成、一无是处，也不怪这些女孩子看不上他。到了后来，他也不过是走马观花地看一看罢了，从来没有指望过这些女孩子能高抬贵眼看上他。李清松心疼的是他的父母。他看着那些女孩子趾高气扬地走进自己家里，又看着自己的父母对着那些女子和女方的父母点头哈腰；女方吃饱喝足，拍拍屁股就要走，他那一辈子克勤克俭的父母还要拿出红包来求女方收下。大红包女方是不愿意拿的，可是小红包她们一次也没有推辞过。有好多次，李清松都想告诉自己的父母，省省吧，别对着这些心比天高的女子露笑脸，别求着她们拿你们的血汗钱，她们不配。李清松也曾经幻想过爱情，他也希望能够找到一个愿意和自己过一辈子的人，可是现在的他已经不再做这种美梦。李清松话不太多，性子腼腆，不过他一向很细心，对身边的每个人都很好：用流行话来说，他也算是一个经济适用男。可是无论李清松对这些女孩子有多好，都是白搭。在他看来，这些女孩子不是在找老公，不是想要组建一个家庭，而是在找一个厚实并且永远向她们敞开的钱包。她们需要的是一个有钱的冤大头，可惜李清松没钱。

　　其实，李清松也不是完全没有机会，倒是有一个女孩子看上了他。这个女孩子的家庭条件很好，她看上李清松的理由也很简单，那就是李清松温柔又听话。这个女孩子不差钱，就差这么个百依百顺的丈夫。看门户的时候，女方丝毫不在意李清松家里有多少钱，房子里摆着什么家具，也没有收李广达递给他们的小红包，只是提出了一个要求：希望李清松能够入赘到他们家里去。李清松不用担心房子和车子的事，这些女方全包了，只是以后孩子要跟着女方姓。入赘不少见，对于家底不厚、人品不差的男孩子来说，也算是一条不错的出路。可是这个提议李清松不能接受，李广达两口子也不能接受，他们既害怕李清松到别人屋里会受委屈，又觉得生的孩子不跟自己姓是一件说出去让人笑话的事。这门婚事就这样吹了。王老婆子很精明，看得出李广达屋里的生意十有八九做不成，也就不再浪费精神了。

　　比起父母的沮丧，李清松倒是觉得这种结局很不错。近年来，他也渐渐打消了结婚的念头，视婚姻为奢侈品，他是一个只喜欢吃家常便饭，穿舒服衣服的人，这样的奢侈品他买不起，也不想买。他只想和爸妈待在一起好好生生地过日子，只希望父母能够健康长寿，至于其他的事情，他不去想，慢慢地也就不那么在意了。在医院里守了半个多月的李清松并没有觉得疲倦和不耐烦，能像这样一家人守在一起实在是太难得，也太幸福了，他珍惜这种来之不易的幸福，也在心里默默地期盼这种幸福能延续得更久一点儿。

第
五
十
九
章

炭火

　　这一年的新年本来应该过得欢欢喜喜的，可是李广忠和李芙蕖又大吵了一架。事后李芙蕖回忆起这场争吵，尽管从表面上来看事发偶然，但从本质上来说这意味着她和父亲李广忠已经不是一路人了。李芙蕖小时候以为在这个世界上没有人会比她的父亲更了解她，他们曾分享同样的兴趣和爱好，也可以就一个话题进行深入的探讨。可是近年来，李芙蕖觉得她的父亲变了，变得越发陌生，仿佛成了另外一个人。

　　过年的时候，李广达的身体休养得差不多了。为了庆祝李广达恢复健康，也为了感谢亲朋好友的关心和帮助，在过年的前几天，张翠华趁着大家都在家，置办了几桌酒菜招待大家。李广达一家的人缘一向不错，他们一请客，不少人都来了。按照张翠华的意思，这一次请客是为了感谢大家，她没有指望来的人送什么礼。但是来的人都知道，李广达生病花了不少钱，他们银行里的存款大概一半多都被用掉了。张翠华没有开口借钱的意思，来的人也不好贸然借钱给他们，只好另外想了一个办法来资助李广达一家人，那就是送礼，除了送一般的营养品之外，每个人都掏了好几张红票子给张翠华。一开始，张翠华并不想要钱，她觉得之前已经够麻烦这些亲朋好友的了，这一次再要钱实在是说不过去。不过送礼的人是铁了心要让张翠华收下这些钱，但凡张翠华的脸上露出一点儿为难的意思，这些人都要歪着脑袋说张翠华是嫌钱少，看不起他们这些穷亲戚。这话可就重了，要是张翠华再不收钱的话，这些人估计就要立马和她划清界限。收钱的时候张翠华的脸上虽然没有表露出什么，可她的心里是高兴的。她不是为了钱而高兴。丈夫的病总算是好了，亲戚又都在为她一家人着想，这份关怀让张翠华的心暖了起来，端菜和招呼客人的时候，她的干劲更足了。

这一天，李广达的心情也很不错。尽管他觉得自己的身体已经好了，可以帮着妻子干些活儿，可是张翠华却不准他帮忙，只让他穿着过年的新衣服坐在客人中间陪着说话。对于张翠华的这个安排，李广达是不满意的。他是一个闲不住的人，养病的这段时间里，他早就忍不住想要出去干点活儿，活动活动了。可是不满归不满，看到妻子脸上欢快的笑容，李广达觉得这日子还是有盼头的。陪客人坐着的时候，他的话头一次变得这么多，脸上的笑容也头一次变得这么灿烂。远远近近的客人都把李广达脸上的愉快看在了眼里，真心地为李广达一家人感到高兴。他们都觉得李广达是一个好人，好人就该有好报，他们真诚地希望好人李广达能够长命百岁，含饴弄孙。

中午，大家欢欢喜喜地吃了一顿，到了晚上，吃饭的人就只有李家屋里的人了。李家屋里的男人个个都喜欢喝酒，平日里聚不到一起，这些人喝酒还有个节制，这些酒坛子一旦凑到一处，那是一定要喝一个天昏地暗的。桌上的菜已经热了好几次，天色也渐渐地暗了下来，女人和孩子们都吃完了饭坐到一边烤火去了，几个男人仍然在推杯换盏。

李广耀虽然喜欢喝酒，但他喝酒是分场合的。陪领导喝酒，无论他喝不喝得下去，只要酒倒进杯子，那他是不能不喝的。但是在没有领导的场合，他就喝得没有那么痛快了。这天晚上，尽管李广耀也很高兴，但是他只陪着喝了几杯就找借口回去睡觉了。李广利酒量不好，才喝了半瓶，舌头都大了，开始拉着兄弟说个不停。李广利醉的时候，李广忠和徐家田才喝了个半醉。他俩的酒量是李家屋里最好的，每当他们两个碰上的时候，一定要喝出一个胜负才算数。不过，尽管爱喝酒，他们却看不惯容易喝醉的人。李广利的舌头一大起来，李广忠一把抢过他手上的酒瓶子，吆喝着让人送李广利回家。旁边烤火的女人们见李广利喝醉了，又听到李广忠和徐家田吆喝个不停，只好把李广利送了回去。

李广利走了以后，李广忠和徐家田喝得越发尽兴。这些年，徐家田的酒量越来越大，可是无论喝多少酒，他的话都不多。在李广忠高谈阔论个不停的时候，徐家田只是一杯接一杯地往肚子里灌酒，边灌还边对李广忠说："说那些没用的搞啥子，喝，莫说废话。"

和徐家田不一样，李广忠喝酒的乐趣就在于说废话。平日里不敢说、不能说的话，他都要借着酒劲说出来。李广忠知道没有人会去在意一个喝醉了的人说的话，所以每到喝酒喝得半醉的时候，李广忠就要借机说一些莫名其妙的话。这些话在别人听来不过是醉鬼嘴里的醉话，恐怕只有李广忠自己才知道这些话里有多少真心。

这天晚上，徐家田越喝越高兴，李广忠也是越说越高兴，这两哥们儿把李广达和李广耀家的院子吵了个翻天覆地，他们说话和劝酒的声音飘到了附近的邻居家里。

在徐家田喝得快要滑到桌子底下去的时候，李桃花坐不住了。李桃花是一个脾气很大的人，至少在李家屋里的时候她做出了脾气很大的样子。徐家田爱喝酒，李桃花一向都知道，也清楚为什么徐家田这么在意杯子里的那点儿东西。在自家屋里，李桃花不会管徐家田，徐家田是想喝多少就喝多少。但是在李家屋里，平时不爱管徐家田的李桃花却觉得自己不能不管这个爱喝酒的丈夫。

结婚这么些年来，徐家田和李桃花仍然没有多少感情。一开始，李桃花还想从丈夫那里得到一点儿夫妻温情，后来才知道，丈夫的心里一直记挂着亡妻，至于她这个二婚的妻子，不过是个搭伙过日子的伴儿罢了。年轻的时候，李桃花确实在意过这件事，但是现在她已经是奶奶了，她最在意的人从儿子魏围变成了孙女魏心。自从孙女出生以后，她所有的关爱和注意力都给了这个小女孩儿。每当看着孙女笑起来的模样，李桃花都觉得自己空了好多年的心再一次被填满了。尽管这些年李桃花心里越来越不在意徐家田，但徐家田毕竟是她的丈夫，而她毕竟还要靠徐家田养活，所以平日里李桃花还是尽力照顾徐家田，对徐家田的需要也尽量满足。

可是这天晚上，看着徐家田越喝越不成样子，越喝越丑态毕露，李桃花实在是坐不住了。她很爱面子，不允许丈夫在娘家给自己丢脸。徐家田喝完了杯子里的酒，正准备再倒一杯，李桃花风风火火地跑到桌子跟前，一把就把徐家田手里的酒给抢了过来。被抢走酒瓶的徐家田一眼就看到了李桃花眼里燃烧着的愤怒的火苗，这些火苗让他一下子清醒了过来。徐家田是一个活得很明白的人，他知道什么时候该给别人面子，也知道有些事情做得差不多也就算了。在屋里的时候，徐家田希望李桃花能够顺着自己，但他也清楚，在李家院子里的时候，他必须顺着李桃花。这倒不是因为他虚伪，而是他知道李桃花需要这一点儿面子，需要在娘家人面前表现出这点儿体面。徐家田知道自己喝得过分了，扫了李桃花的面子，在李桃花的注视下，他一言不发地走进睡房屋里躺下了。

虽然李桃花有本事，人也厉害，可是在李家屋里李广忠是不怕这个姐姐的。在徐家田被赶回去睡觉以后，李广忠不仅没有放下酒杯，反而一边往肚子里灌酒，一边冲着姐姐不满地说："你啥子意思？又没喝你的酒，你着啥子急？上啥子火？你别着急，等到了你屋里，我李某人一口酒都不得喝你的。"听了弟弟的这些话，李桃花的心里是要多别扭有多别扭，要多不舒服有多不舒服。但李桃花是一个能屈能伸的人，她知道回娘家的时候得罪兄弟是下下策，而一个清醒的人和一个酒疯子较量更是蠢到没办法再蠢的举动。听了李广忠的话，尽管她的心里好不自在，也只当没听到，坐回去烤火去了。

李桃花坐回来没多会儿，李广忠一个人喝酒也喝得没劲儿，一摇一晃地到火堆旁烤火来了。李广忠过来的时候，李芙蕖正低着头坐在火堆边玩手机。她觉得父亲丢人丢大发了，不过自从上一次和父亲发生正面冲突以后，只要不是特别严重的事情，李芙蕖都不想和父亲吵架，再说今天是二爸家请客，她也不想给二爸一家人找不痛快。

尽管李芙蕖和李桃花都不想理会李广忠，可是李广忠偏要拉着她们说话。一开始，李广忠说的还是一些无足轻重的废话，后来他仿佛觉得自己说得不过瘾似的，把手机从口袋里掏了出来，给他一个相好的女人打了一个微信视频电话过去。这个女人是李广忠几个月以前在网上认识的，两人一直没有见过面。平日里，李广忠不会拿这种事情出来显摆，可是这天晚上酒精蒙蔽了他的理智，他迫不及待地想要向坐在火堆边的人显摆显摆。

自从和程燕妮离婚以后，李广忠的生活一直笼罩在一层阴影当中，这个阴影起源于离婚之前程燕妮对李广忠说的一句话："你别得意，也别高兴得太早。离开了我，你这辈子再也找不到第二个女人。"这句话本来是程燕妮为了气李广忠才说的，可李广忠却听到了耳朵里，记在了心里。程燕妮走了以后，李广忠除了挣钱，剩下的时间几乎都用来找女人。他并不想再结一次婚，不想再一次给自己拴上缰绳，可就是因为程燕妮的这一句话，他铁了心要让程燕妮和李家屋里的人看看，他李广忠即便离开了程燕妮，也还会有第二个甚至更多的女人。

李广忠对着电话那头的女人说了好些肉麻的话，一开始还有些分寸，后来越说越不堪入耳。李芙蕖坐在一边，越听越不像话，越听肚子里的火气越大。李芙蕖之前认为父亲不过是一个懦弱、没有担当的男人，直到这天她才知道李广忠原来是一个这么下贱的男人。其实，不仅是李芙蕖，坐在院子里烤火的人大都觉得李广忠闹得太不像话了，可是他们都惹不起这个灌了一肚子黄汤的人，除了劝李广忠收敛一点儿之外，他们也不知道该怎么办。

就在大家觉得李广忠要么该回去睡一觉，要么该挂电话的时候，李芙蕖坐不住了，她从李广忠手里把手机给抢了过去，毫不犹豫地关机了。这么一来，其他人都如释重负，唯有李广忠满心不快。他本来想向其他人展示一下他的桃花运有多好，他有多招女人喜欢，可是现在他的计划被李芙蕖给打乱了。李广忠受不了这个气，站起来指着李芙蕖的鼻子说："给我！"

李芙蕖一向不是个胆子小的人，面对李广忠的叫喊，她只是满不在乎地歪了歪头，继续伸出手去烤火。看到李芙蕖这副模样，李广忠的火气一下子喷涌而出，指着李芙蕖的鼻子骂个不停。这些话把李芙蕖的火气也给招惹了上来，不等别人反应过来，李芙蕖一脚把面前的火盆往李广忠那边踢去。正在熊熊燃烧的炭火全都飞到了李广忠的身上，他被这盆火给吓醒了，忙着拍打身上的炭火，一阵冷汗顺着他的脊背流了下去。李广忠这才意识到自己今天晚上失言了，好容易把火炭拍打下去之后，手机也不敢要，话也不敢再多说一句，灰溜溜地跑回屋里睡觉去了。李广忠走了，坐在院子里的人也没法再烤火，他们都被李芙蕖的火气给吓着了，安慰了几句以后，赶忙收拾碗筷去了。

一院子人都走了，李芙蕖一个人呆呆地坐在院子里看着天上的繁星。她知道她和李广忠的关系这下子算是彻底僵了，如果说上一次的矛盾起源于她对父亲女友的不满，那么这一次她更多是对父亲本人不满。李芙蕖想破了脑袋也想不明白父亲怎么会变成这副模样。还是说，他本来就是这样一个人，之前只是遮掩住了自己的真面目，现在才渐渐地暴露了出来？这个问题李芙蕖一时半会儿想不明白，也不愿意再想。她对这个父亲太失望了，不愿意再看到这个人，也不愿意再拿这个人的钱。第二天一大早，李芙蕖收拾起行李，一个人悄无声息地走了，她准备到成都去找她的母亲程燕妮，更重要的是，她想找一份工作，一份能养得活自己的兼职。

第六十章

家族斗争

第一朵樱桃花在枝头绽放的时候，张亮站在院子里长长地叹了一口气。和王德一结婚的这么些年，张亮过得并不幸福。这种不幸福不仅是因为王德一骗婚，还因为她一个人在屋子里待得太久，太寂寞了。

修完房子以后，王德一手里的钱用了个七七八八。到了这个时候，王德一才对张亮说了实话，原来他并不是什么承包了好几个矿洞的老板，而是一个曾在山西挖了将近十年煤的农民工，修房子的这笔钱就是他一年年挖煤攒起来的。得知真相以后，张亮本来想和王德一离婚。可是她不再年轻了，如果离婚，不仅名声不好听，而且想再找一个男人估计也不太可能。张亮是那种离不开男人的女人，无论什么时候，她总是希望有一个贴心的男人陪在自己身边，和自己说说知心话。可是王德一不能给张亮提供这种陪伴，在说出实情以后，王德一怕张亮生气，没过几天就背起行囊出去打工去了。

　　张亮知道王德一舍不得她，为了留住自己他可以做一切事情，可是张亮同时也觉得这种日子实在是过得没滋味极了。前几年，张亮也想像大嫂王彩凤一样给女儿找一个好丈夫，守着女儿一家人过日子。可是李子彤的心思她总是猜不透，这些年给她家介绍的男孩子不少，可是无论对方的条件有多好，李子彤一个也看不上。张亮觉得这个女儿不听话，慢慢地，她索性不搭理女儿了。这么一来，李子彤也觉得自己在家里住得不舒服，刚过完年，就提上东西出门了。

　　在丈夫和女儿刚出门的那段日子里，张亮每天都在想他们在做些什么，从早到晚地等他们的电话，这日子还勉强过得下去。可是等女儿和丈夫出门久了，张亮觉得或许是外面的世界太精彩，以至于到外面去的人都渐渐地把她给忘记了。这么想着，张亮也气闷起来，她不再守着手机等电话，而是打算找点新乐子。此时的乡村变得越发寂静，青壮年都出门打工去了，留在家里的大多是老年人和孩子，即便是前几年和张亮围在一起说闲话的媳妇们也都一个个背上行囊出门去了。找不到人说话的张亮觉得这日子简直没法再过下去。就在她整天躺在床上等着白天变黑，又等着黑夜变白的时候，和她从无交集的蔡花突然上门找她说话来了。

　　蔡花嫁到北滨村二组也有好些年了，可是在过去的这些年里，张亮几乎从来没有和蔡花说过话。说起来，她们俩的人生经历也算相似，本来是有好多话可以说的，但是不知怎么的，张亮就是看不起蔡花。蔡花这种女人不知道嫁过多少次人，嫁来嫁去，最终还是嫁给了王胖子这么个鸡不啄、狗不问的人。在蔡花跟前，张亮一直有一种莫名的优越感。蔡花上门来找她说话的时候，张亮的脸上写满了轻蔑和不耐烦，但是等蔡花走了之后，她又打从心眼里希望蔡花能够再来。

蔡花第二次来的时候，张亮的态度好了起来。一来二去，她们俩竟然成了好姐妹。张亮这才知道蔡花的日子过得比她有滋味多了，外面有王胖子给蔡花挣钱花，在手机上她还认识了不少单身男人，闲得无聊的时候，蔡花还会跑到江油县城里和那些男人幽会。张亮不是一个安于寂寞的女人，在得知蔡花的乐趣之后，她也忍不住开始在手机上找别的男人。就这样，没多久，张亮也开始跟着蔡花往县城里跑了。这么跑了几个月之后，她们发现，与其这样东奔西跑的，还不如就在江油县城租一间房子，既省事，又有意思。说干就干，没多久，张亮就和蔡花收拾好东西到江油去了。在张亮离开的那天早上，满头白发、满嘴牙都快掉光的李享名望着她远去的背影，沉沉地叹了一口气。但是叹气归叹气，他知道自己已经老得不成样子了，最重要的是，已经和王德一结婚好几年的张亮也算不得他的儿媳妇，他没有立场去管一个外人。

就在李享名叹气的那个早晨，坐公交车去上班的程燕妮也觉得这日子过得够呛。刚和赵一结婚的那段时间，程燕妮觉得赵家人是真心实意地对待自己，但是自从赵一的父亲赵德去世以后，这个屋里的矛盾也渐渐地暴露了出来。赵德在临死的时候留下了一本十几万的存折，这笔钱顺理成章地落到了赵一的母亲王丽手里。这本来没什么问题，但是王丽的大外孙女田甜觉得这笔钱放在外婆手里不保险，她不放心程燕妮。在她看来，这个女人唯一看上的就是舅舅手里的钱和房子，这笔钱要是放在奶奶手里，迟早要被这个女人骗到手。这种话她当着程燕妮的面不会明说，但背地里却总是翻来覆去地说给外婆听。一开始，王丽也没往心里去，可是听得多了，她心里也打起鼓来。她本来觉得程燕妮这个儿媳妇还不错，但他们毕竟是重组家庭，谁也没有第一次结婚时那么真心，慢慢地，王丽也对程燕妮留了一个心眼儿。

当然，踏入第二次婚姻的程燕妮也不可能全心全意地对待赵一一家人。在第一次婚姻中，她失去的太多了，她辛辛苦苦挣钱修的房子落到了前夫手里，在奋斗了十几年以后，离开时她只带走了几件衣服和年幼的孩子。程燕妮在第二段婚姻当中同样留了一个心眼儿，她从未告诉过赵一她每个月挣多少钱，也从来不主动把手里的钱拿出来用。程燕妮有自己的心思，她想存够了钱以后在白马镇买一套房子，对于这套房子她有很多打算。她知道女儿和李广忠的关系越来越差，也不希望女儿继续和李广忠住在一起，她打算买了这套房子以后，女儿寒暑假可以一个人安安静静地住在新房子里。当然，这套房子也是程燕妮给自己留的一条后路。现在的程燕妮不再相信所谓的婚姻，只相信手里的钱和自己名下的房产。程燕妮想，如果自己和儿子有了这一套房子，那么即便是她和赵一的婚姻不存在了，也不至于流离失所。现在程燕妮手头已经有了好些钱，她打算明年春天就到白马镇去看房子。

程燕妮这么着急是有原因的。一开始，她和赵家屋里的矛盾还是隐而不发的，大家不过是心里有意见，偶尔坐在一起吃饭的时候有些小动作，可是在过清明节假期的时候，这种隐蔽的矛盾爆发了出来。

清明的时候，程燕妮早早地就把女儿和三姐在成都读大学的儿子徐彬叫到家里来吃饭。吃饭的时候一切都好，吃完饭，程燕妮提出要带几个孩子到锦城湖去走一走，散散心。让程燕妮没想到的是，他们一行人转完锦城湖，回到家刚刚坐下，赵家屋里的人就一下子涌了进来。带头的是田甜和田甜的父亲田大力。这些人酒足饭饱，不说话也不坐，只是睁着一双眼睛瞪着程燕妮。瞪了好一会儿，田大力开口了，他说的第一句话就把程燕妮和李芙蕖的火给勾了起来："程燕妮，你是咋个给人家当儿媳妇的？你是啥子意思？"

一听这话，程燕妮和李芙蕖心里有数了，这些人就是上门来找麻烦的。活到这个年纪，程燕妮见过的风浪多了去了，她不会怕这些人。李芙蕖也是一个见惯了吵闹和矛盾的人，对这些人毫无道理的质问，她感到的是一阵愤怒，而不是畏惧。听了这话，程燕妮从椅子上站了起来，冷笑了一声，说："我不晓得该咋个给人家当儿媳妇，你应该晓得，那还要请你教一下我。"

听了这几句话，田大力一脸紫胀。在来之前，他已经灌了一肚子的黄汤，早就有些神志不清了。听了程燕妮的话，他冲到程燕妮跟前，作势就要打人。看到田大力的火气上来了，赵一赶紧拦在田大力和程燕妮之间，劝解道："大姐夫哥，你消消气，看在我的面子上，算了。"

田大力当然不会消气，更重要的是赵一在他面前根本就没有什么面子。他不仅没有消气，反而抬手就给了赵一一耳光。看到赵一挨了打，程燕妮和李芙蕖赶紧冲上去拉。没想到这个时候田大力不仅没有见好就收，反而朝着程燕妮和李芙蕖乱打起来。田甜、王丽赶忙趁乱把李芙蕖和徐彬往外拉，边拉还边说让他们滚出去，不要再到这个屋里来了。徐彬是个从小就没脾气的人，别人轻轻一拉，他顺势就走了。可李芙蕖天生暴脾气，绝对不允许别人这样对她，田甜和王丽不仅没有把她给拉出去，反而被她推了几掌。看到田甜、王丽在和李芙蕖拉扯，正在给赵一帮忙的程燕妮赶忙跑过来帮李芙蕖。程燕妮身高体壮，田甜和王丽加在一块也不是她的对手。在把李芙蕖从王丽和田甜手里抢过来以后，程燕妮赶紧让李芙蕖和儿子在卧室里待着。李芙蕖带着弟弟进了卧室，外面的人混战起来。

卧室里的李芙蕖坐不住，她想来想去也咽不下这口气，掏出手机报了警。过了没多会儿，两个警察到了。警察到的时候，田大力正在兴头上，看到警察来了，他的气焰一下子就熄了。警察一看就知道这个屋里发生了什么事，做完笔录以后，田大力被带到派出所拘留，田甜和王丽也被口头警告。等警察离开以后，独自被留在屋里的王丽才意识到自己做了什么，在一屋子小辈面前，她哭得一把鼻涕一把泪的，就差没给赵一和程燕妮跪下了。

尽管王丽悔不当初，但站在一旁的程燕妮却根本不为所动，站在门口的李芙蕖更是冷眼旁观。要是没有亲眼见证今天晚上的整个过程，说不定李芙蕖还会相信这个老人演的这出戏，可是既然已经亲眼看到了今天晚上所发生的一切，那么她是不会轻易原谅这个当面一套背后一套的人的。李芙蕖不是一个以德报怨的人，活到这个年纪，她从来没有轻易原谅过谁。这些人活了大半辈子了，不可能不知道自己在干些什么，也不是没有想过后果。只不过在事前，他们都以为自己将是胜利的一方。事情败了，他们才不得不做出一副后悔不迭的模样。李芙蕖不相信这样的忏悔，更不相信这样的眼泪，她一直保持着沉默。当然，那天晚上屋子里剩下的每一个人都不相信王丽的忏悔和眼泪。王丽哭喊了好一阵子，才意识到这一屋子的人不过是在站着看她的笑话罢了。也就是在那个时候，她停止了哭喊，擦干了眼泪，哆嗦着手脚走进了卧室。

这件事情发生以后，程燕妮和赵一的婚姻发生了微妙的变化，同李芙蕖的关系也和以往有所不同。这件事情发生之前，程燕妮还只是怀疑她和赵一走不到头；这之后，她几乎可以肯定，她和赵一是没有未来的，他们的婚姻不过是忍耐一天是一天罢了，等到哪一天忍无可忍，这段婚姻也就走到了尽头。在刚和赵一结婚的时候，程燕妮就没想过天长地久，如果说第一段婚姻是出于真心想要白头到老，那么第二段婚姻顶多是给自己找一个遮风避雨的地方。现在的程燕妮还不够强大，但是总有一天她会强大起来，也许那就是她飞出这个地方的时候。

对于李芙蕖来说，这件事情并没有像母亲所担心的那样给她造成阴影和伤害。李芙蕖是一个活得很清醒的人，也是一个活得很自我的人。她的全身上下都被钢铁包裹着，如果不是她自愿，没有人可以看到她软弱的地方，也没有人可以伤害到她。赵家人对她来说不过是外人罢了，对于外人她一向不怎么在意。只不过在经历了这件事情以后，她觉得自己和母亲的关系更近了，毕竟她们曾一起战斗过，毕竟她们还要一起战斗下去。

第六十一章

落马

　　当李广耀躺在监狱里狭窄冰冷的床铺上的时候，他才意识到，原来一切早有预兆，只不过当时春风得意的他没注意到罢了。

　　这些年来李广耀可谓是顺风顺水。在给儿子买了车之后没多久，他心心念念的孙子也出生了。李广耀抱着孙子，看着孙子那圆乎乎的脸和小小的嘴巴，觉得自己已经拥有了全世界。孙子出生之后，李广耀认为自己这一辈子已经无欲无求了，对于捞钱这种事情他也没有太大的兴趣。这倒不是因为李广耀真的对钱不再感兴趣，而是这些年眼见着一批批贪官落马，他是真的怕了。再说，随着灾后重建的结束，这几年剑门镇兴建的工程是越来越少，他能捞钱的机会也越来越少。

　　这些年，李广耀捞了不少钱，可是大笔的钱他还是不敢拿出来用，也不敢存在银行里。为了妥善地保管这笔钱，一天晚上，李广耀神神秘秘地从街上拿回了一个铁皮箱子。从那天晚上起，让李广耀觉得欢喜，同样也让李广耀觉得心惊肉跳的那一大笔钱，都被安安稳稳地放进了这个箱子。这个箱子的存在只有李广耀和王菊花知道，至于钥匙，则只有李广耀一个人有。每天晚上睡觉之前，李广耀都要打开衣柜的门摸一摸这个箱子，每一天早上睁开眼睛李广耀第一个想要看到的也是这个箱子。这个箱子承载着李广耀所有的希望，每当看到这个箱子的时候，他都觉得自己看到了孙子李影博光明灿烂的未来——李广耀的这笔钱是为孙子而不是儿子存的。在他看来，儿子和儿媳妇没有什么本事，他们这辈子也不会有用到这笔钱的机会。但是他的孙子就不一样了，李广耀从孙子的眼睛里看到了聪明和机敏，他相信有朝一日他的孙子会成为李家屋里最厉害的人，甚至远远超过现在最厉害的李芙蕖。

李广耀的这点儿心思其他人并不知道，可是大家看得出来他脸上的笑容多了起来，酒喝得也少了。在没有这个箱子之前，李广耀陪领导喝酒从来不是点到即止，每次都会一杯杯地往下灌，直到喝得倒在桌子底下为止。关于喝酒，李广耀有一套自己的哲学。其实他并不贪恋杯中物，但是在他心目中一个男人想要在这个社会上混，不能喝酒是不行的，而只会喝酒不会说话同样也是不行的。陪领导的时候，李广耀知道不仅要让领导把酒喝够，更重要的是要让领导喝得舒服。在这个世界上，能让一个男人打从心里真正感到舒服的事情其实不多。李广耀认为，漂亮的女人算一个，而好听的奉承话同样算一个。在剑门镇的地界上，没有一个人男人敢在酒后随便找女人。这倒不是因为这里没有好看的女人，而是剑门镇这个地方太小了，小到只要有一对男女上了床就没有谁会不知道的地步。剑门镇的大小领导从来不敢在外面胡搞，但是在酒桌上，喝到面憨耳热之际，他们总是觉得差了点儿什么。至于具体少了点儿什么，这些喝得摇摇晃晃的男人们还真说不上来。可是李广耀知道，他们需要的不过是几句打动人心的好听话儿。

关于拍马屁，李广耀也有自己的看法，这个马屁拍得太直白不仅显得自己没水平，还容易拍到马蹄子上。李广耀的马屁一向拍得不露痕迹，却又能让领导心里感到高兴，觉得这个人不仅说话有水准，还能够体察别人的心意。为了练好拍马屁这门本事，李广耀可真没少下功夫。在十几年如一日的苦练当中，他最终熟练地掌握了这门本领。之后，他无论碰到什么样的酒席，都能够左右逢源，游刃有余。渐渐地，领导也开始觉得喝酒的时候少了李广耀这个同志，就像吃饭的时候菜里少了点儿盐似的。肉可以一顿两顿不吃，菜里却不能没有盐。慢慢地，只要有饭局领导一定要李广耀陪同，而李广耀自然也乐得去。

在李广耀看来，自从地震以后，他仿佛一直在走红运，而这种红运又仿佛一直不愿意走似的赖在他家里。在多年红运的加持下，李广耀的身形也一天天浑圆了起来，到 2016 年的冬天，他都快两百斤了，在旁人看来其中至少有一百斤是长在肚子上的。

自从肉长起来以后，李广耀觉得自己身上的威严也比以前多了。以前他和人说话的时候，还要凭借声音大来让人拜服，但如今他只要往那儿一站，就没有人敢不把他放在眼里。这几年来，李广耀在整个北滨村可谓横行无阻，只要是他说的话，就没有一个人敢不听；只要是他做出的决定，也没有一个人敢不认同，即便是他多年的合作伙伴许大贵也不敢。李广耀越来越觉得自己有自己父亲当年的风采了，人前人后都以这种独特的风采为傲。可是李广耀不知道，李享德的风采来源于他为老百姓做实事，他真心把老百姓放在心里，所以老百姓是真心实意地尊敬他。对于李广耀，北滨村的村民与其说是尊敬，倒不如说是害怕。他们都知道这个书记是一个爱记仇的主儿，只要一不小心得罪了他，就不愁没有小鞋穿。这几年来，北滨村的村民多多少少对李广耀有怨气，有好些人甚至在背后咒李广耀早点儿倒台。在看到李广耀的日子越过越好，人也越长越胖的时候，村子里上了些年纪的人总要偷偷地骂老天爷不长眼睛。

李广耀的红运并没有像他自己所希望的那样长长久久地在他家里赖下去，2017年的春天，他家里开始走起了厄运。第一个厄运发生在李清玉身上。那个时候，李清玉已经在玻璃厂里开了好几年的挖掘机，一直没有出过问题，可是在温暖的春风刚刚吹拂起来的时候，李清玉这个开挖掘机的老手竟然出了事故。出事故的那天是一个下小雨的日子，李清玉正在挖河边的一堆土。这堆土刚挖了一半，意外发生了。李清玉所操作的挖掘机的刹车不知道怎么的就失灵了，他连人带车一起滚到了河沟里。吓坏了的工友们赶忙把李清玉从摔得东歪西斜的挖掘机里拉出来，看到他的腿鲜血淋漓。李清玉疼得晕了过去，闻讯赶来的厂长连忙打了两个电话出去，一个打给剑门镇医院，另一个打给李清玉的父亲李广耀。

电话铃响的时候，李广耀正安安稳稳地坐在村委会的办公室里整理文件。接电话的时候李广耀没有表现出什么，可是他走出办公室的时候，许大贵明显看到他的腿在抖。在那一阵抖动当中，许大贵猜到一定是发生了什么事情，他不知道这件事情和自己有没有关系，但他的心也跟着抖了起来。

李广耀赶到的时候，救护车已经到了，还没来得及问上一两句，李广耀赶紧跳到救护车上往江油赶。到了江油市人民医院之后不久，检查结果就出来了，李清玉的大腿腿骨骨折，需要立马做手术。李广耀毫不犹豫地签了手术同意书。在李清玉做手术的时候，李广耀忍不住走到院子里抽了一支烟，抽完烟，他才想起该给王菊花打一个电话。王菊花在电话那头"哇"的一声就哭了。李广耀倒是早就猜到了这一点，他没有劝王菊花，只是让她赶紧收拾一些生活用品送到江油来。

手术以后，李清玉在医院里躺了两个多月。在这两个多月里，他的女儿李菲菲出世了。在程瑶生李菲菲的那天，李清玉还专门拄着拐杖到产房里去看了妻子和女儿。按照李清玉和程瑶的想法，这个女儿他们本来是不想生的，可是李广耀硬逼着他们两口子生。对于这个孩子的命运，李广耀有自己的安排。李广耀的女儿李月明已经结婚好些年了，可一直没有怀上孩子。一开始，李月明还以为是因为自己的工作太辛苦了，等她调到一个不那么辛苦的岗位以后，肚子仍旧没有动静。从那以后，李月明往家里打了无数个电话，每次都向父亲表达希望弟媳能够帮着她生一个孩子的想法。对于这个提议，李广耀认真地考虑过。在他看来，本来女生外相，她的财产自己是一分钱也沾染不上，可是只要让儿媳妇帮着女儿生一个孩子，那么女儿一辈子赚下的家产就能顺顺利利地到儿子手里。这么想着，李广耀觉得这个计划可行，所以在前一年春天他就开始捣鼓着让儿子和儿媳妇再生一个。

对于把自己的孩子交给姐姐这件事，李清玉没有多少意见，他知道姐姐这么些年来一直想要一个自己的孩子，与其到福利院里去领养一个，还不如自己媳妇帮着她生一个。至于父亲盘算的事，李清玉不知道，也不想知道。他觉得父亲这一辈人把本该简简单单的日子过得太复杂了，这样的人不算聪明人，他们的盘算自己知道了也没什么用处，还是不知道为好。在孩子生下来的这一天，李清玉除了有些欣喜，并没有什么别的感觉。

但是随着这个孩子而来的是一连串让人意想不到的厄运。先是发生了一件和李广耀一家人并没有什么直接关系的事，消息传到李广耀耳朵里的时候，他只是觉得有点儿唏嘘。十几年前在老房子地基里挖到金元宝的赵四娃终究还是栽了跟头。他吃喝嫖赌了好些年，两个金元宝早就被他给折腾完了，除此之外，他还在外面借了一笔数目不小的高利贷。过惯了好日子的赵四娃不愿意出去打工挣钱，也还不起这笔高利贷。借高利贷的人都不是什么省油的灯，见赵四娃拿不出钱来，连夜跑到赵四娃屋里把他狠狠揍了一顿。听赵四娃队上的人说，这次赵四娃估计是活不下来了。

这件事刚过去没多久，汛期就到了。这次汛期，北滨村发了一场大水。等水退下去的时候，村里的河堤全都垮了，男女老少都出来站在田埂上看水。大家没有了以往的欢快和轻松，看着被河水冲毁的河堤，一些细碎的声音在人群中流传开来。这些话传到了李广耀的耳朵里，每一个字他都听得清清楚楚："糟了，糟了，水把面子冲掉了，有人要倒霉了。"要倒霉的人是谁，话里没有明说，可每一个人都知道得清清楚楚。那一天，张翠华站在泥泞的田埂上望着垂着头往回走的李广耀，心里浮上了一个念头：猖狂了好些年的李广耀说不定就要完了。

河堤事件结束以后，李广耀的生活并没有发生什么大的变化，他还是该吃饭吃饭，该上班上班，该骂人骂人。慢慢地，大家似乎都忘记了河堤的事情，又开始觉得李广耀的好运恐怕是要延续到他进坟墓那一天了。可是这个世界上并没有永远的好运，不过是种什么因，得什么果罢了。八月份，九寨沟发生了一场七级地震，这场地震震碎了这个人间仙境，同样也震塌了北滨村的村委会。村委会塌的那天没有发生伤亡，可是事后李广耀倒宁愿自己那一天被砸死在村委会里。不过当时李广耀还不知道自己将面临什么样的命运，在刚逃过这一劫的时候，他还以为这是上天对自己的照拂。

北滨村村委会倒塌的事情很快就传到了镇上，让新来的张镇长是又生气又怀疑。这次的地震是不小，可是等地震波传到剑门镇的时候，除了北滨村之外，其他的村子一点儿事都没有。村委会塌了，镇上就不得不拨款重建，可镇上没有这么多钱，新来的镇长也不愿意再花这么大一笔钱来重修北滨村的村委会。事情传到镇上的那天，张镇长一边抽着烟，一边揉着太阳穴，揉了好半天，这才抬起头问镇上财政所的负责人："这个北滨村是个啥子情况？一来就给我送了这么大一个礼，我张某人实在是受不起哟。"

听了这话，财政所的负责人就知道领导的意思了。新官上任三把火，为了帮新领导点燃这一把火，也为了在领导面前讨一点儿好，他给领导提了一个建议："不如去查查北滨村的账。"这句话张镇长听懂了，这是下属在暗示他北滨村的账有点问题。不过，那时他以为这只不过是一点小问题，查账不过是让李广耀和许大贵把吃进去的钱吐点出来给村委会重新盖楼罢了。

结果一查账，镇上的人这才发现，这么些年北滨村的账就是一本烂账，根本算不清楚。北滨村的会计是一个上了年纪的人，对着这本烂账，支支吾吾地说不清楚。张镇长只好把这件事上报到了江油。很快，县城里派人来了。县里的人才不管李广耀是谁，他们只是按规矩一笔笔地查账。清算完毕，北滨村的账上至少少了一百万。看到这个结果，李广耀和许大贵再也扛不住了，他们原原本本地把这些年贪污的一笔笔地交代了出来，包括如何用低价材料造河堤，如何在修村委会的时候淘沙，如何向砖厂老板索贿。

抓李广耀的那一天是一个风很大的日子，那一天的风把李广耀的衣服都给吹了起来，同样也把李广耀眼角的泪给吹了下来，那一天，这个已经是两个孩子的爷爷的人忍不住流下了几行眼泪。在李广耀被手铐铐上的那一刻，王菊花发疯似的一边哭着一边死命往李广耀身上扑。她是一辈子指着丈夫过日子的，现在丈夫要倒了，她不知道未来的日子该怎么过。在那一瞬间，王菊花觉得还是让自己立刻就死了的好。看到王菊花哭得这么伤心，李广耀的心里也仿佛刀子割一般。不过他是一个男人，更是一个自认为见了很多世面的男人，越是在这种时候，他越要保持自己的体面。他只是歪了歪脖子，对站在一边的李清玉说："儿了，把你妈扶起来。以后，这个屋里就要靠你了。"李清玉当然知道这几句话是什么意思，也知道这个时候哭泣和眼泪都是没用的。在李广耀被押着走出大门的那一刻，李清玉第一次觉得自己该像一个男人一样顶住这个家，至少他不能像母亲和妻子一样倒下。

　　李广耀走到院子里的时候，屋里的人都走了出来。这一天，这些人没有哭泣，可是刚刚走出房门的李广耀还是在他们的眼睛里看到了悲戚和同情。放在平时，李广耀绝不允许别人用这种目光盯着他，可这个时候的他已经没有工夫再管这些闲事。李广耀走到院子里的时候，押送他的人知道他有话要说，也允许这个没有前途的人好好地说几句话。李广耀的第一话是对李广达说的，在说这几句话的时候，他还努力维持一个哥哥的体面："老二，以后我不在了，我们屋里，你这个当二爸的人多费点儿心。要是出了啥子事，你帮着拿个主意，清玉娃还小，你看在我的面子上，多帮衬下。"听了这几句话，李广达含着眼泪点了点头，他不是一个能言善辩的人，只是在嘴里反复念叨着："晓得了，晓得了，你放心，放心。"

　　李广耀的第二句话是对他的父母说的。这么些年来，在李广耀的心目当中，他的父亲一直是向着弟弟李广忠的。李广耀觉得自己比李广忠有本事，比李广忠会说话，还比李广忠会做人，他不知道为什么父亲会一直向着那个没本事的弟弟。但是这一天，在望向父亲的时候，李广耀从父亲的眼里看到了疼惜和难过，直到这个时候，他才终于意识到原来父亲不是不在意他，只是他更关心那些过得不好的子女罢了。也是直到这一天，李广耀变成了李家屋里的弱者，他才真正明白老父亲的心。李享德眼里的疼惜把李广耀给打动了，在和父亲说话的时候，他的声音禁不住有些发颤。他说："妈，老汉儿，你们好好照顾自己，我走了。不晓得还有没得再见面的机会。"听了这几句话，李享德的眼泪夺眶而出。他不知道该对儿子说些什么，只是略微点了点头。

该说的话都说完了，李广耀最终还是离开了李家院子。那一天，看着这个颤抖着走出李家院子的人，大家觉得，虽然他是一个罪人，可他同样也是一个被欲望左右的可怜人。大家知道，从这一天起，这个家里的日子就要不好过了，为此，这些站在院子里的人忍不住长长地叹了一口气。

李广耀被抓走的那个晚上并不太平。那个晚上，王菊花和程瑶的眼泪流了一夜。如果说王菊花的哭泣是山崩地裂的话，那么程瑶的哭声就是沉默的。程瑶是一个话不多的人，她的哭泣也是细声细气的，如果没有看到她擦眼泪的动作，没有人看得出来她在哭泣。她没有见过什么世面，活到现在，一直都按照别人给她安排的路在走，包括退学、上班、结婚、生孩子也都是按照家里管事的人说的话来做。她没有什么想法，也十分安于这种不需要思考的日子。在李广耀被抓走的这个晚上，这个一直沉默寡言的人也只好继续沉默下去。她多么希望有人能说几句让她宽心的话，可等来等去，等到的不过是一屋子的沉默。

李家三房里的人全都挤到李广耀屋里去了。这些人平日里都能言善道的，可是在这个晚上，他们都默契地保持了沉默。李享德没有喝酒，如果放在平时，他早就喝得微醺了。但是这天晚上，他好几次拿起酒瓶子，又好几次放下。他不是因为怕别人说才不喝的，在场的人都是不敢管他的。让李享德放弃喝酒的是他的心痛。李享德不是一个矫情的人，但是在这个夜晚，他深切地知道了什么叫作心痛。心痛是一种令人窒息的感受，那种痛没有伤口，却让人受不了。活了这么久，李享德还是第一次体会到心痛的感觉。直到现在，他才真正地理解大哥和二哥。李广福去世的那天，李广禄逃走的那天，或许大哥和二哥也像他这样心痛过。李享德躲在屋里抹了好几把眼泪。他不是一个喜欢哭的人，可是这天晚上他的眼泪止不住地往下掉。在擦干眼泪之后，李享德抬起脚往李广耀屋里走，他想来给王菊花一家人出出主意。

李享德到的时候，李广达两口子和郭家孝早就坐到了李广耀家的客厅里。在李享德到之前，这些人一句话也没说，他们知道此时说什么都没用，因此只是默默地坐在客厅里，安安静静地陪着王菊花一家人，听着她们的哭声，看着她们的难过和沮丧。他们坐在李广耀家的客厅里，同样像是在等待些什么。直到李享德背着双手走进李广耀家客厅的时候，这些人才意识到，原来他们一直在等的是李享德，他们希望李享德能够说几句安定人心的话，让他们知道下一步该怎么办。

李享德走进客厅，感受到了坐在屋子里的人对他的期待。在李广耀出事之前，碰到麻烦事，大家一般都指望李广耀给拿个主意。现在李广耀出了事，李家屋里能拿主意的就只有李享德了。可李享德已经是一个将近八十的老人了，要是倒回去十年，这样的事情打不倒他，可是作为一个满头白发的老人，李享德实在是不希望别人还对他有指望。但是，他必须要回应这种指望，否则李广耀的家说不定就这么散了。

在想清楚了这一切之后，李享德没有坐下，他站在大门口，冲着屋里的人说了几句话。他说话的时候，王菊花的哭声小了，大家看着傍晚的冷风把李享德一头的白发给吹了起来。看着在风中飞舞的白发，坐在屋里的人有一刹那觉得李享德似乎也要被吹走了。

李享德没有被吹走，但他的话却被一字不落地吹到了其余人的耳朵里："王菊花和程瑶先不要哭了，这件事情哭是不起作用的。我想既然大娃被抓了进去，很快上头的人就要来查封财产了。这些年大娃贪了多少你们要心里有数，到时候一定要照实把钱给交上去，要不然这件事情不得完。屋里有现金给现金，现金不够的话要做好他们来查封车子和其他东西的准备。上头来人的时候你们不要哭也不要闹，确实是大娃的错，赖不掉。还有，要尽快通知其他人。老二，你快点儿给桃花和老四打电话。清玉娃，尽快和你姐姐联系，这件事情说不定还需要她帮忙。"

这是一段很长的话，在说话的时候，李享德还觉得有一股劲儿在撑着自己，说完以后，他才感到一口气透不上来似的。李广达看父亲有些站不住了，赶忙跑到大门口扶父亲坐下。这天晚上，李广达第一次感到父亲是真的老了，而他们这些还在让老父亲操心的子女实在是不孝顺极了。不过现在不是伤春悲秋的时候，扶李享德坐下以后，李广达和李清玉赶紧出去打电话。

接到李广达电话的时候，李桃花正在工地上洗碗。灾后重建结束以后，他们两口子只能到处包一点儿零碎活儿干，没再像之前一样整幢整幢地包房子。不过，去年趁着当地政府给高山里的人修安置房，他们两口子倒是包了一个大工程。刚过完年，李桃花和徐家田两个就赶忙收拾起东西回了工地。

这些年，李桃花对儿子魏围和儿媳妇杨萍是越来越不满意。魏围结婚以前就是一个好吃懒做的啃老族，李桃花本来还想着等他结了婚生了孩子会有所好转，可孙女出生以后，家里的情况变得更为复杂，不仅魏围需要李桃花两口子供着，就连杨萍和魏心也成了李桃花两口子的负担。一开始，徐家田倒也没说什么，他本来就是一个话不太多的人，再说魏围也不是他的亲儿子，如果事情不那么严重，他一般是不会开口的。虽然徐家田不说，但李桃花知道徐家田是不满意的。半年多以后，徐家田实在是忍不住了，最终还是找到李桃花，说："不结婚的时候我养他一个还算勉强养得起，现在结了婚，我一个人养三个，实在是养不起了。"李桃花当然知道徐家田说得在理，不要说他只是一个后爹，即便是亲爹，恐怕也不愿意养着儿子一家人。没过多久，李桃花把魏围和杨萍两口子赶出去打工，她一个人边带孙女，边给工地上的人做饭。

李广达不是一个喜欢绕弯子的人，电话里三两句话就把这件事给说得清清楚楚。听完之后，李桃花好半天没回过神来。小的时候，李桃花就一直很崇拜这个大哥，尽管这些年兄妹俩的关系比不上以前，但李桃花还是不希望大哥一家人走下坡路。她是一个传统的女人，自然知道娘家对于一个女人的重要性。她还记得刚和徐家田结婚的时候，要不是郭家孝跑到沉水来给自己撑腰，恐怕她在徐家的日子也不会好过。不过，她也清楚那个时候的郭家孝再厉害，也不至于把徐家的人治得服服帖帖的，说白了，徐家的人主要还是害怕李桃花背后的这几个兄弟。听了二哥的话，李桃花觉得自己的头皮一下子就麻了。她多么希望二哥能够再多说几句话，但李广达不是一个喜欢说话的人。挂了电话，李桃花碗也不洗了，赶紧跑到工棚里去找李广忠。

李广忠已经跟着姐姐打了好几个月的工了。自从去年过年和女儿吵了一架之后，李广忠是什么事也不想干，成天待在家里看书、钓鱼。他这么闲了一两个月以后，别人还没说什么，李享德先坐不住了，他觉得这个儿子未免太不务正业了。为了让李广忠有点事儿做，能够挣点钱把自己给养活，李享德一个电话就打到了李桃花的手机上。没几天，李广忠虽然满心不愿意，还是背上行囊找姐姐去了。

李广忠在工地上干活儿还算勤快，但他的话总是那么多。在李桃花看来，李广忠这些年是越来越没出息了，该说的、不该说的，他总是说个不停，也不管别人想不想听。去年冬天李芙蕖往李广忠身上踢了一盆炭火之后，李桃花一度觉得是这个侄女太过分了，但她和李广忠在工地上待了几个月以后，便觉得侄女做得一点儿都不过分，要是她和李广忠天天待在一起，说不定会把菜刀往李广忠身上招呼。李桃花不知道一个人的人变化怎么会如此大。李广忠小的时候虽然淘气，但至少不惹人讨厌；在和程燕妮结婚的那些年，虽然不成器，但至少还像个人。现在，连李桃花也不得不承认，这个弟弟简直就不像个人。不过，李广忠毕竟是她的亲弟弟，更是她唯一的弟弟，所以尽管对弟弟有意见，李桃花从不在别人面前抱怨，甚至在工地上的人嘲讽李广忠的时候，李桃花还要帮他说几句话。

在平日里，李桃花并不觉得这个弟弟对自己有什么帮助，可是在接到李广达电话的这一天，李桃花还是很庆幸有一个弟弟陪在自己身边。李广耀垮台的事，李桃花没办法在徐家田面前开口，虽然他们已经当了好些年的夫妻，可是彼此之间总是存在隔膜。因此在简短地向徐家田交代了几句以后，李桃花就抱着孙女去找李广忠了。

此时，李广忠正坐在一块石头上抽烟。这段时间，李广忠的烟是越抽越厉害，他觉得自己的日子仿佛变得越来越长，越来越无聊，好像只有抽烟才能缓解这种无聊，才能让时间过得快一点。李桃花脸上的焦虑和恐惧把李广忠给吓着了，他从来没在姐姐脸上看到过这种表情。看着李桃花脸上的恐惧，李广忠的心怦怦直跳。他猜想一定是发生了什么坏事，而且这件事还和自己有关。在李桃花离他还有几步远的时候，李广忠一下子站了起来，一把接过姐姐怀里的侄孙女，让姐姐在自己刚才坐过的石头上坐下慢慢说。

如果说李广耀垮台的事对李桃花来说是无法接受的话，那么对李广忠来说则不亚于晴天霹雳。这么些年来，李广忠对李广耀的态度是复杂的。他们两兄弟之间有过矛盾和争执，甚至曾经发展到了兵戎相见的地步，但是从心里说，李广忠是不希望李广耀遭殃。尽管在李广耀发达的时候他没有沾到什么好处，但李广耀毕竟是他的大哥，李广忠这个做弟弟的在很多时候还是要仰仗大哥。其实对于李家屋里的很多人来说，李广耀都是一个既让他们觉得讨厌，又让他们离不开的人，李广耀那一张说人的嘴让他们是又恨又怕，可是每当这个大家族里发生了什么事情，大家第一个想到的还是李广耀，还是希望李广耀能够站出来说几句话，出个主意。现在，李广耀这座靠山倒了，全家人都感到悲戚，同时也觉得这个家族说不定就要败落了。

李桃花、李广忠姐弟俩连夜骑着摩托车赶回了北滨村。还未踏进李广耀家大门，两人远远地就听到了一阵哭声。这天夜里，北滨村二组里很多户人家的灯都亮了一夜，这些人坐在自家的板凳上，听着从李广耀家里传出的哭声。这些人的心情同样也是复杂的。对于李广耀的垮台，他们一方面觉得解气，另一方面也为李广耀家里剩下的人感到悲哀。北滨村二组的人心肠不坏，他们看不得别人遭难。尽管他们知道李广耀是自作自受，咎由自取，但是这天晚上，在听到王菊花哭声的时候，他们还是忍不住长长地叹了一口气。

和北滨村二组的其他人一样，李广忠在问候了王菊花和李清玉几句以后，走到院子里，也忍不住长叹了一声。李广忠突然很想打个电话。他的这个电话是打给李芙蕖的，尽管这些年他们父女俩的矛盾越来越多，但每当遇到什么事情，李广忠最想联系的人始终还是李芙蕖。虽然坐在屋子里的人都是李广忠的家人，但他觉得自己和这些人之间总归有些隔膜，有些话说不出口。这些说不出口的话，他只想说给李芙蕖一个人听。

在接到李广忠电话的时候，李芙蕖正坐在开往学校的公交车上。这几个月，李芙蕖的日子过得一点儿也不轻松。从星期一到星期五，她每天都要花十几个小时上课、读书和学习，到了周末，她还要每天花九个小时去打工。这种连轴转的日子让李芙蕖觉得分外疲惫，但她是一个很要强的女孩子，尽管日子过得这么不容易，她仍然努力把每件事情做到最好。进入四川大学以后，李芙蕖一直是专业前几名，每一年都可以从学校领到五千块钱的国家励志奖学金。在打工的地方，李芙蕖也从来没有迟到早退过，在老板眼中，她虽然年纪不大，却是一个靠得住的员工。李芙蕖打工的地方是一家英语培训机构，她的工作就是给任课老师当助理。这份工作对李芙蕖来说难度并不大，但来回的奔波让她疲惫不堪，每个周末打完工返校的时候，李芙蕖才觉得如释重负。

电话铃响起的时候，李芙蕖正望着窗外华灯初上的成都。来到成都这么久，李芙蕖仍然觉得自己是一个外乡人。李芙蕖小的时候觉得成都是一个节奏很慢、很宜人的地方，等到读大学的时候，她觉得这个城市已经变了模样。水涨船高的房价、快节奏的生活已经让成都的休闲氛围成了记忆，在这个城市里，很少再有整天泡茶馆的人。看着成都的这种变化，李芙蕖觉得有些怅然。

就在李芙蕖感到一阵怅然的时候，李广耀出事的消息传到了她的耳朵里。乍一听到这个消息，李芙蕖确实有些惊讶，但是在惊讶之后，她又觉得这事在情在理。这些年，眼看着李广耀一家人的日子一天天好过起来，眼看着李广耀变得越来越骄傲，越来越不可一世，她早就有预感，李广耀迟早要倒大霉。现在这一天到了，李芙蕖没觉得有什么问题，在电话里只是简单地"嗯"了一声。电话那头的李广忠心里却燃烧起了一股无名火。他当然知道这件事和李芙蕖没什么关系，也知道李芙蕖对李广耀一直有意见，但他还是希望能够听到女儿的几声安慰和关心。可是，他所听到的只是一声冷漠的"嗯"。李广忠气哼哼地在院子里走了几圈，一抬头，才发现乌云早就遮住了原本皎洁无瑕的月亮。

扩
散

　　这个新年是北滨村二组的人记忆当中最冷清的一个新年。在过年之前，李广耀和许大贵的判决书下来了。根据李广耀自己的供述，从 2008 年至今他贪污公款共计五十五万元。除了从家中搜查到三十余万元现金之外，李清玉的汽车也被查封了。在查处赃款之后，李广耀因为贪污和滥用职权获刑八年，监禁于江油市监狱。许大贵贪污公款四十五万元，判刑六年。

　　判决书传到北滨村的时候，村子里的人都沸腾了。他们之前以为李广耀不过是嘴上不饶人罢了，就算不怎么干净，也不至于贪这么多钱。至于许大贵，大家谁也没有想到这个平日里寡言少语的村长竟然闷不作声地贪了这么些钱。这些年，许大贵表面上并没有露富，一件衣服可以穿上好几年，平日里抽的烟也不会超过十块，从他的生活起居来看，谁也猜不到这个人竟然这么会捞钱。在判决下来以后，村子里的人对待李广耀和许大贵家人的态度发生了转变。在他们刚落马的时候，这些人听着他们家里人的哭声，还有些同情。到了这个时候，村里的人才知道这两个表面上看起来人五人六的东西原来是这么大的蛀虫。也就是从那一天起，北滨村里的人，只要看到李广耀和许大贵屋里的人都要绕着走，一些和李广耀有仇的人甚至还要转过头去吐一口唾沫。

李广耀垮台以后，王菊花的日子是一天比一天难过。丈夫进监狱了，钱没有了，车没有了，面子也没有了。面对这一系列打击，王菊花躲在屋里哭了好几天。哭够了，她才顶着两只通红的眼睛出了房门。从卧室里走出来的王菊花并没有到什么地方去，甚至连家门也不敢出。这屋里的其他人或许还可以说自己不了解实情，但王菊花却不敢说这种话。这些年，她亲眼看着李广耀一笔一笔地贪污，看着李广耀讨好领导，欺软欺穷。王菊花相当清楚，在李广耀还没有垮台的时候，村子里的人即便再恨他们，也拿他们无可奈何，但今时不同往日，现在的王菊花已经没有了往日的风光，实在是不好意思出去见人。

王菊花和程瑶都可以躲在屋里不出门，李清玉却没有这么好的命。自从父亲进了监狱，这个屋里的经济重担一下子就落在了他的肩上。李清玉在玻璃厂已经工作了好些年，也算是勤勤恳恳，任劳任怨，他不是一个话多的人，所以也不会因为言语上的差错而得罪人。因此，在李清玉返回厂里的时候，虽然人们看他的眼神里多了些别的东西，可是谁也没有为难他，即便是厂长，也没有趁此机会辞退他。李清玉有手艺、脑子活，是一个好工人，厂长不想因为李广耀的事情而辞退一个好员工。

父亲出事以后，李清玉工作得越发认真。以前的他无论出了什么事儿都有人顶着，可是现在他只要出一点儿错就很有可能失去这份工作。李清玉不想失去这份工作，这份工作虽然工资不太高，可是毕竟离家近，每天早上他可以在家里吃了早饭再来上班，每天晚上他可以回去安安稳稳地睡上一觉。在同辈人一个个背井离乡的时候，李清玉还能留在家乡守着熟悉的山和水，都得益于这份工作。李清玉不是一个喜欢城市的人，也不是一个能够适应异地他乡的人，他和自己的父辈一样只有一个简单而朴实的愿望，那就是一辈子守着家乡的山山水水，过简简单单、与世无争的日子。这一次，李清玉被卷入了舆论的漩涡，幸好他不是一个特别在意别人说什么、做什么的人，他一直沉默着，等到过年的时候，在他背后说闲话的人渐渐地少了。

这年过年的时候，李家屋里的每个人都感到了一阵凄凉。往年一到过年，李家屋里来来往往的客人很多，亲朋好友也都愿意到李家屋里来喝上几杯茶，说上几句话或者打一会儿牌。可是今年，从大年三十到大年十五，除了李桃花之外，没有一个人到这个院子里来。即便偶尔有人路过，这些人也总是扭过头，故意不往李家院子里看。李家屋里的每一个人都知道这是什么意思，也知道这些人为什么会这样做，不过李家余下的人都不像李广耀那么争强好胜，在某种程度上，他们只希望过好自己的日子。

大年三十，李家三房里所有人凑到一起吃了一顿年夜饭。平日里普通的一顿饭这时变得如此重要。在这顿饭上，大家感受到了同样的哀戚，也感到了彼此之间存在着的一种莫名的联系。这种联系在风平浪静的日子里并不明显，但是在这顿饭上，大家感到这种联系是如此真实，如此明显。在过去的几年里，这个家庭遭遇了太多的事情，这些事情让这个家遭受了前所未有的打击，但也正是因为这些事情，这些曾经彼此怨怼的人才能心平气和地坐在一起吃一顿饭，说两句知心话。

这一年的年夜饭是张翠华和程瑶一手操办的。往年，年夜饭这种事根本就轮不到她们操心，王菊花一个人就可以安排得顺顺当当的。可是这一年，王菊花已经没有心情去做这顿饭了。以前，她以为这顿饭是做给家里的老老小小吃的，到了现在她才意识到，饭是做给丈夫李广耀吃的，如今李广耀不在了，这一切都好像没有了意义。

李桃花是大年初三回李家院子里来的。这一次没有人陪着她来，她一个人抱着孙女回了娘家。其实，徐家田不是不想来，毕竟李家屋里发生了这么大的事，他作为这个屋里唯一的女婿于情于理都该来看看。可是他还有更重要的事情要处理——他的儿子徐昆过年的时候带着女朋友和女方的父母上门来谈婚事来了。徐昆和这个女朋友谈了好几年，双方的父母都觉得是时候选个日子把两个孩子的婚事给定下来了。为表诚意，在徐家田两口子还没上女方大门的时候，女方父母就先带着礼物上门来见未来的亲家了。女方父母这么积极是有原因的，他们想让徐昆当他们的上门女婿。徐昆的女朋友是家里的独生女，这一家子条件很好，他们不愿意女儿嫁到别人家里受气，想让徐昆上门。为了让徐家田两口子没有后顾之忧，女方父母一上门就提出房子和车子全部由他们出。

徐家田当然看到了女方的诚意，但是要让儿子上门，他毕竟舍不得。徐家田就只有这么一个儿子，他已经是一个快要五十的人了，实在不想等自己老了以后身边连一个子女都没有。这些年他和魏围的关系倒是越发亲近，但魏围毕竟不是他的亲儿子，尽管魏围在大事小事上都尊敬他这个后爹，可是两人相处一直是深不得也浅不得，总归有顾忌。地震以后，徐家田挣了好些钱，他手上不缺钱，车子房子打动不了他的心，但是他看得出来儿子是真心喜欢这个女朋友，而女方对这门婚事也充满了诚意。这么想着，徐家田也只好妥协。就这样，大年初一，双方父母就谈好了婚事，李桃花还留女方父母住了几天。到了大年初三，徐家田留在家里送女方一家人，而李桃花则背上给爹妈买的东西回了娘家。

李桃花一晃也快五十了。剑门镇的老话常说："老没娘家，少没生。"这句话的意思是说女孩子小的时候是不用过生日的，等她们老了就要少回娘家。这些年李桃花回娘家也回得比以前少了，可是每当逢年过节，她只要有空，还是愿意回娘家来看看。这不仅仅是因为她想回来看看家乡的父母，更重要的是在北滨村的这块土地上她能感受到某种归属感。在北滨村的人看来，这个不大的地方实在是一块风水宝地，这儿的山是那么绿，水是那么清，空气是那么甘甜。要不是为了挣钱养活一家人，谁也不愿意离开这个地方。

可是话虽这么说，这些年大家还是眼看着北滨村一天天地冷清下去。年轻人一年到头难得回来一次，即便是那些眷恋故土的中年人也一个接一个地在县城里买了房子。迫于结婚、孩子读书的压力，他们不得不跑到城里去，在陌生的地方安家。可是，即便是在县城里买了房子的人也始终住不惯，他们总觉得城里的日子过得没滋味极了，且不说每一粒米、每一棵菜都要靠买，单说城里局促的活动空间就让这些惯于面对高山大河的人受不了。从剑门镇搬出去的人无法理解城里人是如何忍受一辈子缩在鸽子笼一样的房子里过日子的，而那些在城市里住了一辈子的人也同样受不了一身乡土气息的城市新住民。

不过这些年，大家慢慢发现，尽管农村的人在拼了命地往城市里跑，城市里的人却在拼命往村子里跑。前些年，剑门镇政府在丰顺乡开设了漂流基地，从那以后，每逢夏天都有数不清的小汽车穿梭在北滨村的柏油马路上。每当看到这些汽车，北滨村的人就会一边停下手头正在做的事情，一边压低声音骂几句："这些城里人，连个水都没见过。一到了热天，马路都叫他们给压塌了。"尽管北滨村的人看不懂这种趋势，可是每年开往丰顺乡的小汽车始终有增无减，而从北滨村跑到城里安家落户的人也同样越来越多。

这一年，李桃花的归来并没有给这个家庭带来欢快，她走到李家院子里的时候，只看到一群耷拉着脑袋在院子里晒太阳的人。李桃花是一个想得开的人，无论面对多大的困难，她都不会被打倒。可是李家院子里有不少的人喜欢钻牛角尖，他们遇到了事情不懂得自我排解，只会自我折磨。在这些自我折磨的人当中，李享德和李广忠是最突出的。

李广耀的判决书下来以后，李享德躲在屋子里喝了好几天酒。他原本以为只要把酒灌到肚子里，那么他不想面对也不想思考的问题就自然而然地烟消云散了。可是他忘记自己已经不再年轻了，在灌了几天酒以后，他不仅没有忘记心头的忧愁，反而把自己给灌倒了。这一次李享德醉得很严重，严重到屋里的人都以为他要跟着二爸李享财去了。可就在大家对李享德的生命表示担忧的时候，他却表现出了让人惊叹的生命力。没过几天，他又像一个没事儿人似的从客厅走到院子，又从院子走回客厅。

和李享德呈现出的生命力不同，李广忠表现出了浓厚的绝望。他的绝望气息是那么浓厚，甚至远远超过了李清玉和王菊花，让人不得不怀疑是不是只有他才是这个家里唯一真正关心李广耀的人。和李享德一样，李广忠的愁闷只能发泄在酒上。吃完年夜饭以后，李广忠过起了从早喝到晚，又从晚喝到早的日子。在李桃花踏进李家院子之前，李广忠一天时间里没有几个小时是清醒的。大多数时候，他一边喝酒，还一边念叨着："不如醉死算了。"看着李广忠喝得这么沉醉，这么不可自拔，李芙蕖也时常会产生一种他还是醉死了好的想法。倒不是李芙蕖冷酷无情，而是她知道这个父亲现在唯一挂心的就只有杯中酒，既然人都有一死，那么与其死得不明不白，还不如死在自己最心爱的东西上面。在李广忠整天喝得烂醉的时候，李芙蕖并没有说什么，也没有理会这个沉溺于酒精的父亲。等到大年初八，她就收拾好东西回了学校。李芙蕖回学校不是为了学习，而是为了打工，她想多存点钱以备不时之需，因为她知道这个父亲已经彻底指望不上了。

等到年终于过完的时候，低迷了一整个新年的李家人也总算是振奋了些。倒不是因为他们从李广耀的事情当中走了出来，而是因为他们毕竟还活着，毕竟还要继续活下去。李家屋里的每一个人都知道，一个人只要还在喘气就必须要动的道理。为了继续生活，当第一阵春风吹到院子里时，李家屋里的人就该干什么干什么去了。对于李广达和张翠华来说，他们最该干的事情就是到

江油的医院里去复查一下。在过年以前，李广达就觉得身体有点
儿不舒服，总是懒懒的，没有精神。张翠华想着年前检查毕竟不
太方便，还是年后再去。可是等检查结果一出来，张翠华的肠子
都快悔青了。李广达的癌细胞扩散，已经到了整个肺部。

第六十四章

房子

　　为了在白马镇买一套房子，程燕妮可算是费尽了心思。在过去的几个月里，她跑了无数的路，找了无数的人，最终在 2018 年春天买到了一套心仪的房子。

　　这套房子坐落在白马镇街上，距离大姐程官明几年前新修的房子不远，用程官明的话来说就是："打开窗户吆喝两声，对面妹妹一家人就能听到。"尽管程官明的话说得亲热，但程燕妮知道大姐一家人对自己新买的这套房子颇感不快，这倒不是因为这套房子有什么问题，而是因为这套房子实在是太好了，通风透气，采光也好。程燕妮第一次带大姐来看这套房子的时候，程官明禁不住发出了一声压抑着的惊呼，等最初的震惊过去以后，程官明立马换上了一副满不在乎的表情。看着大姐的脸色，程燕妮的心里也不是个滋味。她当然知道大姐的心里没有脸上表现的这么从容，这套房子是戳到大姐的痛处了。程官明一向是一个很好强的女人，

217

她不允许别人轻易地超过她。在妹妹没有买这套房子的时候，她还可以安慰自己说成都那套房子不在妹妹名下，和她没有什么关系，这样一来，她始终觉得自己高妹妹一等。到了这个时候，程官明知道自己是比不过妹妹了，所以在看了一会儿房子以后，这个已经上了些年纪的女人耷拉着脑袋离开了。

看着大姐垂头丧气的模样，程燕妮是又好气又好笑。她知道大姐的性格，可是她没想到大姐竟然会和自己的亲姐妹攀比到这种程度。不过，这个时候的程燕妮再也不是几年前受尽欺负的那个女人了，在过去的这些年里，这个曾经被前夫逼得走投无路的女人逐渐强大起来，她不仅在精神上不再需要别人的帮助，在金钱上也变得更加独立。

买房子的这笔钱是程燕妮一个人出的，为了存够这笔钱，和赵一结婚以后，她一直省吃俭用，舍不得买好看的衣服，也几乎没有下过馆子。过去的这几年是程燕妮过得最节省的几年，尽管她的物质条件很差，但她的心里是高兴的，是有盼头的。

在第一段婚姻当中，程燕妮就是因为太信任自己的枕边人，太信任那个每天对自己说好听话的人，才会落得个净身出户的下场。现在的程燕妮比之前聪明了许多，她意识到男人不可信，只有自己手上的钱才是真正属于自己的。所以在买下这套房子的时候，程燕妮并没有在房产证上写赵一的名字，甚至连自己的名字也没写，而是写了只有几岁的儿子的名字。程燕妮做这个决定是有原因的，这个决定在她自己和李芙蕖看来也是最为保险的。和赵一结婚这么些年，程燕妮也察觉到了赵一的变化。一开始，赵一想把成都的那套房子过到程燕妮名下，是程燕妮自己没有同意；

但现在，即便是程燕妮要求，恐怕赵一也不会答应。经过和李广忠的婚姻以后，程燕妮看明白了，如今的婚姻是越来越不保险了。程燕妮知道赵一有选择权，她不想让自己处于被动。

　　新房子过户的那天是个阳光明媚的日子，白马镇上出了好大的太阳。程燕妮拿着房产证，走在太阳底下，心也变得甜滋滋的。走在程燕妮边上的赵一却始终黑着一张脸，一句话也不说。程燕妮当然知道丈夫不开心，可是她已经没有那么在意这个男人的想法了。也是到了这个时候，程燕妮才真正理解了李桃花。在没和李广忠离婚的时候，程燕妮既瞧不起也不理解李桃花，她想不通一个当妈的怎么可以做到对别人儿子比对自己的儿子还好。进了赵一家门之后，程燕妮才知道二婚有多么不容易，她还没有正经给别人当后妈就已经觉得难以承受，更不要说李桃花那种正儿八经的后妈。也许世界上真的没有所谓的感同身受，只有当两个人的遭遇相似的时候才会有类似的心境。离开了李家屋里的程燕妮在过去的几年里谁也没有挂念过，却一直念叨着李桃花，时不时地还会向女儿打听李桃花的境况。

　　从李芙蕖的描述中，程燕妮才知道李桃花的日子不过是表面上风光，实际上却越来越难过。在魏围和杨萍出去打工的这段时间里，那个好吃懒做的儿媳妇又开始在外面勾三搭四。如果他们小两口一直住在沉水，那么他们可能会继续好下去，可是到了绵阳，一切都改变了。

　　魏围的工作是徐昆给介绍的。近几年徐昆没开挖掘机，而是找了一份送快递的活儿，后来他又把魏围介绍到了公司里。送快递这个活儿还算不错，尽管有些辛苦，但至少不脏。魏围这一辈的年轻人是不愿意走父母的老路的，即便日子再难过，他们也不愿意去过那种整日里在工地上风吹日晒的日子。他们既然不愿意去工地，就必须在城市里找到可以安身立命的法子。这些年随着快递和外卖行业的兴盛，有不少年轻人跑去送快递、送外卖。送快递这份工作，说累呢，比建筑工地上的活要好些，说不累呢，还是整日在外奔波。

到绵阳以后，李桃花断了给魏围两口子的钱，这下魏围知道厉害了，他明白自己不能再像之前一样三天打鱼两天晒网的了。这一次，他的工作干得还算不错。到绵阳之后，魏围本来希望杨萍也能够找一份工作，不说赚多少钱，至少把自己给养活。可杨萍这个人是懒散惯了的，无论什么工作她都干不到一个月。没多久，她就过起了睡到日上三竿才起床的日子。更让魏围受不了的是，他这个没正式领证的老婆不去上班也就算了，连家务活儿也不想干，成天饭不煮、地不扫，油瓶倒了都不知道扶一下。这样的日子杨萍过得很惬意，每天除了睡觉之外，大部分的时间都用来玩手机。玩饿了，就点外卖或者到超市里去买一大包零食吃个舒服；玩累了，又躺下睡一觉。这么一来，魏围赚的那几个钱光养活他们两口子都不够。

可是没办法，日子还是得过。李桃花那儿的钱是要不到了，万般无奈之下，魏围只好在网络平台上借钱。就这么一月又一月，到了年底，他们不仅一分钱没攒下，反倒欠了一万多块钱。这种日子让魏围看不到未来，更觉得烦腻。在心情不好的时候，他忍不住和杨萍吵了一架。可让魏围没有想到的是，杨萍这个人本事没有，脾气倒不小，吵完架之后她一气之下背着包就跑了，好几个月没有回家。

听了魏围两口子的事，程燕妮倒不觉得有多难过。在她看来，这些年轻人都是自己作出来的，他们不知道珍惜，落到现在这个地步也不算意外。不过最让程燕妮解气的还是李广耀垮台的事。当李芙蕖把这件事告诉程燕妮以后，这个已经很长时间没笑的女人足足笑了好几天，她吃饭在笑，走路在笑，就连睡觉的时候脸上也一直挂着笑容。李芙蕖当然知道母亲在这个世界上最痛恨的人就是李广耀，可即便如此，她也觉得母亲笑得太过分了些。程燕妮自然也知道自己不应该笑得这么明目张胆，可她就是控制不住自己，她的笑意不是从脸上开始的，而是从心里接连不断地涌出的。离开李家屋里以后，程燕妮一直在心里默默地期盼李广耀垮台，对她来说，李广耀的垮台让她最为开怀和畅意。刚听到这个消息的时候，程燕妮忍不住连连感叹："老天有眼！老天有眼！"李芙蕖当然知道这不是老天有眼，她更相信这是"多行不义必自毙"，李广耀的坑是他自己给自己挖的，所以在栽到坑里以后，他能够责怪的也只有自己。尽管李芙蕖也不喜欢李广耀，可她还是觉得，一个人一把年纪了还要去蹲监狱，实在是一件有些凄凉的事。她的凄凉感来源于事情本身，而不是出自对李广耀的同情。

李广耀出事以后，程燕妮买房子的热情更高了，为了买下这套房子，她趁着每周一天的假期跑了好几趟白马镇。尽管来回奔波让程燕妮觉得疲惫，可她的心里是舒服的，是畅快的。程燕妮这么急着买房子，原因有很多，而她最大的动力就是要显示自己比李广耀甚至比李家屋里的任何一个人都过得好。程燕妮的自尊心很强，在李家屋里，她曾经凭借着这种自尊心获得了李家上上下下的尊敬，可是她离开李家屋里的时候是带着一身尘土走的，现在，是时候拍落这一身尘土了。

买房子的事，赵一也跟着跑了好几趟，可是他不但不觉得高兴，反而有一种隐隐的担忧。在和程燕妮结婚的这几年里，赵一并没有得到自己曾经期盼的欢愉和幸福，甚至在他看来，自从程燕妮踏进家门以后，家里就再也没有安宁过。赵一当然知道这不是程燕妮的错，但是他也知道这种不安宁毕竟是因为程燕妮的到来而产生的，这一点他不能否认。

离婚以后，赵一和自己的女儿已经有好长一段时间没有联系了。他本来就和女儿不亲近，现在女儿更是彻底不搭理他了，即便是去年的婚礼也没有邀请他。赵一当然知道，这与其说是女儿不愿意让他去，还不如说是前妻不想再见到他。在和前妻离婚的时候，赵一自知处理得不好，他也能理解前妻不想见到他的心情，可他还是觉得心里闷闷的。上次赵家屋里大吵一架之后，赵一和他的姐妹也逐渐疏远了。现在，他能够依赖的人就只有程燕妮母子俩。

直到这个时候，赵一才意识到，原来程燕妮从来没有多在乎他。程燕妮一直把自己的两个孩子放在第一位，无论碰到什么事情，她第一个想要告诉的人一定是李芙蕖，要找人出出主意的时候，她想到的第一个人同样是李芙蕖。渐渐地，赵一觉得自己在这个家里变成了一个外人。他和李芙蕖的关系从来没有亲近过，在程燕妮和李芙蕖联结得越发紧密的时候，他不禁觉得自己陷入了进退维谷的局面。赵一这才意识到，原来自己的利用价值不过是成都的一套房子，如果他手头没有这套房子，那么他赵一什么都不是。

为了守住自己的价值，为了不让自己变成一块被榨干的橘子皮，赵一在房子上放了更多心思。这个家里只有他一个人知道房产证放在什么地方，能够看到房产证的人也只有他一个人。这种行为虽然很卑鄙，却让赵一感到了莫名的安心。可是赵一万万没想到，程燕妮早就有了准备。在程燕妮提出到白马镇买房子的时候，赵一不是没有阻拦过，可谁知程燕妮已经存够了钱，如果他还要阻止，这段婚姻可能会保不住。

拿到房子，就该添置家具了。在买家具的时候，赵一才发现程燕妮居然这么舍得。赵一所了解的程燕妮一直是一个省吃俭用的人，直到这一天他才知道，原来程燕妮并不是他所以为的那个样子。给新房子添置家具，程燕妮样样都要最好的，最好的桌子，最好的沙发，最好的床……看着满屋子新崭崭的漂亮家具，程燕妮露出了满意的微笑。这是程燕妮梦中的家，是属于她和两个孩子的家。然而，在程燕妮笑容满面的时候，赵一的心里却越发苦涩。尽管现在他站在新房子的客厅里，但这个新家里并没有他的位置。

第六十五章

垂危

这一年六月份的时候李广达已经快要不行了。自从癌细胞扩散以后，无论是他自己还是张翠华都知道，他李广达余下的人生就是慢慢地等待死亡的降临，无论什么药都治不了他的病，救不了他的命。

尽管医生一直劝张翠华不要再白费心思，可张翠华始终不愿意就这样让李广达慢慢地等死。在得知癌细胞扩散以后，她一直希望有奇迹降临，为了促成这个奇迹，张翠华一直没有断李广达的药，该做的化疗也是一次都没少过。为了给李广达做化疗，张翠华还专门在江油城里租了一间房子。化疗的费用很高，没过多久，张翠华手里的那几个钱就用得差不多了，但她仍然不肯放弃。为了减轻家庭的经济压力，她在城郊的棉纺厂找了一份工作，一边陪着李广达治病，一边在厂里上班。在进棉纺厂之前，张翠华已经有好几年没有打过工了，再一次走进厂房的她这才发现原来自己已经老了，手脚没有之前灵活，反应也没有之前敏捷。不过好在这份工作不需要工人有多大的力气或多快的反应，所需的只是耐力。张翠华每天都要在厂房里度过十二个小时，有时候是早班，有时候是晚班。如果倒回去几年，这十二个小时对张翠华来说不是什么难事，可是现在她已经五十岁了，再也经受不住这样的折磨。

不过，身体上的折磨还是次要的，最难以忍受的还是心灵上的痛苦。化疗做了一次又一次，可一点儿效果也没有。每一次到医院里去，医生都会告诉张翠华癌细胞又扩散到了什么地方。张翠华唯一希望的事情是李广达能够活下来，为此她可以牺牲一切。但到了现在，即便牺牲掉她所有的东西，李广达的命也是注定救不回来的了。在最后一次做完化疗以后，李广达和张翠华并排走出了医院，走到涪江边上的时候，李广达在桥上停下了脚步。张翠华以为李广达走累了，赶忙去搀扶。

李广达站在桥上，回过头来对张翠华说："这个病不要治了，反正也治不好。我的病我自己晓得，明天我就回屋里去，我想回去了。"他说这话的时候脸色很不好，可是张翠华在听的时候脸上一点儿多余的表情也没有。

李广达本来以为张翠华会反对，甚至已经做好了面对张翠华的怒气的准备。可是等了半天，他都没有等来张翠华反对的话。这个时候的张翠华也知道李广达留不住了，在李广达生病以后，这个有点儿脾气的女人再也没有发过脾气，事事都顺着丈夫。在听完了李广达的话以后，她愣了半天，才低着头说了句："好吧，你要回去就回去吧。"

　　听到这句话李广达有些意外，他转过头去看张翠华，可是张翠华已经把头深深地埋了下去。李广达看不到她的脸，他想，张翠华应该是哭了。张翠华的眼泪把李广达给软化了，他想要说几句话来劝解一下妻子，但他张开嘴，却根本就不知道该说些什么。既然不知道该说什么，李广达只好迈开步子往前走。这一天风很大，河上的风把人的身子吹得飘摇起来，走在桥上的李广达和张翠华觉得自己的心也随着冷风飘走了。

　　第二天一大早，李广达就收拾好东西回了北滨村，张翠华则继续留在江油打工。张翠华也想跟着丈夫回去，但是她知道日子必须要过下去，而要过日子就必须要用钱。先前化疗把钱都花光了，为了把日子过下去，她只能狠下心留在江油打工。

　　一晃两个月过去了，回到北滨村的李广达肉眼可见地衰弱下去。他每天还是逼着自己吃几大碗饭，可他的身子还是一天天地干瘪了下去。李广达身体的变化，李家屋里的人看在眼里，却毫无办法。这些觉得自己已经见过不少世面的人，再一次体会到了无能为力的感觉。在地震的那个下午，在李广耀被抓走的那天，在李广达一天天衰弱下去的这段日子，这些人都感到无能为力。这是一种让人绝望的情绪，这些人渐渐地被吸到了这种情绪的漩涡里面，动弹不得。

　　六月初张翠华放假回家的时候，李广达的嗓子已经完全沙哑了。这种变化并没有让张翠华感到害怕。还在医院的时候，医生就已经提醒过她，等癌细胞扩散到淋巴的时候，病人就会慢慢地说不出话来，也吃不下东西。张翠华当然知道这一天会来，只是没想到这一天来得这么快。在李广达几乎快要说不出话来的时候，张翠华向厂里请了几个月的假。厂里的人都知道她的情况，觉得她一个女人家不容易，所以她的假很快就批了下来。

果然，李广达很快就吃不下饭了。每一天，张翠华都要想尽办法让李广达多吃一点儿，又是熬汤，又是做米糊、菜泥。可是无论她怎么用心，李广达的饭量终究是越来越小。六月末的时候，他的腿上、手上和背上几乎没有肉了。李广达的个子本来就不矮，这么一来，远远地看去，他仿佛一具骷髅。

李广达的药仍然没有停，不过他不再吃治疗癌症的药，而是吃镇痛药。随着病情的加重，李广达吃镇痛药的剂量越来越大，到了七月初，他差不多每隔两个小时就要吃一次镇痛药。可是尽管药吃得这么勤，李广达还是觉得全身都如刀割般疼痛。他下床的时候越来越少，但即便是躺在床上，他也睡不安稳。疼痛不间断地折磨着这个生命垂危的人，不让他在床上安安稳稳地躺上哪怕一个小时。

见此情景，李家屋里的人不用问医生也知道李广达活不长了。在哭了几场之后，李享德也悄悄地嘱咐张翠华给李广达准备后事。其实用不着提醒，张翠华在好几个月之前已经在慢慢地筹备东西了。香蜡纸钱早就买好了，寿衣也做好了，说来说去只差一副棺材。北滨村的风俗是人过了六十岁才会给自己准备棺材，棺材都是请木匠到家里来做的。做棺材的时候，一家老小不会感到悲伤，相反老人还要专门跑去看匠人做工，摸一摸自己不久以后就要躺进去的棺材。一些开朗的老人甚至还会问木匠这个棺材够不够大，自己躺进去以后舒不舒服。在北滨村的人看来，满了六十岁的人已经活够了一个甲子，即便是刚过完六十大寿就死去，那也算是

喜丧，喜丧是不兴哭的，所以在北滨村不难看到笑着给老人出殡
送终的人。

可是李广达还没有活够一个甲子，他才五十出头。他的死亡
让大家觉得悲戚。因为年龄没到一甲子，李广达自然是没有给自
己准备棺材的。到了七月份，为了棺材的事，李享德着实急了一
段日子。按照他的想法，既然儿子眼看着就要死在自己前面，自
己摆脱不了白发人送黑发人的命运，那么这副棺材无论谁用都是
一样。李享德不止一次叫张翠华不要顾忌，给李广达先用他的这
副棺材。可是一方面李享德的棺材太小，另一方面张翠华知道一
向孝顺的李广达是不忍心要父亲的棺材的，所以她拒绝了老父亲
的提议。过了好几天，李广利才联系着帮李广达买了一副别人不
用的棺材。这几年，李广利回北滨村的日子少了，大部分时间他
都一个人待在街上，即便是李广耀垮台的时候，他这个当哥哥的
也没出面去问一声。就是因为这个原因，李享德很是抱怨了一阵
子。眼看李广达就要落气了，李广利知道自己不能再躲着不出面，
没等张翠华开口，他这个做哥哥的就主动帮着买了棺材。

在李广达的生命一天天流逝的时候，北滨村二组却突然变得
热闹起来。这份热闹是李广达带来的，这些人也是为了李广达才
回来的。最先回来的是已经有好些年没有露面的王彩凤。王彩凤
带着女儿李清清一起回来了，本来李清清还想把自己的儿子也带
回来让家里人看看，可是王彩凤知道这次回来事情多，就劝她还
是不要带孩子回来的好。当王彩凤再一次踏入李家三房的院子，
大家这才发现这个在城里住了好些年的女人越发年轻了，她的皮
肤比之前白了不少，体型也更为丰满。远远地，大家都看出来了，

王彩凤这些年过得很幸福、很畅快。

　　离开北滨村的王彩凤确实过得不错，她一边帮着女儿一家带孩子，一边找了个清洁工的活儿干，生活过得很是充实。和其他进城的人不同，王彩凤很适应城里的生活，李家人也看出来了，她一定很适应离开了李广利的生活。王彩凤和李广利的联系越发少了，他们似乎已经不再是妻子和丈夫，而是成了感情不那么深的家人。李广利第一眼看到多年不见的妻子，竟然在一刹那间觉得有些不自在。

　　王彩凤母女俩回来后不久，徐良英和李清海也回到了北滨村。这一次，李清海是带着自己的女朋友回来的，他回来除了看望二爸，也想带女朋友见见自己的家人。李清海已经在成都的郊区买了一套房子，也到了谈婚论嫁的年纪，不出意外的话，过年的时候就要在老家举办婚礼了。这些年，徐良英和李清海母子俩受了不少苦，但日复一日的辛苦工作不仅让他们还完了债，还攒够了一套房子的首付。如果说徐良英是低着头走出北滨村的话，那么她一定是昂首挺胸地走回来的。大家都看出来了，徐良英过得很幸福，但这幸福并不刺眼，或者说并没有和李广达家里的气氛格格不入。徐良英毕竟是一个和善的人，这一次回来，她给李广达两口子带了不少东西，也对李广达和张翠华表达了得体的难过。

　　在徐良英一行人回来以后，大家倒是想过张亮和王德一会不会回来。不过想来想去，大家都觉得张亮说不定已经跟着别人跑了，而失去了妻子的王德一大概率是不好意思回来的。因此，当张亮和王德一一起踏进李家三房的院子时，坐在李广达屋里的人都沸腾了。他们这才意识到张亮这个女人不简单，她可以两次离开家庭，又两次回归家庭，无论她做出什么样的选择，犯了什么样的错误，她身边的那个男人总是会原谅她。之前的李广福是这样，现在的王德一还是这样。不过，蔡花并没有跟着张亮一起回来，他们知道王胖子已经一个人守着冷锅冷灶过了好些日子，看来蔡花这个女人是不会回来了。

　　就在李家屋里的人往回赶的时候，李清玉却抱着自己的女儿李菲菲往外走。他准备把女儿送到在石家庄的姐姐家里。结婚这么些年了，李月明一直没有生下孩子。在李广耀出事以后，李月明觉得自己的小家庭突然之间变得摇摇欲坠。她知道婚姻的动摇是有原因的，而她自己要为此负大部分责任。这些年，李月明通过吃回扣和收受贿赂搞了不少钱，这些钱让两个原本清贫的农村孩子在城里站稳了脚跟，也同时为这个家埋下了隐患。在李广耀还没出事的时候，蒋娴已经因为李月明生不出孩子的事和她吵了好几架。李广耀出事以后，蒋娴的气愤当中更是夹杂了数不清的恐惧。对于李月明贪污的事，蒋娴的态度是复杂的。他既希望通过这些钱来巩固一个家，同时又害怕这些钱会毁了这个家。李广耀落马之后，蒋娴的恐惧达到了顶峰，他开始阻止李月明继续贪污，在金钱上也变得更加谨慎。李月明深爱着蒋娴，她不愿意失去丈夫，也不愿意毁了这个家。对蒋娴提出的所有要求，她都一一照做。尽管如此，她和丈夫的关系还是一天天冷了下来。这个时候，李月明真的慌了，她想到了弟弟的女儿，她想通过这个孩子来缓解自己和丈夫之间紧张的关系。因此在李广达生命垂危的时候，李月明不仅没有像上次一样赶紧飞回来看二爸，反而让弟弟赶紧把孩子送到石家庄来。

　　李清玉是坐高铁到石家庄的，到达的时候已经是傍晚了。在那个傍晚，李清玉看着怀里的孩子，莫名感到一阵惆怅。他有些舍不得这个孩子，也看不到这孩子的未来。可是无论如何，他已经答应了姐姐，就不能反悔。他一手推着行李箱，一手抱着孩子，随着人流走出了高铁站。

第六十六章

葬礼

　　所有该回来的人都回来了。这些人回来之后需要做的只有两件事情，第一件事是等李广达死，第二件事是埋掉李广达。坐在客厅里的李芙蕖陪着家里人等了好几天，她觉得自己似乎明白了死亡的真谛。死亡不过是当事人在等死，而其他人在等他死罢了。

　　这么些年来，如果非要说李芙蕖对李家屋里的哪一个人还有一点儿感情和留恋的话，那么这个人一定是李广达。这倒不是因为李广达帮了她多少忙，当然和李家屋里的其他人相比，李广达对李芙蕖的关心算是最多的，最主要还是因为李芙蕖认为李广达是一个好人，是一个没有多少私心的好人。他不会因为和谁的关系亲近就违背良心去帮这个人说话，他一向对事不对人，不会欺凌弱者，也不会讨好强者。在李芙蕖看来，李家屋里的男人大部分都是墙头草，没有多少坚持，也没多少操守，总是随波逐流，风往哪边吹，他们就往哪边倒。在这一群人当中，李广达是一个难得的有所坚持的人。当李广达的生命进入倒计时的时候，李芙蕖不得不为这个人感到悲伤。

李广达死得并不好。即便是在心肠很硬的人看来，他临死时的模样也太恐怖了。到了八月初的时候，李广达差不多已经只有进的气没有出的气了。为了吊住他的命，也为了不让他窒息而死，李广利和李清玉跑到剑门镇医院里拉回来了两罐氧气。在拉氧气罐的时候，李广利就觉得恐怕是拉多了，说不定这两罐氧气还没用完，李广达就死了。可即便如此，他们当哥哥和侄子的也必须要去做该做的事情。氧气罐拉回来以后，李广达的呼吸总算是顺畅了些，可是这两罐氧气毕竟不是灵丹妙药，李广达的死亡早就已经注定了。

李广达是八月五号凌晨死的，他死的时候，李家一大家子人都围在他的身边。他的父母，哥哥，兄弟，嫂子，妻子，儿子，侄子，侄女，都守在他的身边。李广达落气的那一刻并不轻松，一群鸦雀无声的人听到一口气卡在他的喉管上，仿佛是在悲鸣。大家知道李广达还有未了的心愿，可是他早就已经说不出话来了，这些站了一屋子的人不得不帮着他把想说却说不出口的话给说出来。

第一个走到床前拉着李广达的手说话的是李享德，在开口之前，这个一辈子大嗓门的人当众流下了眼泪，又生生把眼泪吞了下去。李享德拉着李广达的手，说了他们父子俩这辈子的最后一句话："娃儿啊，你放心地走，不要管我和你妈了，我们没关系……"李享德的话还没说完，就被淹没在了哭声和眼泪当中。李享德好面子，他不喜欢哭，更不喜欢当着别人的面哭，在眼泪刷刷地往下掉的时候，他一个人走到院子里吹风去了。

李享德说完了这几句话，但那一口气还是卡在李广达的喉管里。这个时候，李清松和张翠华扑在床边哭得上气不接下气的。李广利看弟弟始终不愿意撒手，现在他是这个屋子里唯一能够管事的人，不能不表个态。他走到李广达的床边，拉着李广达的手说："兄弟，你放心大胆地走，我以后会把你的儿子当成我的儿子，你放心，当哥哥的会照看他的。"李广利这几句话里有多少真心、多少诚意，大家不得而知，可是大家看得到的是当李广利说完这几句以后，卡在李广达喉管上的气终于出来了。吐出这口气以后，李广达的呼吸和脉搏就停止了。那一刻，李芙蕖站在亮如白昼的灯光底下，突然听到了一阵海浪轻轻舔舐沙滩的声音。

这时，一屋子老老小小终于放声大哭起来。在李广达还没落气的时候，他们是不能哭的，临死的人最听不得哭声，他们不想用哭声去打扰李广达，也不希望李广达走得有牵挂。李广达是一个好人，这是站在屋子里的人公认的事实；好人就要有好报，这也是他们一辈子所信奉的信条。虽然李广达走得很辛苦，但他们还是为李广达感到高兴，毕竟有这么多人专门来送他，毕竟大家都真心实意地为他哭了一场。一个人一辈子能得到这样的认可，也算值了。

不过这些人的哭声没有持续多久，他们虽然伤心，可还有很多事情要去处理。只有把这些事情做好了，李广达才能走得干干净净。很快，刚擦干眼泪的李清玉就到院子里去放鞭炮了。这鞭炮是一个信号，是在告知周围的邻居们这个屋里的病人已经落气了。鞭炮还没放完，周围好几家屋里的灯就亮了。这些人立马穿好衣服，拿着柴刀上了山。其实，这天晚上，北滨村二组有好些人只是关了灯，却并没有睡着，他们知道李广达快要不行了，都在等这一个信号。他们上山是为了砍松枝，这些松枝是要塞到亡者的棺材里的。这同样也是剑门镇的一个风俗，不过流传到现在，已经没有人知道这个风俗的目的是什么了，大家只是坚信，棺材里没有松枝就会带来灾祸和厄运。

在这些人上山的时候，李家屋里的人也忙了起来。第一件事是要烧落气钱。据说这些钱是亡者去阴间的路上用的，要是烧的钱不够多，亡者就会受欺负。落气钱必须由亡者的亲生子女或者嫡亲的侄子和侄女来烧。在松开父亲已经渐渐冰冷的手以后，李清松的手里立马被塞进了一大捆纸钱。紧接着，刚擦干泪水的李芙蕖和刚放完鞭炮的李清玉也拿了一大捆纸钱。落气钱要跪在地上烧，烧得越多越好。李清玉、李清松和李芙蕖都舍不得这个刚刚落气的人，因此烧得格外卖力。不一会儿，这几个跪着烧纸的年轻人忍不住再次哭了起来。这几个人论年纪已经不是孩子了，在平日里，他们是哭不出来的，可是这一天他们的眼泪止也止不住。

这一边的人在烧纸，那一边的人已经在给李广达穿寿衣了。按照剑门镇的风俗，寿衣并不是贴身穿的衣服，而是裹在亡者身上的一大块白布，亡者的身体必须全部包进白布里，才算穿好了。穿好衣服以后，就该把亡者放进棺材了。李广达的棺材是买来的，到了这个时候，大家才发现棺材短了，李广达在里面躺得并不舒服。棺材的事是不能随便糊弄的，站在一边看的李享德赶忙让这些人把李广达的尸体搬出来，又让李清玉去拿一把斧头，把棺材放脚那头劈下来一点儿，李广达这才平展地躺了进去。不久，上山的人也三三两两地到了李广达家的院子里，他们的手里都拿着青绿绿的松枝。除了把松枝放进棺材，为了让亡者的身体放得舒舒服服的，一些近亲还把自己最近穿的衣服拿来放进棺材里。这样做一来是固定尸体，二来是让亡者走得不那么孤独。如此安顿好以后，李广利赶忙招呼人把棺材抬到长凳上放着，棺材下摆好了长明灯，前面放好了香案，紧接着，香蜡纸钱也烧了起来。

忙完以后，人们这才感到疲惫，一看时间已经是凌晨两点过了。那些上山砍松枝的人见事情忙完了，都慢慢地散了。这些人走了以后，张翠华的几个姐妹闻讯连夜赶了过来。这些刚赶来的姐妹和李家屋里的人这天晚上注定是不能睡觉的。按规矩，他们必须给亡者守灵。守灵的时候，除了坐在外面的近亲，屋里必须要派两个人守着长明灯并负责烧香烧纸。这两个人当中有一个必须是亡者的儿子或女儿，另外一个必须是亡者的兄弟或侄子、侄女。本来李广利想让李清玉来守灵，可李清玉还有别的事情要做，他要帮着联系厨子，张罗请客的事。李广忠向来害怕死人，让他抬棺可以，但要他在漫漫长夜里守着一具棺材是无论如何也做不到的。大家推来推去，李芙蕖看不下去了，她不害怕死人，也不觉得躺在棺材里的二爸有多么恐怖。在大家争执不休的时候，她二话没说，就走到屋里去和哥哥李清松一起守灵了。

这一夜是李芙蕖度过的最长的一夜，同样也是安静得出奇的一夜。尽管屋外坐了那么多人，可那些人没有一个说话，他们只是默默地、安静地坐在门外，一言不发地陪着躺在棺材里的人度过这一夜。这种安静没有吓倒李芙蕖。她一直看着这具黑漆漆的棺材，她的眼睛几乎要被香火的火苗给晃花了。这天晚上，李芙蕖并不觉得困，她不是一个喜欢熬夜的人，但是这天晚上她觉得有太多的事情可以想，有太多的问题需要考虑。李芙蕖突然记起了地震那天从倒塌的楼房里被拉出来的血肉模糊的人，记起了在华阳伏龙小区里随风飘落的那个人，不知道为什么，那个时候的她并不觉得死亡是一件多么让人害怕的事。那个时候她或许是因为年纪还小，不理解人生和死亡的真正含义，又或者是因为和死去的人关系并不亲近，无论如何，对于在她眼前死去的人，她并没有留下深刻的记忆，也没觉得有多难受。可是，二爸李广达的死不同。她为二爸的死流了很多眼泪，二爸死去以后，她觉得自己的心一下子就空了。李芙蕖曾经见到过许多丑恶，甚至在她二十多岁的人生里几乎没有什么特别美好的记忆。但是她并没有因此而萎靡不振。只要她能够看到这个世界的美好，哪怕这种美好很微弱，只要她知道这个世界上还有人和她遭受着同样的苦难，那么无论有多难，她都能坚持下去，也会拿出足够的勇气和毅力去面对挑战。可是这个晚上，李芙蕖觉得自己心里的光亮仿佛一下子就熄灭了，她不知道为什么一个好人要遭受这么多灾难，为什么好人得不到好报。坐在客厅里守着李广达棺材的李芙蕖思潮起伏。在思绪翻涌的时候，她突然觉得自己和坐在外面的那些人之间生出了隔阂。李广达活着的时候，无论家里怎么吵闹，李芙蕖都觉得自己和这些人好歹还算是一家人；在李广达死去的这个夜晚，李芙蕖不知怎的突然就觉得和这些人隔得越来越远，在某个瞬间，她甚至不知道自己为什么还和这些人待在一起。在李广达临死的这段日子里，李芙蕖一直一个人住在白马镇的新房子里，离北滨村的家只有十几公里，但是她并没告诉父亲李广忠。一个人住在白马镇的李芙蕖有正经事要做，她已经大三了，正在准备这一年秋天的保研考试。在过去的三年里，李芙蕖的成绩一向很好，保研对她来说不是什么难事。可即便如此，她情愿一个人孤零零地对着书，也不想回来看一看家里人。也是在这一天晚上，李芙蕖第一次看明白了自己的心思，原来，在她的心目中，这些人早就已经算不上是她的家人了。

第二天一大早，送礼和吊唁的人挤了一院子。按照规矩，在人死以后的第二天，主人家就要开始请客了。到了中午，远远近近的亲朋好友挤着坐了好几桌子。饭菜都端上来以后，这些人开始大吃大喝起来，有些人还露出了欢快的笑容。看着这些人的笑容，李芙蕖一刹那仿佛不知道自己到底处在一个什么样的地方。这些人的笑不是有意的，他们甚至都没有意识到自己在笑，不过他们的笑容是止不住的。李芙蕖想，或许对于这些人来说，屋里的那个死人并不重要，他们实在是不需要故意拉着一张脸，挤出几滴眼泪。无论是葬礼还是婚礼，对于这些人来说不过是个喝酒、吃饭、取乐的由头罢了。人世间的事情说来真是可笑，有些人看起来亲朋好友无数，可是真正把自己放在心里的却一个也没有。李芙蕖不喜欢交朋友，她觉得朋友不是交出来的，真正的朋友是一种气息相通的存在，即便不在一起吃吃喝喝，也总是能够明白对方的心意。李芙蕖不需要那么多朋友，她想，在自己死的那天，只要有一个人能够流下真诚的眼泪，这一辈子就不虚此行了。可是想着想着，李芙蕖又觉得，即便没有人为自己流泪又如何，只要自己活得畅快、舒服，那么即便是立刻去死也无所谓，而如果活着的每一刻都是煎熬，那么活得长长久久又有什么趣味？

　　第三天是送亡者上山的日子。李家屋里的每个人都起得很早，天还没亮的时候，他们已经扛着花圈，跟在运棺材的拖拉机后面往墓地去了。李家的墓地在后头河的一块平坦的土地上，距离李家院子有一段距离。在平路上，棺材用拖拉机运，等到了山脚，再靠人力抬上去。这一天早上有些寒冷，送葬的人三三两两地扛着花圈，默默地走在昏暗的天空底下。没有一个人说话，但相似的感情在彼此之间流动着，李家屋里的人就这样默契地保持着沉默。

　　当第一束阳光照到土地上的时候，李广达的坟已经填平了。他的右手边是早就已经在这里躺了好些年的李享财，离他不远的地方是李广福。大家默默地望着这三座坟，不知怎么的，竟然开始羡慕起死人来。这三个人躺得可真舒服，真惬意，他们摆脱了一切烦恼和麻烦，静静地躺在熟悉的土地里，接受太阳的照耀。

第六十七章
色达

李广达的葬礼结束以后，这些好不容易聚到一起的人又散了。李芙蕖稍微待得久一些，但到了八月末，她也提上行李箱回了成都。等这些人都走了以后，李家院子里的人才感到一股凄凉直袭心头。人多的时候，家里少一个人并不十分显眼，可是等到人少了，逝者离开后的空缺就变得避无可避了。

每天早晨，张翠华总是早早地就起了床。起来以后，她先是呆呆地在门前的椅子上坐一会儿，等发够了呆，才走到厨房里去做早饭。李广达走了之后的这些日子，张翠华并没有痛痛快快地哭上几场。李广达去世的那天，有一大堆的事情等着她去处理，她没有时间，也没有余力去哭。等办完丧事，她却怎么也哭不出来了。尽管眼泪流得不多，但她总感觉心里涩涩的、滞滞的，就像心上坠着一块铁一样，一不小心就把自己硌得生疼。这些日子里，张翠华根本就没有胃口，但每天早上起来以后她还是要到厨房里去下一锅面，然后把面挑到碗里，端到院子里去吃。坐在院子里的张翠华并不说话。自从李广达去世以后，她的话就越来越少了，她不是故意不跟家里人说话，而是生怕自己一开口就把李广达的气息给吹散了。张翠华知道李广达已经死了，却总觉得李广达的气息还留在这个家里，正是因为这些气息的存在，张翠华才觉得这个家是温暖的，是值得留恋的。

在李广达最后的日子里，李清松为了陪父亲走完这一程，只得辞去了成都的工作。这么些年，李清松在成都过得并不好，他找的工作只能算一般，用他自己的话来说就是撑不死也饿不死，但要说买房子和娶媳妇，那肯定是遥遥无期。李广达去世以后，李清松自己也知道娶媳妇的可能性越来越小了。在父亲没生病的时候，李清松的年纪还小，家里也还有些钱，可父亲的一场病把家里的钱用了个干净，他自己也一晃三十岁了。三十岁的男人怎么说都该娶媳妇生孩子了，可是现在的李清松是既没资本，也没心思。父亲活着的时候，他只想一家人守在一起好好生生地过日子，现在父亲死了，他便只想和母亲一起把这日子给过下去。

可过日子需要钱，为了钱，张翠华在萎靡了一段时间之后，还是背着行囊回江油棉纺厂去了，李清松也被张翠华催回了成都。张翠华不是一个软弱的女人，更不是一个愿意让别人看笑话的人。她知道现在她和李广达的这个家已经不复存在，所以只能寄希望于儿子早点成个家，给她生一个孙子。只要有了孙子，一切的痛苦都将消失不见。人总是要有点儿盼头的，有了这点儿盼头，无论多难都能忍受。张翠华受得住这孤单的漫漫长夜，因为她有盼头，相信总归是会熬出头的。

　　如果说张翠华的心里是被痛苦充满的话，那么李芙蕖则是被疑惑和迷茫充满。在过去的三年里，她的日子过得十分繁忙，上课、学习、打工几乎占据了她所有的时间。在这种快节奏的生活中，她几乎已经忘记了那个问题，那个关于活着的意义的问题。秋天，保研的事情很快就确定了，她甚至一口气申请了硕博连读。申请通过以后，一直忙碌着的李芙蕖突然闲了下来。除了周末兼职之外，从周一到周五她几乎无事可做。每一天李芙蕖在狭小的宿舍里睁开眼睛的时候，总是感到一阵说不出来的怅惘。

　　现在，这间狭小的宿舍里只有李芙蕖一个人了。同寝室的赵梅儿回家准备申请出国留学的事情去了，文静初在保研成功以后也回了老家，徐雪则早早地到北京实习去了。一天早上，李芙蕖静静地躺在狭窄的单人床上，猛然意识到四年的大学时光过得是如此之快，身边这些人也发生了如此大的变化。其实这四年大学生活并没有给李芙蕖留下多么深刻的印象，她每天四点一线，宿舍、食堂、图书馆、教室，每一天都只是前一天的重复，只不过到了大二的时候四点一线变成了五点一线，周末增加了一个兼职而已。成年累月地读书让李芙蕖的眼睛越发近视，也让她的脖子和脊背时常酸痛。不过她也不是没有收获。也许在别人看来，那一堆奖状和奖学金就是最好的回报，但是在她对自己大学时光的总结中，那些奖项并没有别人所认为的那么重要。李芙蕖得过很多奖，小到校级，大到市级、省级，连国家级的奖项她也拿过。拿奖是一种很奇特的感觉。没拿过什么奖的时候，这似乎是一件让人觉得有面子的事情，但是对于拿惯了奖的人来说，奖状不过是一个符号，拿到自然是好，不拿好像也没什么损失。李芙蕖觉得自己好像是那种体会不到快乐的人，无论得到了什么，收获了什么，她总是感觉不到应有的愉悦。慢慢地，李芙蕖觉得自己应该是感觉钝化了，钝化到不能体会到自己拥有什么，也不会因为这种拥有而愉快。

尽管对快乐的感觉钝化了，但对于痛苦李芙蕖的体会一向是深刻而绵长的。李广达的死在她的心上刻下了深深的伤痕，这伤痕日夜啃咬着她的心灵，让她感觉自己的生命完全失去了意义，变得灰暗而无趣。保研成功以后，李芙蕖成天躺在宿舍里，除了周末的兼职以外，别的事情她一概不想做，别的地方她一个也不想去。在这段时间里，程燕妮倒是给她打了好些电话，可没有一个电话真正打到了李芙蕖的心里。一直以来，李芙蕖都觉得自己能够灵敏地感知到周围人的喜怒哀乐，有些时候，她也希望周围的人能够捕捉到她的情绪。可是在李广达去世以后，李芙蕖不得不承认，即便是和她关系最亲近的程燕妮也无法体会到她的悲伤和迷惘。

李芙蕖刚到成都的时候，程燕妮一直护着这个女儿，她觉得李芙蕖比她弱小，可是到了后来，她慢慢地意识到，李芙蕖是一个比她坚强得多的人。这个世界上没有弱者能够揣摩强者的心思和情绪，更别说李芙蕖并没有把自己的情绪明明白白地表达出来。李芙蕖一向是一个能言善辩的人，对于离她的心越远，她越不动感情的事物，越是能够给予透彻的分析，可一旦涉及她的内心，除了闭上嘴一言不发之外，她没有别的办法。李芙蕖很懂得隐藏自己的情绪，别的人尽管嘴上不说，可是他们的沮丧和难过会从眼睛里、脸上和动作里流露出来，但李芙蕖不会，她想要隐藏的心思和情绪，几乎没有一个人能够猜到，无怪乎程燕妮看不出她心里的所思所想。

李芙蕖在宿舍里躺了一天又一天，每一天，她看着晨光从窗户里透进来，又等着暮色慢慢地吞没这间小小的宿舍。在躺了一个月之后，她觉得不能再这样下去，应该出去走走，去别的地方看看。李芙蕖选择的地方是色达，这是一个她从来没有去过的地方，选择到这个地方去纯属偶然。一开始李芙蕖是想去拉萨的，可是一来她的时间不够，二来她也不愿意花那么多钱，再三思索之下，只好退而求其次，去了色达。

色达是四川境内的一个藏族自治县，距离成都有好几百公里远。李芙蕖是跟团去的，她去的时候是淡季，这条旅游线上人烟稀少，一路上看到的牦牛比人还要多。这倒正合李芙蕖的心意，她一向不是一个喜欢凑热闹的人，旅行的时候人多了不仅让她觉得不舒服，还让她觉得自己是花钱来看人脑袋的。踏上大巴车以后，看着车上零零散散的几个人，李芙蕖觉得非常满意，她赶忙找了最后一排靠窗的位置坐了下来。李芙蕖坐车的时候往往一言不发，她喜欢把一副耳塞塞进耳朵里，一双眼睛默默地看着窗外。不过与其说她是在看窗外的风景，还不如说是窗外的风景触动了她的思绪。坐车的时候，李芙蕖总是会想很多很多的事，有好些她左思右想也弄不明白的问题就是在车上、在旅途中想明白的。

等人都到齐了以后，大巴车缓缓地开出了成都市区，往都江堰方向驶去。这个时候窗外的天还是黑的，一块黑色的幕布遮掩着窗外的景物，放眼望去，什么也看不清楚。在这一片黑暗当中，车里的大部分人都陷入了沉睡，只有李芙蕖一个人盯着黑乎乎的窗外，睁大眼睛想要看清楚点儿什么。

　　旅途到达的第一站是汶川。这是一个不大的地方，两边都是陡峭的山，山上光秃秃地长着些早就已经枯死的草。李芙蕖不喜欢这个地方，但是作为一个经历了 2008 年大地震的人，她却对这个地方有止不住的好奇。这个地方就是那场大地震的震中所在地，而那场地震也是以这个小地方命名的。李芙蕖还记得十年前的那场地震，在那场地震中她失去了好些东西。不过，这是她近几年才意识到的。如果没有地震，那么她家的房子不需要重建，她的弟弟说不定也不会出生，或许她的父母也不会走到离婚这一步。在天灾面前，大概所有人都觉得自己是渺小的，无力的。李芙蕖是一个聪明人，一个聪明人当然不会为自己做不了也无能为力的事纠结，所以在过去的这么些年里，无论日子过得多么辛苦，李芙蕖也不会去责怪这一场地震。或许责怪一场天灾就和过去的人遇到不幸向上天号哭一样，天和地是麻木不仁的，它们当然不会倾听人类的声音，也不会因为人类的痛苦而皱眉，人类有时间与其向上天祈求，还不如多做一点儿自己该做的事情。

　　过了汶川，大巴车继续沿着 317 国道前行。已经是十二月份了，狭窄的道路上结了厚厚的一层冰，因此，大巴车开得十分缓慢，从一个景点到达下一个景点要花费不少时间。当大巴车在路上缓缓前行的时候，一直望着窗外的李芙蕖看到了不少新奇的事物。她看到了牦牛，看到了雪山，还看到了朝圣的人。先前李芙蕖只在电视上见过朝圣者，那时候她还不理解朝圣者为什么要用折磨自己身体的方式来向他们的神表达虔诚和敬意。第一次亲眼看到朝圣者，李芙蕖被感动了。她当然不是一个有宗教信仰的人，也无法说服自己去信仰朝圣者们所尊奉的神，让她觉得感动的，是这些人的行为。在李芙蕖看来，这些朝圣者们有着简单和赤诚的信仰，他们一辈子只信仰一件事，并且这种信仰将贯穿他们的整个人生。不相信是容易的，难的是相信。质疑或许只是一两个问号，而信仰则需要花费一辈子的时间来印证和坚守。在李芙蕖生活的环境里，没有几个人能一辈子对某种事物保持永恒的赤诚，大多数人都是三分钟热情，等热情一过，他们的相信也就自然而然地烟消云散了。这些什么也不信的人把自己标榜为现代人或者后现代人，他们企图打破一切崇高，却在解构之后才发现自己原来并不能成为发光体。他们仍然希望能够反射别人的光，但是怀疑的种子已经种下，再想从别处得到光变得尤为艰难。

到色达的那天是一个阳光明媚的日子，阳光无私地照耀着远远近近的雪山，大风也无私地席卷过来，带起了漫天的沙尘。在这股沙尘中，李芙蕖和旅行团的人一起打着伞坐在天葬场外的石阶上。李芙蕖并不觉得害怕，相反，这一种丧葬仪式让她觉得熟悉而亲近。在她的家乡，死去的人是要重新回到土地里去的，而在这个地方死去的人却到了秃鹫的肚子里，不过无论如何这些人也终究会回到土地里。如果人免不了一死的话，在死后能够回到自己一生所热爱、所眷恋的土地里，实在是一种不错的选择。再次回到起点，仿佛这一辈子全都白活了，可是也许只有静静地躺在地下的人才会知道，在绕这一个圈子的时候自己体会和感悟到了什么。李芙蕖相信经历了这一圈的人灵性会得到提升，那么若生命重复，起点一定会和上一辈子不同。

色达喇荣五明佛学院是全世界最大的佛学院之一，远远望去一大片动人的红映入眼帘。这些红房子里住的都是虔诚的佛学僧。大巴车不能开进佛学院，下了车以后，李芙蕖一个人默默地走在上山的路上。她静静地看着路边的冰层，看着远处和近处的红房子，默默地打量着佛学院里的学僧。李芙蕖发现，这里的人并不喜欢笑，他们的日子好像过得特别安静，没有多余的话，也没有什么需要争执的事情。他们只是默默地打水，默默地买菜，默默地走到经堂里去诵经。这些人的生活是寂静的，可是李芙蕖能够感应到，这些人的生活同时也是充实的。其实他们和李芙蕖一样，也只是学习的人，但是李芙蕖能够感觉到他们的学习是不同的。这种不同倒不是源自学习的内容和方式，而是这里的学生可以把自己的一生都奉献给自己所学的东西，把学识刻入自己的人生，但是对于李芙蕖这样的大学生来说，学习不过是他们人生当中的一个阶段罢了，甚至对一部分人来说，学习不过是未来人生的敲门砖。看着这些生活得这么宁静又这么认真的人，李芙蕖一边往坛城走，一边为自己的这一趟旅行感到高兴。如果她没有到过这个地方，没有见过这样一群人，她不会相信还有人会以这样的方式生活着，不会相信在这个时代仍然有这样一群人。在同质化的现代生活扫荡全球以后，李芙蕖为这样一群坚守传统和本真的人感到高兴。

　　等她走到坛城的时候，太阳已经消失了，五瓣的雪花开始在天空上飘摇。望着这些飘摇而下的雪花，李芙蕖觉得也该为自己找一个能够一辈子投身，能够把自己完完全全投入进去的职业了。现在的李芙蕖还不知道这份职业是什么，不过她隐隐感到，等她找到了，说不定就会明白自己活着的意义。

　　就在李芙蕖站在坛城上望着雪花微笑的时候，远在北滨村的李享名已经半只脚踏入了鬼门关。李享名是在一个深夜里静静地死去的，他死在安稳的睡眠里，死在温暖的被窝里。李家的人没有为这个老人的死而哭泣，李享名已经快满百岁了，他的死是喜丧，在喜丧上没有必要做出一副痛心疾首的模样。没过几天，又一座新坟在李家的墓地里隆起，这座新坟坐落在李广达的坟堆旁边。在堆坟的人看来，地下是越来越热闹了，他们已经凑够了打长牌的人数。当然，堆坟的这些人也知道，过不了多久他们也会静静地躺在地下，为了这一天的到来，他们现在必须要好好地活着，痛痛快快地活个够。

第六十八章

相亲

这一年冬天对李家的每一个人来说都是繁忙的。李享名在刚入冬的时候就去世了，为了他的丧事，大家忙活了好几天。处理完丧事以后，又该帮着操办李清海的婚礼了。李清海结婚这天很是热闹，李家远远近近的亲朋好友都来捧场了，大家凑到一起热闹了好几天。婚礼才办完，就到了腊月二十八，为了筹办年货，李家的人又马不停蹄地忙了一阵子。到了大年初三，李家屋里的人才得空喘一口气。这口气还没喘完，李广利就兴冲冲地跑到张翠华家里去商量给李清松说媳妇的事儿了。

说媳妇这事儿可不是李广利一时兴起，他心里早就在盘算了。在李广达快到断气的时候，他可是当着一屋子老小承诺过要把李清松当作自己的亲儿子一样对待的，尽管那时候他并没有几分真心，但话已经说出去了，想要反悔也晚了。为了帮自己挣一个面子，李广利只好主动出面提这件事。正好，这段时间李家屋里大部分人都在，真要给李清松相亲，这几天就是最好的日子。张翠华听了也很高兴。尽管她还没从李广达的死当中走出来，可是她和儿子总归该往前看，而娶媳妇、生孩子就是往前看最好的法子。在李广利迈出张翠华家大门的时候，这个守寡半年多的女人第一次笑了。

事情说定了以后，李广利当天下午就跑到街上找王老婆子去了。过年是相亲的高峰期，王老婆子手里刚好有几个着急找婆家的女孩子。因为前几次的失败，张翠华家的生意她本来不想做，可是一来李广利出面了，二来风水轮流转，张翠华母子俩的厄运也该走完了，说不定这次真的成了呢？要真是那样，她王老婆子也算是做了一件好事。

女方一家是大年初六上门的。在女方上门的那一天，李家屋里大大小小的人全都出动了。李广利和李广忠忙着买烟买酒、请客，张翠华、王菊花和程瑶忙着洗菜做饭，李清海两口子和李芙蕖早早地就坐到院子里等着来相亲的女孩子，就连一把年纪的郭家孝也把屋里的瓜子糖果拿出来放在院子里的桌子上。这一天，李家屋里的人脸上洋溢着灿烂的笑容。在这种笑容里，大家看到了对未来的期盼，看到了新的希望。其实，这些人并没有责任为这件事这么奔波操劳，即便是当年李广耀给李清玉说媳妇的时候，人也来得没这么整齐。这些人不是张翠华叫来的，而是看着李广达的面子来的。李广达活着的时候，大家都觉得他是一个好人，因此在他死了以后，他们总觉得自己该为他还活着的亲人尽点儿心意。这一天，无论是请客还是做饭的人，都特别尽心尽力。

等到快吃午饭的时候，女方一家才慢悠悠地把车开到了张翠华家的院子里。女方姓徐，只有一个孤寡老汉带一个女儿和一个儿子来，徐老汉的老婆已经死了好多年。在过去的这些年里，徐老汉没急着给女儿找婆家，反倒忙着给自己找老婆。可不知是机缘不巧，还是因为徐老汉长得太丑了，尽管忙了好些年，他始终一个老婆都没说到。心灰意冷的徐老汉这才想起该给自己的女儿找婆家了。他的女儿已经不年轻了，眼瞅着过完了年就要二十九岁了。这个年纪的女孩子，即便长得再好看，也不那么好找对象了，所以徐老汉为了女儿的婚事急得不行。他不求男方屋里有多少钱，家里有几套房，只要男孩子上进、踏实、性格好就成。刚下车就受到李家屋里所有人簇拥的徐老汉露出了灿烂的笑容。他不声不响地活了大半辈子，从来没有谁像李家屋里的人一样把他抬得这么高，尽管还没看到李清松，徐老汉已经看上了李家。他心里想着，只要这个孩子没有什么大的毛病，女儿嫁到这一家来倒是很不错。

可是徐老汉的女儿和儿子却不这么想。徐女子虽然已经不算年轻了，也知道自己长得不怎么好看，但是在刚踏进李家院子的时候，她还是露出了骄傲自负的模样。她脸上的这种神情，别人不在意，可李芙蕖却一眼就看了个明白，她立马就觉得这次相亲恐怕又要失败。

和徐女子相比，她的弟弟做得更出格。徐女子的弟弟年纪不到三十岁，却已经有了十年的打工经历。在过去的十年里，他一直扎根在广州打工，赚的钱尽管不够在广州买房，却足够买一辆不错的车，过上还不错的日子。徐小伙子从广州回到江油以后，总是觉得这儿的天是这么的小，这儿的人是这么的没见识。或许这里的人也不一定没他有见识，可是为了显示自己的与众不同，这个年轻人在用力关车门的时候，故意提高声音说了一句："这是个啥子地方？"这句话站在院子里的每一个人都听到了，也听懂了。要是放在平时，院子里的人没有一个愿意再搭理这个小伙子，可是这一天毕竟不同，这是李清松相亲的日子，因此院子里的人尽管心中有些不痛快，还是努力地把这种不痛快给咽了下去。

这一次，王老婆子并没有跟着徐家人来，倒不是她不想来，而是徐老汉不让她跟着。在过去的几年里，徐老汉自认为在王老婆子手上吃了不少亏，在他看来，王老婆子就是一个只会拿钱，不想办事的主儿。所以这一次，在要到了张翠华一家人的联系方式之后，徐老汉越过了王老婆子，直接和张翠华母子俩联系了起来。这么一来，张翠华也觉得少了好些麻烦。前几年张翠华没少给王老婆子红包，虽说按习俗红包不能省，可是张翠华家给李广达治病花掉了太多钱，要是能够省一点儿，她自然乐意。

徐家人到了以后没坐多久就开饭了。饭摆在张翠华家的客厅里，上面一桌坐的是要喝酒的男人，下面一桌坐的是喝饮料的女人和小孩。吃饭的时候，上面这一桌人说得热火朝天的，从三百年前说到了三百年后，还没等几杯酒下肚，徐老汉和桌子上的人已经亲如兄弟了。幸好徐老汉不是个女人，要不然，他肯定立马就答应嫁到李家来。

在上面一桌喝得亲亲热热的时候，下面这一桌的气氛却有些尴尬。这一桌里最会说话的当属李芙蕖，不少人都指着她能说几句话来化解尴尬。可是李芙蕖既不想说话，也不知道该说些什么。平日里也有不少场合需要她说几句话，一般来说她都能较好地处理。可是这一天，她一抬头就看到了徐女子脸上那骄傲的神情。李芙蕖最讨厌骄傲的人，在这种骄傲的神情当中，她看到了这次相亲必将失败的结局。既然失败已经注定，说什么都是白费力气，也就没有必要再说了。看到李芙蕖不开口，李清海两口子坐不住了，他们毕竟是下面这一桌子里年龄最大的。李清海的老婆说话细声细气的，她见李芙蕖不愿意开口，只好自己一边招呼徐女子夹菜，一边问些无足轻重的事情。徐女子倒是很喜欢这个说话温温柔柔的大姐姐，也就应了几句话。可是还没等聊开，刚吃了一碗饭的徐女子就把碗往桌子上一放，擦了擦嘴，一个人坐到院子里晒太阳去了。见徐女子走了，其余才吃了个半饱的人也只好跟着放下了碗筷，走到外面去陪她说话。

这顿饭着实吃了好长时间，上面这一桌人是又吃又喝，推杯换盏，直闹到了下午两点钟。要不是下午还有正事要谈，这些人估计会一醉方休。看大家都喝到了五成醉，李广利觉得酒是不能再喝下去了，要是再喝，正事就办不成了。喝酒的时候，李广利和李广忠两兄弟没少给徐老汉戴高帽子，因此下桌子的时候，瘦瘦小小的徐老汉一只手抓着李广利，另一只手抓着李广忠，满口"兄弟""哥哥"地叫了起来。

饭吃完以后，李家屋里几个能干的媳妇开始收拾碗筷。这一天大家都清清楚楚地看到了张翠华嘴角掩饰不住的笑意，张翠华的笑并不张扬，但李芙蕖还是能够感受到二妈发自内心的高兴。看到二妈露出了难得的笑容，李芙蕖觉得还是尽人事听天命的好，尽管这场相亲告吹的可能性高达九成，但她自己还是应该尽点儿心。这样想着，李芙蕖一个人悄悄地走到了厨房里。她到厨房里来不是来洗碗的，每逢李家屋里有大聚会，洗碗这种事向来轮不到李芙蕖。

她是来给二妈出主意的。这么一大群人围着哥哥李清松和徐女子，两个年轻人没有什么机会单独相处，这么一来，李清松的好处徐女子看不到，而徐女子有什么想法李清松一家人也不知道，最好还是让他们带点儿零食一起到后头河去走走，今天天气不错，在太阳底下走走总比在屋里坐着好。李芙蕖的这个主意一说出来，张翠华和王菊花都很赞同。

没过多久，张翠华跟着几个年轻人一起陪李清松和徐女子到后头河散步去了，李广利和李广忠两兄弟也骑车带徐老汉和他的儿子到剑门镇街上去走了一圈。这时，空荡荡的家里就只剩下了王菊花和程瑶两婆媳在收拾东西。这年冬天，王菊花的气色已经好多了，尽管李广耀的事情还像一块大石头一样压在她的心头，但毕竟事情已经过去了这么久，她也应该往前看了。最近，王菊花的话虽不多，但她的脸上终究是有了笑容。李广耀进监狱以后，王菊花跑到江油去看了几次。监狱里的李广耀确实比以前瘦了，老了一大截，但他的精神状态还不错。出事以后，李广耀在监狱里好好生生地反思了这么些年来自己的所作所为，他实在是悔不当初。现在的他只希望能够尽快出狱，守着家里人，踏踏实实地过完这一辈子。李广耀身上平和的气息同样感染了王菊花，她不再怨天怨地，而是默默地在家里过着自己的日子，安安心心地等着李广耀出来。经过这件事以后，王菊花发现有钱没钱似乎真的没那么重要，日子过得风光，那是给别人看的，开不开心却只有自己知道。现在的王菊花觉得，只有一家人守在一起才是真的幸福。

　　温柔的阳光徐徐地照射下来，照到了后头河里一湾清澈的河水上，照射在这些顺着马路往山里走的人身上。风景很不错，人走在山里、水边，仿佛一幅画。尽管风景如画，李清松却并不高兴。他本来就是一个敏感内向的人，徐女子弟弟的那句话别人可以不在意，他却不能不往心里去。但是他看得出来母亲很高兴，为了让这种高兴延续得更长一些，他愿意去迎合徐女子。李清松是一个很温柔，同时也考虑周到的人，但他毕竟不太会说话。当和徐女子并排走在一起的时候，他只知道低头给徐女子剥橘子。徐女子虽然不年轻了，却仍然是一个很浪漫的人，她希望听李清松说一些好听的话，做一些有情调的事，而不是一味地剥橘子。闷着头走了一会儿之后，徐女子感到无聊起来，她不愿意继续往前走了，而是开始往回走。到了这个时候，即便是徐女子不说，李清松和跟在李清松后面的人也知道这件事儿多半是不成了。就在一行人往回走的时候，一丝愁苦慢慢地爬上了张翠华的脸庞。

　　徐家的三个人是下午四点过离开的，他们走的时候，徐女子死活不愿意拿张翠华封给她的大红包。在一给一推的过程当中，张翠华的心也凉了一大半。在徐女子上车之前，张翠华多少抱着一点儿希望，等到徐女子终于上了车，张翠华心里的那一星希望的火苗也被浇灭了。送走徐家人以后，她闷着头只顾收拾东西，剩下的人自然明白这一天算是白忙活了，在院子里站了一会儿之后，这些人也慢慢地散开了。

　　这一天的晚上本来应该是一个安安静静的夜晚，可是这份安静被李享德给打破了。李享德眼看着李家屋里的老老小小讨好徐家，他活到了这个岁数还从来没有主动去讨好过谁，但人在屋檐下，不得不低头，这个一辈子没向谁低过头的人同样觍着脸对徐老汉说了几句好听的话。要是事儿成了，丢点儿人，服个软，倒也无所谓，可是李享德没想到徐老汉一家人酒足饭饱以后拍拍屁股就走了。徐家人的离开让李享德怒火中烧，在夜幕下，这个一把年纪的人站在院子里骂了起来。这一次，李享德没有喝酒，但他的中气是那么的足，他的火气是那么的大。李享德骂人的时候，没人出来阻拦，也没人觉得过分，这一天，大家都觉得李享德骂到了他们的心坎里——

"说媳妇，说媳妇，现在说个媳妇就这么难？你们的女子就那么高贵？我们娃儿就一文不值？三个人来了又吃又喝，吃完喝完拍拍屁股就走了？我们清松娃儿哪儿比不上别人了？要能说会道才得行，这年头说个媳妇还要会唱戏才得行啊？要是我的老二还在，老子也不得费这个心，丢这个人了……"骂着骂着，这个满脸通红的老年人坐在厨房门口放声痛哭起来。在他的哭声当中，李家屋里的人感到了一阵无法言说的悲哀。不过他们相信，哭出来也就好了，哭出来了，心里不难过了，这日子才能继续过下去。

徐老汉走了以后倒是又给张翠华打了几个电话，从他的口气里，张翠华听出更多的是徐老汉看上了她，而不是他的女儿对李清松有什么想法。几通电话下来，张翠华知道儿子的婚事算是真真正正地吹了。

第六十九章

入土尘埃

2019 年上半年过得很快，快到李芙蕖对这段时间几乎没留下什么记忆。进入 2019 年以后，日子好像对李芙蕖格外温柔，她身边再也没有出现什么让她伤神的事。在这段难得安静的时光里，李芙蕖提前修了几门硕士的课程，到了周末，她仍然到辅导机构去兼职。虽然事情还和以前一样多，可日子仿佛从来没有这么舒服过。

在这种安静的日子里，李芙蕖觉得自己周围的一切仿佛都凝固了。今天和昨天没有什么分别，每天都是吃饭、睡觉和学习。如果不是手机上的时间在一分一秒的前进，如果不是周围的树木渐渐地变绿了，时间的流逝仿佛难以察觉。在凝固下来的这段日子里，李芙蕖周围的人和事也始终保持着之前的模样。程燕妮还是老样子，在买了房子以后稍微安定了些，和赵一的日子也这么磕磕绊绊地过了下来。弟弟一天天大了，在逐渐长大的过程中给李芙蕖和程燕妮带来了不少麻烦，也带来了很多欢乐。听程燕妮说，龙先凤已经在成都买了房，这个仍然漂亮的女人在"蓉漂"了这么多年以后，终于在这个城市里拥有了属于自己房子。听说龙先凤又生了一个儿子，至于这个儿子是不是她丈夫的，那就没人知道了。张翠华仍然在江油的棉纺厂里打工，她过得很孤单，可毕竟没有绝望，因为她的心中还有期盼，还有希望。一个心里有希望的人是不会被打倒的，所以李芙蕖觉得自己没有必要过分担心二妈。李清松的日子还是和之前一样，他仍然沉默寡言、敏感内向，挣着仅够糊口的钱，过着自己的日子。李广耀在江油的监狱里似乎是想开了。对于李广耀，李芙蕖虽然有意见，可并没有达到痛恨的地步。在她的眼里，李广耀是一个很可怜、很弱小的人，这个人控制不住自己的欲望，看起来高高大大，实际上内心很软弱。李芙蕖已经学会了不用非好即坏的二元标准来评判他人，也已经明白了众生皆苦的道理。人到这个世界上来，必定要经历点儿什么，或许是得到，或许是失去，无论怎样，都没有必要惊讶。王菊花一家人还是在老家守着田地过日子。有时候，李芙蕖还挺羡慕李清玉的。在他们这一代人都背井离乡的时候，他恐怕是不多见的安于乡村并且能够留在乡村的人。李清玉在北滨村老家的日子过得很简单，李芙蕖想大概能够把日子过得简简单单的人才是真正的聪明人吧。

　　时间过得很慢，可是它毕竟在流逝。在不经意的时候，时间慢慢地从树叶间，从风中，从书页上流逝了。在李芙蕖还没反应过来的时候，她已经大学毕业了。毕业典礼那天，李芙蕖坐在观众席里，突然回想起了第一次走进川大的时候，回想起了抬着椅子走过长桥去参加开学典礼的时候。刚进大学的李芙蕖以为这四年的时光会很漫长，仿佛一眼望不到头，可是没想到四年一转眼就过去了。在川大的这四年是李芙蕖难得的安稳和幸福的时光，尽管她还是和之前一样孤独，可是校园里秀美的自然环境和图书馆里数不清的书给她带来了很多安慰，有了这些安慰，李芙蕖觉得幸福且充实。

研究生开学的时候，开学典礼和迎新晚会她都没有参加。李芙蕖一向是一个不喜欢凑热闹的人，与其参加这些热闹的活动，倒不如一个人骑着单车在校园里逛一圈。读研究生以后，李芙蕖越来越喜欢在薄暮时分骑着单车独自在校园里穿行，她骑车的时候总是喜欢在耳朵里塞上一副耳机。她还是像以前一样孤僻且任性，不想听的声音她不会让自己听到，不想看的事物她也一样不会让自己看到。

四川大学江安校区是一个很美的地方，顺着长桥走去是热闹的教学区，顺着白石桥走去则是安静的不高山。迎新晚会这一天，李芙蕖骑着自行车顺着白石桥一路骑到了迎宾楼，骑到了不高山。每次到不高山，李芙蕖总是要绕着这座山走上一圈。这是一个很安静的地方，几乎没有什么人来。李芙蕖往往是走着走着就忘记了周围的人和事，甚至忘记了自己。忘记自己是一种很奇特的体验，人只有在忘记自己的时候才能看到和感知到更高、更光明的存在。当李芙蕖推着单车行走在不高山里的时候，她总是会想，这些学文科的人在别人看来应该很可笑吧，他们一辈子都在寻找某种看不见又抓不住的东西，为了这个东西，他们之中有些人赔上了一辈子，心甘情愿地牺牲掉世俗的享乐。他们把这个东西称为超验冲动，但是在旁人看来，这不过是一群不安于物质存在的人所编造的谎言而已。李芙蕖知道外面的世界是越来越嘈杂了，各种不同的声音此起彼伏，大家仿佛都有说话的欲望，而大家所说的话在某种程度上仿佛都是正确的。但是在这么多种声音里面，只有物质的声音最大，在悲观的人看来，这个时代似乎是被物质裹挟着前进的时代，仿佛物质可以吞没掉其他的一切声音。在头几年，李芙蕖也为这种状况感到悲观和忧郁，可是现在她想明白了，人类在丛林时代尚且追寻神迹这种不可捉摸的超验存在，更何况是在这个物质已经相当丰富的时代呢？人是一根苇草，可毕竟是一根会思考的苇草，不可能安于纯粹的物质存在，只有在精神和物质之间实现一种微妙的平衡，人类才不会感到痛苦和焦灼。所以文学和哲学不会在这个时代死亡，它们或许会暂时打个盹儿，但精神性的东西终将在这个时代迸发出更加耀眼的光芒。

自从成为研究生之后，李芙蕖觉得学习的乐趣越来越少了。以前，她喜欢一个人泡在图书馆，一坐就是一整天，她很享受那种随便拿起一本书就读得忘我的体验。但是研究生的学习是不同的，有了科研这个目标，其他所有的事情都要给这个目标让路。科研任务让不少研究生挖空了心思，渐渐变得机械化。李芙蕖不喜欢这种学习方式，但至少她还能留在学校里读自己喜欢的书，这么想着，她又觉得好受了一点儿。

新冠肺炎疫情在不知不觉间到来了。在 2020 年 1 月 21 号这一天，李芙蕖刚刚走出校门就看到了许多戴着口罩的人。这些人的脸上丝毫没有迎接新年的愉悦，相反，恐惧、焦灼和沮丧爬满了他们的脸庞。乍一看到这幅景象，李芙蕖着实被吓了一跳。这两周她一直待着图书馆里写论文，丝毫没有注意到外面世界的变化。等坐在公交车上的时候，李芙蕖才意识到，原来，一场瘟疫再次蔓延开来了。非典的时候李芙蕖还小，对那场瘟疫她几乎没有什么记忆，但是她知道，这片土地上的人会像上一次战胜非典一样再一次战胜这场疫情。当然，战胜疫情需要付出代价，可无论代价是什么，李芙蕖相信，胜利总是会到来的。

临近年关，赵一和程燕妮按照原计划带李芙蕖和儿子回白马镇过新年。当汽车停在高速公路服务站的时候，程燕妮和李芙蕖一起下车去透了透气，她们都戴着口罩，说话要费一些力气才能让对方听到。程燕妮望着远处的山和山上的雾气，皱着眉头，忍不住问了李芙蕖一个许多人都想问的问题："为啥子这些年我们经历了这么多灾难？"

李芙蕖本来想说"多难兴邦"，可是她想了想，又觉得这个答案并不能使自己满意。她低下头去看脚下的土地，默默地想道："脚下的这片土地不是经历过更多的灾难和痛苦吗？可是这片土地只是默默地吸纳这些痛苦，它并不说话，也不呻吟，只是以一贯的坚韧去面对扑面而来的打击。时间已经过去了成千上万年，好些物种在这片土地上诞生又灭绝，可是这片土地仍然像之前一样沉默，在她的这种沉默当中蕴含着最为深沉的美和最为动人的力量。"当然，这些话李芙蕖不会告诉程燕妮，她只是低着头沉默着，待到启程时，才快步回到了车上。

回到白马镇以后，李芙蕖才知道，原来剑门镇早就已经封了。前几天有几十个从武汉赶回来的人，从那些人走进剑门镇的那天起，这个原本偏僻而宁静的地方就变得不再宁静。

剑门镇这一封就封到了四月初，那个时候程燕妮和赵一带着儿子早就回了成都，只留下李芙蕖一个人住在白马镇。李芙蕖在白马镇的这段日子过得十分宁静，每天除了看书，就是望着远处的山发呆。

在李芙蕖发呆的时候，魏围和杨萍分手的消息突然传到了她的耳朵里。不过，李芙蕖并不觉得惊讶，本来，两个人实在过不下去了还是分开为好。听到这个消息时，李芙蕖只是冲着远处云雾缭绕的山轻轻地叹了一口气。

李芙蕖不知道的是，她那住在剑门镇的父亲正一个人孤零零地躺在床上等待着死亡的降临。在剑门镇封闭的前几天，李广忠还是像往常一样到街上去赶了几次场，他听别人说过瘟疫的事，可是他并不怎么在意，仍然不戴口罩就往街上跑。直到发起烧来，李广忠才害怕了，可是他还是像以前一样不敢面对死亡，因此除了躲在家里睡觉之外，他什么都没有做。这段时间，北滨村也渐渐安静了下来，大家都待在自己家里，基本上没有人出门，李广忠的病情也没人知道。

李广忠是一个人躺在床上慢慢地死去的，在等死的这段日子里，他仿佛看见生命从自己的手里一点一滴地流逝，仿佛看到了自己这一辈子：小的时候、长大的时候和慢慢变老的时候。李广忠觉得无论如何这一辈子也算是值了，该喝的酒他喝了，该抽的烟他抽了，该去的地方他去了，该说的话他也从来没有保留，在死前的最后一秒，李广忠想，一个人要是这样过了一辈子，确实是值了。

李广忠的死是几天以后被李清玉发现的。李清玉已经有好几天没看到幺爸了，便跑到幺爸屋里去看了看。这个已经从男孩长成男人的人并没有因为幺爸的死亡而感到恐惧，他只是按照二爸去世时的规矩给幺爸办了一场葬礼。到李广忠葬礼上来的人并不多，人们虽然也想去送送他，可是也觉得实在不必在这个时候冒着风险去扎堆，心意到了就好。

很快，李清玉就把李广忠的死讯告诉了李芙蕖。在得知李广忠去世以后，李芙蕖倒是没有哭，她只是觉得心里有些难过，没过多久也就释然了。程燕妮倒是真心实意地为李广忠哭了一场。他们曾是最亲密的人，但现在就连程燕妮自己也不得不承认，李广忠对她来说已经和一个陌生人无异了。在哭完了以后，程燕妮第二天还是照样提着包去上班。

李芙蕖是四月初回剑门镇的，刚回到家就听说了爷爷李享德在父亲去世以后坐在屋里等死的事。李广忠才刚刚埋到土里，李享德就一个人孤零零地坐在客厅里等死，他想既然死亡已经把他的两个儿子给带走了，现在总该轮到他了吧。李享德等死的时候意志很坚决，没有一个人劝得动他，他就这样空着肚子在屋里坐了两天。第三天，李影博悄悄地蹭到了李享德旁边，小心翼翼地拉了一下祖祖的下衣摆。这个时候，已经没有多少力气的李享德转过头看了一眼李影博，他听到李影博奶声奶气地说话的声音："祖祖，吃东西，饿了……"

一刹那，李享德被这个只有几岁的孩子给打动了。在那一瞬间，这个爱自我折磨的人突然就想通了。他想，既然死亡还不愿意来找他，那么他还是暂且好好活着吧，反正死亡是迟早要来的。在这之前，他要抓紧时间多喝几杯好酒，多看看自己的重孙子。

　　李芙蕖回来之后不久，一个很长时间没在北滨村出现过的人悄悄地顺着李广达家旁边的大路走了回来。这个人穿着一身崭新的衣服，两手空空，走过李广达家的时候，他有些疑惑地在原地站了一会儿，侧着耳朵，却始终没有听到记忆当中的欢声笑语。这个人站了一会儿又继续往前走，不过他走得很慢，走得很心虚，让看见他的人不得不怀疑他是不是腿上有点儿毛病。

　　有病的不是他的腿，而是他的心。这人就是两次抛弃家庭，又两次回归家庭的李广禄。李广禄哆嗦着腿往家走的时候，记起了上一次回来时的场景，可是已经过去了这么些年，恐怕早就物是人非了。在跟着陈静过了这么些年好日子之后，即便陈静不说，李广禄也知道自己该走了。之前的陈静对他还有些愧疚，可是渐渐地，这种愧疚感烟消云散了。不过，李广禄临走之前，陈静还是特意给李广禄穿上了一身新衣服，这是她给情人的最后一点儿体面。从今往后，他们俩谁也不欠谁了。

　　这一天，李广禄终于蹭到家门口的时候，第一个碰上他的是李清海。李清海已经快要做爸爸了，李广禄一眼望去就知道儿子过得很幸福。一个幸福的人往往比不幸的人更为宽容，在李广禄回来的时候，李清海虽然有些瞧不起这个父亲，还是张开双臂迎接了父亲的归来。

　　给李广忠上坟的那天，李芙蕖没有叫人陪，她一个人提着篮子，装着香蜡纸钱，顺着小路慢慢地走到了李广忠的坟前。李广忠坟上的土还是新的，他挨着大爸李享名陷入了永恒的宁静。上坟的这一天，李芙蕖带了好些酒来，她知道父亲喜欢喝酒。上完香以后，李芙蕖抬起头看了看不远处的几座坟，这些坟都是她看着一座座堆起来的，坟里躺着的都是她的亲人。李芙蕖曾经为这些人的死流了不少眼泪，直到今天她才确信，这些人能够躺在自己爱了一辈子的土地里，确实算是找到了个好去处。

上完坟以后，李芙蕖提了篮子开始往回走。走到山脚下，她回过头去看半山腰的坟堆，在那一刹那，她觉得这些坟堆好像都是历史的坐标，一代代人走过的路都被镌刻在坟堆上，融化进更为广阔的土地里。转过一个弯，李芙蕖看不到离她越来越远的坟堆了。她突然感到一阵孤独，仿佛这个世界上只剩下她一个人一样。李芙蕖曾经恨过李广忠，可是等李广忠躺在土地里的时候，曾经的爱恨都已经随风而逝了。曾经有一颗尘埃陪在她的身边，不管她和这颗尘埃之间有过什么争执，她总归觉得充实。现在，这一颗尘埃已经汇集到了更多的尘埃当中，而她这颗尘埃却被留在这个人世间，孤零零地去走接下来的路。走着走着，李芙蕖觉得自己的心完全被这一阵孤独给掌控住了，几行眼泪不自觉地从她的脸上滑落下来。她走不动了，慢慢地蹲下，把头埋进臂弯里哭了一场。

这时，一阵风刮了过来，地上的尘土被风卷了起来。被风吹动的尘土弥漫在李芙蕖四周，她觉得自己仿佛就要被这一阵风给送到远方了。